FLYING

KG8789 805977

THE GAME ADVENTURE

Fantasy Frontier Spirit

비상

FLYING

KG8789 805977

비상 4

파령 게임 판타지 소설

초판 1쇄 찍은 날 § 2004년 10월 29일
초판 1쇄 펴낸 날 § 2004년 11월 10일

지은이 § 파령
펴낸이 § 서경석

편집장 § 문혜영
편집책임 § 최하나
편집 § 장상수 · 김희정 · 유경화
마케팅 § 정필 · 강양원 · 이선구 · 김규진 · 홍현경

펴낸곳 § 도서출판 청어람
등록번호 § 제1081-1-89호
등록일자 § 1999. 5. 31
어람번호 § 제1-0557호

주소 § 경기도 부천시 원미구 심곡1동 350-1 남성B/D 3F (우) 420-011
전화 § 032-656-4452 팩스 § 032-656-4453
http://www.chungeoram.com
E-mail § eoram99@chollian.net

ISBN 89-5831-290-4 04810
ISBN 89-5831-236-X (SET)

파령 게임 판타지 소설

FLYING

KG8789 805977

THE GAME ADVENTURE

飛翔

Fantasy Frontier Spirit

비상 vol. 4

FLYING

창조주의 파편

KG8789 805977

飛翔

도서출판
청어람

Contents

비상(飛翔) 스물여덟 번째 날개 창조주의 파편 / 7

비상(飛翔) 스물아홉 번째 날개 가자! 숭산, 소림사로! / 33

비상(飛翔) 서른 번째 날개 다시 시작되는 천하제일 비무대회 / 83

비상(飛翔) 서른한 번째 날개 출전(出戰) / 119

비상(飛翔) 서른두 번째 날개 비무(比武) / 157

비상(飛翔) 서른세 번째 날개 음모 그리고……. / 227

◆ 비상(飛翔) 스물여덟 번째 날개

창조주의 파편

비상(飛翔) 스물여덟 번째 날개 창조주의 파편

휘우우우웅!

스산한 바람이 불어오는 가운데 독심장이 내게 달려들며 손을 떨쳤다.

"잔독우!"

질리지도 않나 보다. 언제나 저 잔독우다.

그러나 그냥 펼쳤던 잔독우와 의형진기를 담은 잔독우가 천지 차이였듯 의형진기를 담은 잔독우와 강기를 담은 잔독우 역시 천지 차이의 위력을 발휘하고 있었다.

마치 소나기라도 떨어지는 듯 완전한 녹색 비의 돌풍이 나를 향해 휘몰아쳐졌다. 처음엔 망월막이 1승. 그리고 두 번짼 1패. 이젠 다시 1승의 차례다!

"망월막!"

다시 호선을 그리며 움직이는 한월의 뒤로 금묵광의 도강이 빛을 뿜었고 아까와는 달리 완벽한 달의 막이 나를 감싸고 있었다.

콰콰콰콰쾅!

음향 효과부터 아까와는 확실히 다르다. 도강과 수강이 부딪치자 천지가 폭발하는 굉음을 내었고 망월막에 튕겨져 나간 독우들은 사방으로 퍼지며 파괴력을 불살랐다.

주변에 살아 있는 사람은 없… 아차! 초매와 푸우!

난 급히 초매와 푸우를 돌아봤고 그곳에는 쓰러진 듯 축 늘어져 있는 초매의 옷을 입에 물고 독강을 이리저리 피하는 푸우의 모습을 볼 수 있었다.

초매는 운기행공으로 최대한 버텼지만 강기가 사용되자 그 독기를 감당할 수 없었던 것 같았다. 다행히 푸우의 살기로 독기는 푸우 주변으로 더 이상 접근하지 못했고 덕분에 초매 역시 독기로부터 안전할 수 있었다. 하지만 저러다가 당하는 것은 시간문제였다.

난 상황이 점점 급해져 가는 것을 느꼈다.

"광난독수(狂亂毒手)!"

미친 듯이 뻗어오는 시독무의 손은 마치 수십 개가 된 듯 나의 전신을 압박하고 있었다. 하지만 이미 굳건해질 대로 굳건해진 망월막을 뚫기엔 무리인 듯 또다시 굉음을 내며 망월막에 부딪쳤지만 곧 튕겨나고 말았다.

그때 난 재빨리 원주미보를 밟아 시독무에게로 접근하며 한월을 뿌렸다.

"잔월향!"

프스슷!

도강을 품은 한월은 여덟 방위로 월광의 향기를 줄기줄기 뻗어내며 시독무를 덮쳐 갔다.

"파독!"

아까와 똑같은 상황. 시독무에게서 뿜어져 나온 독강의 물결은 잔월향의 여덟 줄기를 덮었다. 하지만 아까와 똑같은 상황을 연출할 만큼 난 바보가 아니었다. 여덟 방위로 보내되 모든 힘은 하나의 줄기에만 집중시켰다.

파악!

독강의 물결을 뚫은 잔월향의 경력은 계속해서 뻗어 나가 시독무를 공격했지만 독강의 물결을 지나며 방향이 흐트러진 듯 목젖이 아닌 그의 어깨를 뚫고 지나갔다.

"크악!"

신음을 지르며 어깨를 감싸 쥐는 시독무. 여기서 끝낼 수는 없지.

"섬월명!"

한월은 작고 검은 달을 품고 있었다.

너무나 작아 손만 대더라도 부서질 것 같은 검은 달. 그 달이 빛을 뿜기 시작했다. 지금은 낮이라 태양에 가린 하얀 달의 빛을 누구도 볼 수 없었으나 작고 검은 달이 뿜는 빛은 태양의 빛을 넘어선 절대광(絶對光)을 만들어냈다.

처음 작고 검은 달에서 흘러나온 빛은 너무나 미약하고 형편없었지만 그 빛은 곧 사방을 압도했고 곧 그 무엇으로도 막을 수 없는 광원(光源)이 되어 천지를 집어삼켰다. 그리고 그 빛은 시린 달, 한월을 통해 다시 세상에 흘러나왔다.

콰가가가가가!

빛이 세상을 휩쓸었다. 굉음을 뿌리며 땅을 헤집고 천지를 갈라놓았다. 빛은 시독무를 덮었다.

"끄아아아악!"

저 깊고 깊은 지하 속 지옥에서나 들릴 법한 비명 소리는 마원정을 덮었고 그런 비명 소리를 섬월명의 빛이 뭉그러뜨려 버렸다.

"허억! 허억! 끝이 아니다!"

너무나 힘들고 내공 역시 바닥의 단계에 도달해 있었지만 여기서 끝낼 수는 없었다. 그러기에 녀석은 너무나 위험했으니까.

난 능공천상제를 발휘하여 하늘로 높이 뛰어올랐고 거기서 또 뛰어올랐다.

"낙월업(落月業)!"

낙월을 본 적이 있는가?

떨어지는 달.

그럴 수밖에 없는 달의 운명.

아무도 보지 못하는 그런 달의 운명.

떨어지는 달이 가진 마지막 슬픈 빛.

사사사사사사사사사삭!

한월의 움직임에 따라 달이 생겨나기 시작했다. 훤한 대낮 탓인지 그 형체는 분명하지 않았지만 그것은 분명 흑색의 달이었다. 처음엔 하나였지만 곧 여러 개가 되고 또 수십 개가 되었다.

"가라!"

마침내 흑색 달은 낙월하기 시작했다. 하나씩 하나씩. 하지만 곧 모든 달이 낙월을 시작했고 낙월은 슬픈 빛으로 마지막 제 힘을 뿜어냈다.

콰콰콰콰쾅!

“커억! 쿨럭!”

굉음을 뒤로하고 땅에 착지한 나는 지독한 고통을 느끼며 피를 게워 냈다.

쳇! 광 속성의 무공은 다 좋지만 내공의 소모가 너무 심하다는 단점이 있단 말이야. 나의 2갑자에 해당하는 내공을 쏟아 부었건만 이토록 충격이 거세다니…….

“쿨럭! 큭!”

현월광도 제팔초 낙월업으로 인해 생겨난 풍압이 마원정의 모래를 날려 모래폭풍을 만들어냈고 그 바람에 휩싸여 조금씩 흩어지던 독무가 완전히 사라져 버렸다.

하지만 대신 모래바람이 시야를 가렸고 한 치 앞도 볼 수 없는 상황이 되고 말았다.

조금 시간이 지나자 모래먼지를 일으키는 바람이 잦아들고 차차 시야가 확보되었다.

“큭큭큭큭! 대단하구나, 대단해!”

“……!”

탁해지고 갈라지긴 했지만 분명 놈, 시독무의 목소리였다. 살아 있었나?

잠시 후 모래먼지가 완전히 걷히고 녀석의 모습이 드러났다.

처참한 모습이었다. 두 팔은 완전히 잘려 어디론가 사라졌으며 두 다리 역시 낙월업의 압력을 견디다 못해 뒤틀려 꺾어져선 안 될 방향으로 꺾어져 있었다. 전신에선 피가 흘렀고 눈은 강렬한 빛살에 멀어버린 듯 흰자위만을 띠었다.

“카악! 쿨럭! 과, 과연 허명이 아니었어. 하… 지만 이걸로 끝났다곤 생각지 마라! 창조주의 권능은 감히 컥! 쿨럭! 쿨럭! 퉤! 감히 너희들이 생각지도 못한다! 크크큭! 쿨럭! 크억! 나, 나를 쓰러뜨렸다고 좋아하지 마라. 나 정도의 실력을 가진 사람은 아직 많이 남았다!"

시끄럽군.

"쳇!"

난 남은 모든 힘을 다해 미약하지만 도기를 쏘아 보냈고 도기는 바람을 가르며 날아갔다.

"크하하하하! 다음에 다시 보자! 크하하하하!"

서겅!

금묵광의 도기는 가차없이 시독무의 목을 가르며 지나갔고 녀석의 웃음소리만이 묘한 여운을 남기며 귓가를 때렸다.

"쿨럭! 쿨럭! 크악! 퉤! 죽은 놈이 다시 보긴 뭘 봐."

난 그대로 뒤로 벌러덩 누워버렸다. 움직일 힘이 하나도 없었다. 아아, 피곤해.

하지만 난 그대로 쉬고 있을 수 없었다. 묘한 진기의 흐름. 바로 시독무의 시체에서 묘한 진기의 흐름이 일어나고 있었기 때문이다.

"젠장! 자폭인가?"

녀석의 몸은 점점 더 부풀어 올랐고 목이 잘린 자리나 땀구멍 등으로 녹색 운무가 새어 나오기 시작했다. 젠장! 끝까지 속 썩이는 놈이야!

"폭기!"

이미 거의 모든 내공을 소모해 버려 제 기능을 발휘할 순 없었지만 폭기의 압축과 흐름으로 미약하게나마 한줄기의 진기를 잡은 난 진기의 흐름을 이용해 몸을 띄웠다. 젠장, 그러고 보니 왜 폭기를 사용 안 했지?

후회는 아무리 빨라도 늦은 법. 우선 몸을 피하고 봐야 했다.

콰앙!

"크억!"

몸을 띄워 피하려 했지만 자폭의 위력은 상상 이상이었다. 폭발의 여운이 몸을 띄운 내게로 날아와 날 내팽개쳤고 주변으로 진한 녹색 독무가 퍼지며 혀를 날름거리기 시작했다. 내공이 쥐뿔도 남아 있지 않은 지금 저런 독무를 쐬면 버틸 재간이 없다.

그때였다. 절체절명의 순간 내 앞으로 붉은색 거대한 것이 내려섰다.

"푸, 푸우!"

쿠어어어엉!

그랬다. 푸우가 있었다. 혈웅 버전이 된 푸우는 살기가 담긴 포효를 내뱉었고 뱀의 혀처럼 접근하던 독무는 살기에 짓눌려 사라지거나 물러서서 다가오지를 못하고 있었다.

"이… 쿨럭! 미, 미련 곰탱이. 큭! 빨리빨리 좀 행동 못해?!"

말투는 사납기 그지없었으나 난 안심이 되는 것을 느꼈다. 젠장할 놈. 꼭 이럴 때만 등장해.

"곰탱아, 뒤… 를 맡긴다."

마지막 한마디를 남기고 난 의식이 점점 멀어져만 가는 것을 느껴야 했다. 이런 젠장.

눈을 떴을 때는 북경에 있는 장원 안이었다. 그리고 깨어나자마자 질문 공세를 퍼붓는 친구들과 형들에게 시달려야 했으며 안정을 취해야 한다는 초매와 청화 누나, 하얀이의 독기 서린 눈빛과 은유 누나의 애병인 빙혼창(氷魂槍)을 세움으로써의 무언의 협박에 한순간 조용해지는 일행의 모습을 볼 수 있었다.

깨어난 후 얼마 지나지 않아 마원정의 소식을 들을 수 있었는데 아직 독무가 남아 있어 그 많은 사람이 애용하던 마원정이 하루아침에 당분간 아무도 사용하지 못할 폐허가 되어버렸다고 한다. 음, 좀 심하긴 심했지.

내가 입은 상태는 중상이라 쾌속한 치료가 이루어지는 게임 속에서도 하루간 운기조식을 취한 채 로그아웃을 하고 들어오지 말아야 한다는 판정을 받았고 난 그들의 강압적인 눈빛에 하는 수 없이 모든 진실을 묻어두고 운기조식을 취한 채 로그아웃할 수밖에 없었다.

이 행동은 정말 위험한 것이었지만 교대로 호법을 선다고 하니 믿을 수 있을 것 같았다.

"어, 알았어. 지금 갈게."

〈그래, 빨리 오도록 해라.〉

〈전화 연결이 끊어졌습니다.〉

난 강민 형과의 전화 연결을 끊고 밖으로 나갈 채비를 갖추었다. 강민 형과 만나기로 한 것이다.

처음엔 그냥 별일없을 줄 알고 넘기려 했는데 이렇게 고수들을 찾아다니며 척살하려는 걸 보고 보통 일이 아니라는 것을 깨달아 강민 형에게 말하려는 것이다. 나 혼자서 해결할 수 있는 일이 아니었다.

난 XI-3를 타고 길을 나섰다. 만나기로 한 장소는 아틀란티스. 내 카페다 보니 안전성이야 충분하지.

부아아아앙!

바이크의 기분 좋은 엔진 소리가 귓가를 때렸지만 언제나처럼 좋아하고 있지만은 않았다.

만약 정말 내가 예상한 것이 들어맞는다면 살객의 방문을 받은 사람은 나 혼자만이 아니었을 것이다. 그중에는 당한 사람도 있을 것이고 나처럼 오히려 살객을 죽인 사람도 있을 것이다.

그러나 나를 찾은 시독무의 무위를 보건대 살아남을 수 있는 자는 많지 않을 것이며 아마 쥬신제황성에도 찾아갔을 것이다. 그곳에도 진랑 형, 비마 형이 있으니까.

조금 의아한 점이라면 아직 디다 형과 장염 형이 살객의 방문을 받지 않았다는 점이다. 하지만 방심할 수는 없는 일.

난 바이크의 속도를 높였다. 한시가 시급했다.

"자, 앉아."

"호오~ 이 녀석, 대단한데? 이 형도 못 들어본 사장 소리도 듣고 말이야."

지금 나와 강민 형이 있는 곳은 아틀란티스의 사장실이다. 이곳에 올라오면서 종업원들이 나를 보며 인사하는 것으로 지금 강민 형이 날 놀리고 있었다. 어이구, 내 신세야.

"그런 소리 들으려고 오라 한 게 아니야."

"그래, 그 이유나 들어보자. 생전 잘 만나러 오지도 않는 녀석이 날 불러내다니, 무슨 일이냐?"

"비상에 관한 거야. 인공지능."

"……!"

내가 인공지능에 관한 얘기를 꺼내자 장난기 가득하던 강민 형의 표정이 순간 굳어졌다.

"인공지능이 활동을 시작했어."

"뭐? 그게 정말이야?"

심각하게 물어오는 강민 형의 질문에 난 고개를 끄덕이며 나와 영호충, 노도와 있었던 이야기를 시작으로 시독무에게 습격당한 일까지 모두 말했다.

노도는 아무에게도 말하지 말라 했지만 현실상 그건 불가능한 이야기다. 나 혼자 그 짐을 떠맡기엔 너무 무거우니까.

"그렇단 말이지……."

"나를 습격한 시독무의 무위는 결코 내 아래가 아니었어. 내 무공이 광 속성의 무공이고 또 승룡갑과 한월이라는 기보를 가지고 있었으며 녀석의 독이 내게 통하지 않아서 이길 수 있었던 거지 그렇지 않았다면 사예는 죽었을지도 몰라."

정말 그렇다. 비록 내가 폭기나 투결을 사용하지 않았다고는 하지만 전력을 다했다. 폐관 이후 처음으로 전력을 다해보는 것이었다. 그런데도 간신히 죽일 수 있었다. 사실 투결을 사용했어도 별로 도움이 되진 않았을 것이다.

투결은 투로를 보여주는 스킬. 하지만 제멋대로 퍼지는 독의 운무에서 그런 투로가 있을 리 없었고 또한 그렇게 보지 않더라도 시독무의 움직임은 내게 읽히고 있었다. 투결은 상당히 상대를 가린다.

"……."

내 말에 강민 형은 눈을 감고 생각에 잠기었다.

"만약 그들이 창조주라 부르는 인공지능이 그런 녀석들을 대량으로 만들어낼 수만 있다면 이건 싸워보기도 전에 진 거라고. 녀석의 말을 들어보면 녀석보다 강한 사람이 얼마든지 있다고 했어."

이건 정말 심각한 일이다. 만약 그들이 비상에 숨어 있는 모든 유저를 다 죽여 버리면 어떻게 될까? 유저들이 부활하는 장소는 일정하게 정해져 있다. 새로이 부활을 하더라도 다시 죽여 버리면 그만이다.

그렇게 세 번의 목숨을 모두 잃고 나면 다시 새로 캐릭터를 만들던가 해야 한다. 또 모든 캐릭터가 시작하는 지점 역시 일정하게 정해져 있으니 하루에 몇 명씩 그곳에 보초를 세워서 새로 들어오는 사람들을 죽여 버린다면 비상의 세계는 녀석의 손아귀에 들어가게 되는 것이다.

"근데 한 가지 궁금한 점이라면 왜 인공지능 자신이 나서지 않느냐 하는 거야. 직접 비상의 모든 캐릭터를 지워 버리거나 하면 간단할 일을 꼭 저렇게 NPC들을 꾀어내야 할까?"

"음, 모든 것은 한 가지로 답을 낼 수 있을 것 같다. 인공지능 자신이 직접 게임에 개입할 수 없다는 것 말이야."

"뭐?!"

강민 형의 말에 난 깜짝 놀라고 말았다. 인공지능이 게임에 개입을 할 수 없다니?

"무슨 소리야, 인공지능이 게임에 개입할 수 없다니?"

"말 그대로야. 인공지능은 비상에 직접적으로 개입할 수 없어. 얼마 전에 우리 팀에서 인공지능을 추적하기 위해 인공지능과 쫓고 쫓기는 한 판 승부를 벌인 적이 있었어. 그 결과 녀석의 행동 반경에 대한 정보를 어느 정도 읽어낼 수 있었는데 그 행동 반경을 조사해 본 결과 여러 NPC와 접촉은 했지만 직접적으로 그들에게 건네준 건 없다는 사실을 알 수 있었어. 아니, 하나 있군. 영호충이란 NPC와 나머지 NPC에게 전해주었다는 지식."

"그렇다는 말은?"

"녀석이 직접적으로 캐릭터나 NPC들을 건드릴 수 없다는 말이지. 아마 힘을 전해주는 방식도 직접적으로 올려준 것이 아니라 절정무공이나 영약이 있는 장소를 가르쳐 준 정도일 거야."

일리가 있는 말이었다. 만약에 인공지능이 게임에 직접적으로 관여할 수 있다면 캐릭터를 임의대로 삭제하지 않더라도 최강의 힘을 쥐어주면 이미 상황은 끝났을 것이다. 아무리 내가 유저들의 최강자 중 한 명이라 해도 결코 이길 수 있을 리가 없었다.

아마 시독무는 절정의 무공을 익히고 영약을 잔뜩 먹어서 그런 무위를 가지게 됐을 공산이 컸다.

"하지만 그렇다 하더라도 절정무공과 영약이라면 굉장한 고수잖아. 그리고 만약에 초절정무공이 있는 곳을 가르쳐 준다면? 상상하기도 힘든 고수가 되지 않을까?"

"그것도 걱정하지 마. 절정무공은 어쩔 수 없지만 초절정무공은 우리조차 단서만 알고 있을 뿐 그게 어디 있는지 모르니까. S · T에도 이런 식으로 최고 아이템을 해놓았거든. 거기서 우린 아이템의 데이터를 무공서로 바꾼 것뿐이야. 아이템의 정보는 바꿀 수 있었지만 그 아이템이 어디에 있는지는 강력한 암호가 걸려 있어서 알 수 없지. 그건 인공지능 역시 마찬가지야. 그 역시 단서만을 알고 있을 뿐이지. 희한한 시스템이야. 정보는 바꿀 수 있지만 그 위치를 추적할 수는 없는……. S · T의 사람들은 이런 상황을 미리 예견했던 것 같은 느낌이 들곤 해."

이런 극적인 효과라니……. 이걸 불행으로 생각해야 하나, 아니면 불행 중 다행으로 생각해야 하나? 정말 복잡하다.

"네가 설명한 영호충이란 사람이 초절정무공을 익히고 있을 거라고? 맞아, 나도 그렇게 생각해. 아마 인공지능이 오랜 기간에 걸쳐 겨우 단서 중 하나를 풀어내어 그 단서에 해당하는 초절정무공을 영호충이란 자에게 찾아내게 하고, 또 익히게 했을 거라고 예상이 되거든. 덕분에 그 정도의 위력을 낼 수 있었을 거고 말이야."

"……."

그렇겠지. 영호충, 노도 그 두 사람은 내가 상상할 수도 없는 고수 같았으니까.

"그럼 내가 해야 할 일은?"

"최대한 빨리 네 무공 현월광도를 극성으로 익히고 초절정무공을 찾을 것. 또 믿을 수 있고 그 창조주의 파편이라는 자들을 상대할 수 있는 동료들을 모을 것. 네가 제일 먼저 해야 할 일은 그거야."

"그 사실을 마음대로 알려도 된단 말은 아니지?"

"당연하지. 믿을 수 있고 도움을 줄 수 있는 사람들에게만 알려. 그리고 힘을 키워. 나중에 영호충이란 사람이 찾아오고 네가 그와 함께 싸우는 그때가 되면, 네가 선택한 동료들은 네게 힘이 되어줄 거야."

말은 간단했다. 우선 나의 힘을 키우는 것을 지상 최대의 과제로 삼고 두 번째로는 내게 힘을 줄 수 있는 사람들을 모으는 것. 말은 간단하지만 실제로는 어려운 일이었다.

"형은 내게 뭘 해줄 수 있는데?"

"게임의 밸런싱 상, 내가 직접적으로 너를 도와줄 수는 없어. 하지만 정보는 최대한 모아주마. 개방과 하오문의 정보가 최고라곤 하지만 어디 운영자가 모으는 것만 하겠냐? 초절정은 무리지만 절정의 무공 정도는 나도 몇 개 알려줄 수 있을 거야."

"그 정도면 충분해."
강민 형은 깊게 눈을 가라앉혔다.
"항상 너에게 미안하다. 난 해주는 것도 없는데 항상 네게 바라고만 있어."
아, 닭살 돋게 이게 뭔 소리야.
"강민 형!"
"으응?"
"내가 누구지?"
나의 엉뚱한 질문에 강민 형은 의아한 표정을 지었다.
"너야 최효민이지. 내 동생 최효민. 내… 동생!"
강민 형은 말하다가 내가 물은 의도를 깨달았는지 만면에 웃음을 지으며 날 바라보았다. 나도 진한 미소를 지으며 강민 형을 바라보았다.
"나는 강민 형의 유일한 동생이야. 강민 형은 유일한 내 친형이고."
"자식!"
강민 형은 날 끌어안고 포옹을 했다. 난 보통 남자가 이러면 정말 싫어하지만 이번엔 왠지 기분이 나쁘지 않았다.
우애의 표현 방식에 이보다 더 확실한 게 있을까? 비록 아무것도 모르는 사람들이 보기에는 심히 좋지 않아도…….

나는 토론한 사실을 알리기 위해 회사로 가는 강민 형을 배웅해 주었다. 그러고 보니 할 게 너무 없었다. 캐릭터는 부상을 입어 치료 중이고 그렇다고 내가 평소에 혼자 놀러 다닌 것도 아니고. 아직 시간을 보니 오후 1시를 가리키고 있었다.
"남은 시간… 뭘 한다냐?"

지금은 한창 바쁠 때라 손님들이 북적거리는 것을 보고 올라온 나지만 그래도 도와줄 생각은 들지 않았다. 아무래도 지금 이 기분으로는 어떤 일도 손에 잡히지 않을 것 같았다.

"서인이나 불러볼까?"

문득 든 생각이었지만 정말 좋은 아이디어였다. 만약 게임을 하고 있지 않고 전화를 받는다면 데이트를 하면 되는 게 아닌가!

몇 년 전과는 다르게 이제 내게 남은 건 아틀란티스에서 들어오는 빵빵한 수입을 바탕으로 한 재산뿐이다. 서인이에게 맛있는 것도 먹여주고 싶고 예쁜 옷도 사주고 싶은 건 그녀를 좋아하는 남자로서 당연한 일이 아닐까?

거기다가 망할 놈의 인공지능 때문에 복잡해진 머리를 식히기에는 이보다 좋은 일이 없었다.

난 즉시 품속에서 리얼 폰을 꺼내어 서인이의 집으로 전화를 걸었다. 작은 전화 벨 울리는 소리가 내 가슴을 두드리고 있었다.

〈네, 전화 받았습니다.〉

리얼 폰의 화면으로 나타난 아름다운 얼굴. 서인이의 얼굴과는 매우 닮았으나 조금 더 성숙한 이미지를 풍겼고 목소리마저 아주 약간의 차이가 느껴졌다.

"형수님, 안녕하세요. 저 효민입니다."

그렇다. 나타난 이는 바로 강민 형과 장래를 약속한 형수님이었던 것이다. 내가 형수님께 인사를 하자 형수님도 날 알아보았는지 활짝 미소를 지었다. 어떻게 이 자매는 얼굴도 비슷하고 목소리도 비슷하고 웃는 것까지 이렇게 비슷하냐?

〈어머! 효민 군, 웬일이에요?〉

"아뇨, 그냥 형수님이 잘 계시는가 해서요. 하하하!"

아부성 발언. 아무리 생각해도 그렇다. 하지만 이런 아부성 발언은 의외로 그 호응이 좋다.

〈어머, 호호호. 농담도 잘하세요. 서인이에게 볼일이 있는 거죠?〉

"하하, 아니라고는 할 수 없겠죠."

〈호호호, 알았어요. 잠시만 기다리세요.〉

아, 서인이가 게임을 하고 있지 않은 건가?

난 속으로 이건 운명일 것이라고 부르짖었다. 조금 후 독특한 소리가 들려오기 전까지.

뚝!

"뚜, 뚝이라니… 그, 그렇담?"

뚝이라는 소리가 이렇게 크게 들리는 때는 얼마 없다. 내가 알고 있는 것 중에서 다른 건 기억이 나지 않고 오직 한 가지, 캡슐과 사용자를 이어주는 코드를 강제로 뽑았을 때 딱 이런 소리가 난다. 그것도 크게.

그런데 캡슐과 사용자를 이어주는 코드를 강제로 뽑게 되면 사용자의 캐릭터는 아무런 방비도 없이 그 자리 그대로 남게 되니 위험하고 사용자는 갑작스러운 튕김으로 약간의 고통을 느끼게 된다.

〈꺅! 언니!〉

〈전화 왔으니까 전화나 받아!〉

리얼 폰 너머로 갑자기 접속이 끊겨 약간의 고통 때문에 놀란 서인이의 목소리가 들렸고 곧 형수님이 그녀에게 잔소리를 하는 소리도 들려왔다.

하… 하하, 형수님도 참으로 화끈한 분이시군.

<전화 바꿨습니다.>

"하… 하하, 서인이니?"

난 어색한 웃음을 감추지 못하고 입을 열었다. 서인이도 내가 전화를 건 것에 깜짝 놀라며 캡슐에서 나올 때 약간 헝크러진 머리를 정리했지만 이미 늦었다는 것을 깨달았을 거다.

"내가 괜히 전화한 건가?"

<아, 아니에요. 어차피 저도 막 로그아웃하려고 게임 속의 침상에 몸을 누인 참인데 언니가 갑자기 연결을 끊어버려서요. 캐릭터는 괜찮을 거예요.>

"그래? 그럼 다행이구."

난 속으로 안심을 하며 그렇게 말했다. 주변에서 어련히 보호해 주겠냐만 만약 그녀가 사냥 중에 튕겼다면 난 상당히 미안한 마음을 가질 수밖에 없었을 거다. 그런데 로그아웃하려 할 때 튕겼다니… 그런 마음이 조금 덜어지는 것은 어쩔 수 없었다.

"서인아, 지금 나올 수 있어?"

<네?>

"아니, 어차피 할 것도 없으니까 데이트나 하자고."

내 말에 화면 속의 서인이 얼굴은 잘 익은 홍시처럼 붉게 물들었다.

"하하, 농담이고. 그냥 오랜만에 시간이 남는데 혼자 있으려니 시간이 아까운 것 같아서 말이야. 싫어?"

<아, 아니에요. 제가 그쪽으로 갈까요?>

"아냐, 내가 그쪽으로 갈게. 거의 다 도착하면 전화할 테니 그때까지 준비하고 있어."

<네.>

그렇게 전화를 끊고는 난 밖으로 나가기 위해 계단을 내려가기 시작

했다.

"어라? 사장! 어디 가?"

종업원처럼 서빙을 하고 있는 희구 형이 급히 뛰어내려 가는 날 발견하고는 그렇게 물어왔다. 이런 때 약 좀 올려줘야지!

"데이트!"

"뭐?! 야! 사장! 지금 누군 바빠 죽겠는데 사장이란 작자는 데이트나 하러 다닌단 말이야?"

잔뜩 흥분한 희구 형은 그렇게 내게 말했지만 이미 이 정도는 예상한 바다.

"애인이나 만들어와. 형도 보내줄 테니. 그럼 수고하도록!"

난 그렇게 말하고는 일그러져 있을 희구 형의 표정을 생각하며 다시 계단을 내려가기 시작했고 아틀란티스에서 빠져나와 나의 애마 XI—3에 올라탔다.

이게 얼마 만의 데이트냐!

"좋았어. 인공지능이든 뭐든 잊고 놀아보는 거다!"

내가 서인이의 집에 도착했을 때 그녀는 집 밖으로 나와 나를 기다리고 있었다. 그녀는 빨간 모자를 눌러쓰고 보라색 옷을 예쁘게 차려입고 있었는데 이제 봄이긴 하지만 아직도 추운 기온 때문에 추위를 느끼는지 약간 떨고 있었다.

서인이는 내가 도착하자마자 고개를 들어 날 쳐다보았다.

"서인아, 왜 나와 있어?"

"기다리게 하기 싫었어요."

서인이는 내 말에 살포시 미소 지으며 말했는데 그 말이 사정없이 내 가슴을 후벼 팠다.

사실 거의 도착해서 전화하기로 했었다. 하지만 난 전화하지 않았다. 내가 전화를 하면 서인이는 빨리 나와서 기다릴 텐데 그렇게 기다리게 하는 것보다 차라리 도착해서 전화를 한 뒤 내가 기다리는 것이 더 좋을 것 같아서였다. 그런데 서인이는 어떻게 눈치 챘는지 미리 나와서 기다리고 있는 게 아닌가.

날 배려해 주는 서인이의 모습에 나도 모르게 히죽 미소가 지어지는 것 같았지만 억지로 억누르고 서인이에게 쏘아붙였다.

"바보야! 누가 그런 거 생각하라고 했어? 이러다가 감기 걸리면 어떡해!"

내 말에도 서인이는 잔잔한 미소만 지으며 나를 바라볼 뿐이었다. 에휴, 내가 뭘 어쩌겠냐.

"어휴~ 내가 무슨 소리를 하겠냐."

난 그렇게 말하며 그녀의 어깨를 끌어안았다. 그녀는 처음엔 흠칫했지만 춥긴 추웠는지 내 품으로 쏙 들어오는데 기분이 참 묘했다.

"크흠, 참 춥지?"

"…네, 네."

"서인아, 다음부터는 제발 이러지 마. 내가 잠시 기다리며 추운 게 낫지, 네가 이렇게 기다리다 감기라도 걸리면 난 주변 사람들에게 반 죽는단 말이야."

원래 하려던 말은 걱정된다는 말이었지만, 그건… 그건! 너무 닭살 돋잖아!

"후후훗, 나중에 봐서요."

정말 할 말 없게 만든다.

"에라, 모르겠다."

난 그 상태로 오토바이를 타면 위험할 것 같기에 서인이를 꼭 안아 주고 서 있었다. 흠흠, 이거 솔로문도들이 봤다면 날 도륙하려고 할 것 같군. 뭐, 이젠 솔로문이 아니라 현월대지만.

서인이와의 즐거운 데이트를 마치고 난 집으로 돌아왔다. 집에 돌아오니 또 혼자가 되었고, 혼자서 무슨 짓을 하겠는가. 그냥 이런 저런 생각을 하다 보니 다시 인공지능에 대한 생각이 시작되었다.

인공지능, 창조주……. 강적이다.

예전에 문득 한 생각이 떠올라 강민 형에게 물은 적이 있다. 비상을 완전히 지웠다가 새로 만들면 되지 않는가. 현재의 인공지능 대신 회사 측에서 새로이 만든 인공지능을 집어넣으면 되지 않는가.

강민 형은 불가능이라고 했다. 이미 인공지능은 비상의 시스템적인 부분까지 전부 지배해 버렸다고 한다. 그래서 지우려고 해도 인공지능의 방해 때문에 지울 수 없고 설사 지워진다 해도 곧바로 인공지능이 복원해 버리니 괜히 인공지능에게 경각심만 줄 뿐 안 하니만 못하다는 것이다.

결국 우리가 인공지능에게 할 수 있는 건 아무것도 없다는 것을 뜻했다. 나중에 회사 측에서 현재의 인공지능을 이길 수 있는 새로운 인공지능이 개발된다면 모를까 아직은 방법이 없다고 했다.

그렇다면 우리가 지금 해야 할 일은 무슨 수를 써서라도 인공지능의 계획을 막는 것이다. 그것이 비상을 지킬 수 있는 유일한 수단이다.

"젠장, 그게 쉬우면 내가 고민도 안 하지."

욕설이 튀어나왔다.

쉬울 리 없었다. 시독무는 의외로 쉽게 해결했다. 녀석이 내 무공에 대해 잘 몰라서 그랬지만 그와의 대결로써 이제 내 무공은 인공지능에게 확실히 알려졌을 것이고 내 무위 역시 측정 가능하게 되었을 것이다.

폭기 2단계까지 사용한다면 시독무 같은 녀석 두 명 정도는 상대할 수 있겠지만 그것도 녀석들이 협공을 취하지 않고 각자 따로따로 제각각 덤빈다는 가정 하에서 그럴 수 있다는 것이다.

난 새삼 도제도결의 위력을 실감할 수 있었다. 사실 시독무와 나와의 무위적 차이는 거의 없었다. 하지만 난 그를 이길 수 있었다. 무공 탓도 있지만 가장 중요했던 것은 난 그의 움직임을 읽을 수 있었지만 녀석은 그렇게 하지 못했다는 것이다.

상상 이상의 능력치. 거기다가 도제도결의 모든 장점이 접목된 나의 움직임은 웬만한 눈썰미로도 파악하기 힘들었다.

정말 우연이라기에는 너무 독특하다는 느낌이 든다. 내게 도제도결이 주어진 점이라든지, 투결을 얻게 되었다든지, 한월이 있어주었고, 현월광도가 빛을 뿜었으며 한계치 상실의 버그가 내게 걸렸다. 거기다가 아직 확실하지는 않지만 훌륭한 동료가 될 사람들까지 알고 있는데 이걸 과연 우연이라고 할 수 있을까?

"흠… 정말 복잡하다, 복잡해."

난 머리를 절레절레 저으며 품 안에서 종이 한 장을 꺼내 들었다.

강민 형이 써준 종이다. 바로 초절정무공에 대한 단서가 들어 있는 종이. 초절정무공의 단서는 열 가지였다. 하지만 남은 초절정무공이 열 개라는 생각은 버려야 한다. 적어도 노도가 하나를 익히고 있을 것이고 또 인공지능이 언제 찾아낼지 모른다.

그중 한 글귀가 내 이목을 끌었다.

빛은 그보다 더 밝은 빛 속에 숨어 있다.

아리송한 단서다. 내가 익힌 게 광 속성의 절정무공이니 초절정무공도 광 속성이 좋을 듯한데, 그 광 속성 무공의 단서로 보인다는 게 이런 거니……. 이 정도의 단서 가지고 도대체 뭘 찾으라는 말인가. 정말 머리 아프다. 이것만 그런 게 아니라 나머지 것들 역시 그야말로 옛 선인들이 즐겼다는 선문답이다, 선문답.

"아으, 미치겠네."

난 터질 것 같은 머리를 흔들어대며 종이에서 눈을 뗐다. 내가 천재도 아니고 이런 걸 찾아낼 수 있을 리 만무하다. 천재인 강민 형도 못 찾아냈는데 당연한 거지. 아니, 강민 형은 찾으려고도 안 했나?

"에라, 나중에 친구들에게도 가르쳐 줘야지."

내가 지금 동료로 포섭할 사람은 대충 이렇다.

우선 내 친구들.

아직 무위는 그렇게 강하지 않더라도 이미 내가 녀석들이 익힐 일류무공까지 전부 다 구해놓았으니 어렵지 않게 의형진기까지는 사용할 수 있을 거다. 내가 녀석들에게 바라는 것은 시독무 정도의 무위를 가진 녀석들을 상대하라는 것이 아니다. 아무리 인공지능이 대단하다 하더라도 시독무 정도의 고수를 마음대로 배출할 순 없을 거다. 일류무사들도 즐비하겠지. 내가 맡기는 건 그 일류무사이다.

두 번째는 바로 쥬신제황성이다.

문원 한 명, 한 명이 전부 절정고수. 강기를 사용할 수 있을는지는 몰라도 내가 본 쥬신제황성의 문원들은 의형진기는 자유자재로 뿜어낼 수 있었던 사람뿐이다. 의녀라는 청화 누나 역시 미영이와 같은 편(鞭)으로 편기(鞭氣)을 뿜어낼 수 있으니 말 다한 거지.

세 번째는 거의 불가능하다고 생각하지만 예전 랭킹 20위권 안의 랭커들이다. 그 랭커들은 전부 강기를 뿜어낼 수 있는 고수로서 그 정도로 열심히 키웠다면 분명 이 비상이 잘못되는 것을 탐탁지 않게 생각하는 건 당연한 사실. 우리에게 힘을 빌려줄지 아니면 독자적으로 해결하려 할지 모르겠지만 우선 포섭 대상으로 꼽힌다.

네 번째는 신진고수. 저번 비무대회 때 신진고수들의 반란이 무서웠다고들 했다. 그리고 거의 반년이 지났다. 그 정도라면 지금쯤 엄청난 고수가 됐을 가능성이 충분한 사람이 몇 명 있다.

마지막은 바로 현월대. 현월대는 현월대로 개명한 뒤 지금까지 너무 잘해주었다. 이젠 믿어도 될 것이다. 난 그들에게 무공서를 풀기로 했다. 내 생각대로라면 인공지능과 한 판 할 때에 친구들과 맞먹을 정도는 될 것이다.

"이 정도인가?"

난 대충 머리 속으로 도움을 줄 수 있는 사람들의 명단을 뽑아보고는 한숨을 내쉬었다. 분명 다들 대단한 사람들이다. 이 사람들만 모이면 단독 단체 중에서 최고의 단체로 꼽힐 수도 있을 것이다. 아니, 최고의 단체다.

하지만 인공지능 쪽의 전력을 모르다 보니 안심이 되지 않는다. 만약 그쪽의 전력이 절정고수들 이상만으로 백여 명이 넘는다면? 싸워보기도 전에 패배다. 그래서 제일 빨리 해야 할 것이 초절정무공을 찾는 일이다.

난 갑자기 할 일이 너무도 많아진 것을 느끼며 캡슐 쪽으로 발걸음을 옮겼다. 하루 정도는 쉬라고 했지만 이러고 있을 시간이 없었다. 할 일이 너무나 많았다.

◆ 비상(飛翔) 스물아홉 번째 날개

가자! 숭산, 소림사로!

비상(飛翔) 스물아홉 번째 날개 가자! 숭산, 소림사로!

로그인을 하자 비상의 세계가 시야에 들어왔다. 그리고 병건이가 침상 앞에서 꾸벅꾸벅 졸고 있는 것도 보였다. 이놈은 어떻게 된 게 게임 속에서도 졸 수가 있는지 정말 신기하다.

난 로그인을 하면서 서서히 잠잠해져 가는 진기를 다시 일깨우고 순환시키기 시작했다. 내가 진기를 유도해야 할 방향을 아는 게 아니고 그냥 축뢰공의 진기 움직이는 길로 따라가기 시작한 것이다. 꽤 오래 전부터 한 건데 이렇게 하면 진기를 다루는 것이 더욱 세심해지고 또 성능도 좋아졌다.

"후우……."

내상은 많이 나아 있었다. 아니, 운기조식을 취하기 전에 먹었던 내상약과 축뢰공, 그리고 용연지기의 자연 치유력의 효용이 뛰어났던지 이미 거의 완치나 다름없었다. 아직 조금 응어리가 남아 있기는 하지만 그건 자연히 치유될 것이었다.

난 침상에서 일어나 졸고 있는 병건이를 내버려 두고 밖으로 나왔다. 무슨 큰일이 있는지 분주하게 움직이는 하인, 시녀 NPC들과 친구들의 모습이 보였다. 쟤들은 또 왜 저러는 거야?

"어이! 상호야!"

난 앞을 급히 지나쳐 가고 있는 상호를 불렀다. 그러자 녀석은 급히 가다 말고 급정지를 한 탓인지 주르륵 밀려가다가 겨우 자리에 설 수 있었다.

"야! 너 왜 벌써 들어와 있어! 하루는 정양해야 한다고 했잖아!"

"아아, 괜찮아, 괜찮아. 이미 내상은 다 나았으니까."

"그걸 말이라고 하냐?"

상호는 어이없다는 듯이 날 보며 물었지만 난 지금에 와서 로그아웃할 생각 같은 건 추호에도 없었다.

"그나저나 어쨌든 들어온 거니까 빨리 준비해."

"응? 뭘?"

"아아, 넌 모르겠구나. 아니, 아무리 그렇다 해도 홈페이지도 안 들어가 보냐?"

아아, 잔소리는 이제 그만! 상호 녀석 요즘 들어 잔소리가 늘었단 말이야.

"잔소리 좀 그만 늘어놓고 말해 봐. 도대체 무슨 일인데? 아니, 그것보다 내가 먼저 할 말 있으니 애들 좀 모아봐."

"아아, 몰라몰라. 밖의 광장에 나가서 공지 사항이나 확인해."

상호는 그렇게 말하고 냅다 뛰어갔다. 저 썩을 것! 내가 할 말이 급한데도 저러다니! 그때 민우가 저쪽에 보였다.

"민우야! 나 할 말 있어!"

그러나 들은 척도 안 하는 민우. 레벨 업을 하면서 청력도 상승했으니 못 들었을 리가 없다. 단지 내 말이 귀찮다 생각하고 무시하는 것일 뿐. 내가 언제부터 이런 왕따가 되었더냐.

결국 난 친구들이 무엇 때문에 이렇게 부산스럽게 움직이는지 확인하기 위해 밖으로 나가 광장으로 향했다.

"이봐, 늙은이. 잔말 말고 가진 거나 좀 내놔보란 말이야."

"허허, 이 친구들 좀 보게나."

"친구는 무슨 얼어죽을 친구. 어서 가진 거나 당장 안 내놔?"

정말 어이없는 광경이다. 내가 광장으로 가기 위해 지름길을 사용한다고 좀 그늘진 골목으로 파고들었다지만 대낮부터 이런 강도질이라니……. 그것도 노인을 위협하고 있는 저 양아치들은 행세를 보아하니 NPC도 아니고 유저들 같았다. 도대체 수도라면서 치안이 어떻기에 대낮부터 저런 놈들이 활개 치는 거야?

난 기척을 숨긴 채로 녀석들의 뒤로 다가갔고 주먹을 날리기 시작했다.

퍽! 퍽! 퍽! 퍽!

"악! 뭐, 뭐야!"

"습격인가?"

습격은 무슨 얼어죽을.

"이 무뇌충 같은 놈들아! 북경이 무슨 범죄자들의 천국이고 강도들의 극락이냐? 어째 보이는 것들이 전부 범죄자뿐이야? 니들이 그러고도 사람이야? 앙? 대답해 봐!"

난 살살 때려서 아직 말대꾸를 할 수 있는 녀석들을 밟아주며 고래고래 소리를 질렀다. 이런 녀석들이 있으니까 인공지능이 NPC들만으로 세상을 만들려고 하는 거 아니냐고! 오늘 너희들 잘못 걸렸어.

"으아악!"

"죽어! 죽어!"

퍽퍽퍽!

"사, 살려……."

난 녀석들을 자근자근 짓밟았다. 아마 녀석들은 저번 객잔에서처럼 평소 자신들의 덩치만 믿고 생활하는 놈들이 틀림없었다. 이런 놈들의 버릇을 안 고쳐 주면 나중에 가서 쪽박 찰 거다.

"허허. 젊은이, 이제 그만 해도 되지 않겠는가?"

"아아, 뭐, 그러시다면 이쯤에서 그만 하죠."

난 그렇게 말하고 녀석들을 밟던 발을 거두었다. 하지만 녀석들은 이미 처참한 지경이라 간혹 손가락만 꿈틀거릴 뿐이었다. 그래도 죽지 않을 정도만 팼으니까 죽을 리는 없을 거다. 아마도… 안 죽겠지? 설마…….

"노인장께서도 이런 골목길을 혼자 다니시면 어떡해요. 위험하잖아요."

내가 정말 이래 뵈도 노인 공경은 하는 놈이다. 시독무처럼 날 죽이고자 달려드는 놈은 제외되지만 그래도 다른 분들께는 꽤나 노인 공경을 하는 스타일이다.

"허허허, 도와줘서 고맙네. 내가 이런 일이 있을 줄 알았겠는가. 허허."

노인장의 모습을 보니 NPC 같았다. 보통 연로하신 분들은 게임도 잘 안 하거니와 한다 하더라도 저런 평범한 옷을 입지는 않는다. 체면 차리시니까.

하지만 이 노인장은 어디서나 평범히 볼 수 있는 옷을 입고 있었고 유저라면 그럴 법한 무기라도 하나 차고 다닐 텐데 그런 것도 없었다. 그냥 산책 나온 노인 같은 모습.

"아차! 광장에 가야지. 할아버지도 부디 이런 놈들 안 만나게 조심하세요!"

난 그렇게 말하고는 발길을 돌려 광장으로 향했다. 저 노인이 나중에 다른 양아치들을 만날 수도 있지만 난 내가 할 일은 했다. 나머지는 저 노인의 몫이지. 그래도 가는 동안 보이는 양아치들은 다 때려눕히고 가니 괜찮겠지.

터벅터벅.

평원. 몽고의 대평원에 한 사내가 걷고 있었다.

굵고 강한 얼굴 선과 다듬어지지 않은 산발. 거대한 체구에 근육으로 다져진 몸은 굉장한 수련의 정도를 알려주었고 굵고 정확한 이목구비는 사내의 인상을 깊게 새겨주었다. 그리고 광기가 맴돌고 있는 눈동자. 입술은 굳게 닫혀 있었지만 오히려 그 모습이 광기 어린 눈동자와 어울려 왠지 모를 분위기가 사내로부터 풍겨 나왔다.

터벅터벅.

"크크큭!"

사내의 입이 비틀어져 올라가며 진득한 미소가 새어 나왔다. 광기가 잔뜩 담긴 미소. 주변을 압도하는 기세.

"크하하하하하!"

미소는 점점 광소로 퍼져 갔고 대평원에 사내의 웃음이 퍼져 나갔다.

"크하하하하!"

파스스스스스스!

날카로운 무언가에 베인 듯 사내 주변에 있던 풀들은 깨끗이 잘린 채 바람에 날려 흩어지기 시작했고 사내의 웃음소리가 갑자기 끊기며 바람은 더욱 세차게 불어왔다.

"쥐새끼!"

광풍처럼 몰아치는 바람과 그 중심에서 광기 어린 살기를 뿜어내는 사내의 눈은 한쪽을 가리키고 있었다.

"흐흐흐. 아무리 취미로 익혔다지만 꽤나 경지에 오른 은신술인데 잘도 찾아내는구나."

광기 어린 눈동자가 가리키는 곳에서 마치 유령처럼 솟아난 인물. 새까만 흑의를 입었으며 양손에는 뾰족한 세 줄기의 갈고리가 달려 있었고 40대로 보이는 얼굴 전체에는 뭔지 모를 미소가 가득했다. 어찌 보면 광기의 사내와 비슷한 모습.

광기의 사내는 그가 모습을 나타냈지만 계속해서 웃음만 흘릴 뿐이었다.

"크크큭!"

"흐흐흐, 네놈이 투귀라는 놈이더냐?"

그랬다. 광기를 흘리는 사내. 바로 투귀였다.

"크크큭! 그렇다면?"

"흐흐흐, 그렇다면 지금 내 손에 죽을 운명이군."

"크크크! 크하하하하하!"

앙천광소를 터뜨리는 투귀의 모습에 갈고리의 남자는 눈썹을 찌푸렸다.

"크크, 크큭! 날? 누가? 겁먹고 뒤만 졸졸 따라다니던 쥐새끼가?"

"놈!"

갈고리의 사내는 투귀의 말에 겁먹고 뒤만 졸졸 따라다니던 쥐새끼가 자신을 두고 하는 소리임을 눈치 채고 소리 질렀다.

그러나 투귀의 말은 끝나지 않았다.

"쥐새끼 주제에 감히 누구를 논하는 것이냐!"

프스스스스스슷!

지금까지와는 비교도 안 될 진득한 살기가 투귀의 전신을 덮었고 그 살기는 갈고리사내를 노렸다. 갈고리사내는 내공이 진탕되는 것을 느끼고는 억지로 가라앉혔다.

'보통 놈이 아니었구나.'

사내는 이제야 투귀가 만만치 않다는 것을 깨닫고는 경각심을 일깨웠다.

"흐흐흐, 우리의 판단으로 너는 네놈들이 멋대로 정한 랭킹 10위권의 놈 중 가장 허약한 것으로 판명되었다. 겨우 그까짓 것밖에 되지 않는 놈을 상대로 본좌가 나서주셨으면 감사할 따름이지."

갈고리사내의 말에 투귀의 웃음이 멈추었다. 그리고 굳어지는 표정.

"다시 지껄여 봐라."

"본좌가 나서주셨으니 감사할 따름이라고 했다."

"아니, 그것 말고 그전에 했던 말."

"흐흐흐, 네놈이 가장 약하다고 했다."

파앗!

순식간에 사라졌다가 갑자기 갈고리사내의 눈앞에 나타난 투귀. 투귀의 보법 일보진천(一步振天)이었다. 그의 손이 갈고리사내의 목을 노리고 있었다.

갈고리사내는 급히 뒤로 뛰어올라 투귀의 손을 피하며 식은땀을 흘렸다.

"큭!"

"어떤 놈이 그런 판단을 내렸는진 몰라도 정말 재미있군. 크크큭! 내가 왜 투귀가 되었는지 그 이유를 가르쳐 주마."

투귀에게서 살기 섞인 투기가 뿜어져 나왔고 그 무형의 기는 갈고리사내를 압박해 갔다.

"크윽! 감히 네놈이!"

갈고리를 세워 투귀에게로 달려가는 사내. 하지만 투귀는 싸늘한 눈빛으로 그를 바라볼 뿐이었다.

"살추조(殺追爪)!"

강력한 내공이 담긴 사내의 갈고리는 투귀의 목을 노렸다. 그리고 언제까지고 움직이지 않을 것 같던 투귀는 살짝 목을 비틀었고, 덕분에 목에 갈고리가 박히진 않았지만 대신 어깨에 깊숙이 박혔다.

"흐흐흐, 얌전히 죽는 게 고통이 덜할 것이다."

"크크큭! 미친놈."

순식간에 사내의 목을 왼손으로 낚아채는 투귀. 사내는 그런 투귀의 손에서 벗어나려고 했지만 깊숙이 박힌 그의 갈고리는 빠질 생각을 하지 않았다. 투귀가 내공을 사용하여 그의 갈고리를 잡아두고 있었던 것이다.

퍼억!

"컥!"

투귀의 오른손은 사내의 단전을 관통해 있었다.

"네가 나를 가장 약하다고 생각했을 때부터 넌 이미 내게 진 것이다, 쥐새끼."

"무, 무슨 짓을……."

순간 사내의 단전을 뚫고 지나간 팔 전체가 빛나기 시작했다. 바로 강기.

"크, 크아아악! 나, 나 살오조(殺烏爪) 마……."

"폭살(爆殺)."

퍼걱!

사내의 말을 끊고 짧게 중얼거린 투귀의 한마디에 갈고리사내는 몸 안에서 폭발이 일어나는 듯 터져 나가기 시작했다. 마치 사예의 폭의식에 당한 것처럼. 너무나 어이없는 결말.

투귀는 잔인하게 전신이 터져 나간 채 피를 뿌리는 갈고리사내의 잔해를 던져 버리고 어깨에 박힌 갈고리를 뽑았다. 검은 피가 흘러나오는 것으로 봐서 극독을 바른 것 같았다.

"크크큭! 네 소개는 저승에 가서나 해라. 네놈의 이름 따위 기억하기 귀찮으니. 크크큭!"

챙그르르르.

투귀가 던져 버린 갈고리는 땅에 떨어지며 금속성을 내었다. 투귀는 몰랐다고 하지만 이 갈고리사내, 살오조 마갈은 그들이 창조주라 부르는 인공지능의 수하인 창조주의 파편이었다. 무위는 강기를 뿜어낼 수 있는 고수. 투귀가 아무리 강자라 해도 이렇게 쉽게 무너뜨릴 상대는 아니었다.

다만 투귀가 애초에 공격을 피할 생각을 않고 살오조의 갈고리를 그대로 받아내었으며 살오조 역시 투귀를 너무 얕보았었다. 마지막으로 살오조는 절정의 무공을 익히긴 했지만 절정고수의 자리에 올라 제대로 된 실전 경험도 없는 반쪽짜리 고수라 이런 상황에 대처해야 할 방법을 몰랐기에 너무나 쉽게 투귀에게 당한 것이었다.

투귀는 상대가 어떤 공격을 하든지 간에 한 방에 자신을 죽이지 못하면, 불사신의 위력으로 그 즉시 상대를 죽일 수 있는 무위의 소유자였으니 이 모든 것이 어쩌면 한 편의 소설같이 짜맞춰진 장면 같았다.

펄럭! 펄럭!

한 장의 종이가 투귀에게로 떨어져 내렸다. 그리고 그 종이에는 한 줄의 글귀가 적혀 있었다.

"천하제일 비무대회? 크크큭! 초대하는 것인가? 좋군!"

투귀는 적혀 있는 글자를 한 번 읽어버리곤 뒤로 던져 버렸다. 그러자 땅속으로 서서히 가라앉는 종이. 인공지능, 창조주가 투귀에게 보내는 메시지였던 것이다.

"재미있겠어. 크하하하하!"

투귀의 눈동자는 한쪽을 보며 타오르고 있었다.

"크악!"

"하아… 하아……."

황량한 사막의 한 골짜기. 주변이 무언가 강력한 충격을 받은 듯 움푹 파여 있었고 덕분에 모래먼지가 사방으로 비산했다.

그리고 그 중심에서의 두 남자. 한 남자는 무릎을 꿇고 입으로 꾸역꾸역 피를 뱉어내고 있었으며 또 다른 남자는 한 손에 검을 들고 자신의 몸 곳곳에서 흐르고 있는 피도 무시한 채 무릎을 꿇고 있는 남자를 바라보고 있었다.

"크, 쿨럭! 대, 대단하군. 과연 최강이란 크악! 쿨럭! 이름이 무색하지 않을 정도야."

"휴우……. 얼마 전 깨우친 것이 아니었다면 거기서 무릎을 꿇고 있는 것은 저였을 것입니다."

"크크크… 그 마지막 초식, 도저히 막을 수 있는 초식이 아니더군. 쿨럭!"

"……."

무릎을 꿇은 남자는 뭐가 그리도 우스운지 계속 웃음을 터뜨리며 매서운 눈길로 검을 든 사내를 바라보았다.

그러다가 사내는 갑자기 한 장의 종이를 검을 든 사내에게 날렸다. 종이이건만 마치 칼날처럼 검을 든 사내에게로 쏘아졌다. 하지만 그건 결코 검을 든 사내를 어찌해 보려는 마지막 발악 같은 것이 아니었다.

"좋다, 단엽. 일의 진상을 알고 싶으면 그곳으로 와라. 크크큭! 크하하하하!"

칼날 같은 종이를 받아 든 검을 든 사내, 천하제일인으로 칭송받는 성자, 아니, 성군 단엽은 사내를 말없이 쳐다보았다. 그때 광소를 짓던 사내의 몸이 점점 부풀어 오르기 시작했다.

"……!"

"크하하하! 저승에서 다시 보자!"

쾅!

강한 폭음과 함께 자신의 몸을 폭발시킨 사내. 그리고 그곳에서 조금 거리를 둔 곳에서 단엽은 다시 몸을 드러냈다.

"…천하제일 비무대회? 다시 시작되려 하는 건가……."

휘이잉~

매서운 바람이 단엽의 몸을 스쳐 갔다. 홍황의 무서운 바람.

"이제 돌아가야 하는 건가……."

홍황에 발을 디딘 지 약 반년. 드디어 다시 돌아가야 하는 사태에 맞이했다. 이제 드디어 다시 돌아가야 한다.

"……."

홍황의 뜨거운 태양이 마지막 발걸음을 옮기는 단엽의 등 뒤로 그 빛을 발했다.

천하제일(天下第一) 비무대회(比武大會) 개최.

천하 동도의 마음을 모으고 강호의 평화를 지키고자 천하제일 비무대회를 개최하게 되었습니다. 많은 참여와 성원 부탁드립니다.

장소: 하남(河南) 숭산(嵩山) 소실봉(少室峰) 정상 비무장(比武場).

시기: 비상 신력(新歷) 4년 9월 26일.

대회 목록

무차별: 천하제일 비무대회(전원 출전 가능)

초절정고수: 청룡 비무대회(레벨 180이상)

절정고수: 백호 비무대회(레벨 120이상 179이하)

일류고수: 현무 비무대회(레벨 70이상 119이하)

중수: 주작 비무대회(레벨 30이상 69이하)

하수: 잠룡 비무대회(레벨 2이상 29이하)

그 외 대회.

천하제일 비무대회와 다른 대회는 중복 출전이 가능하며 낮은 등급의 비무부터 차례대로 치러질 것입니다.

상품은 당일 밝힙니다. 결코 실망시켜 드리지 않을 만한 상품이니 많은 참가 부탁드립니다.

"비무대회?!"

난 경악성을 지를 수밖에 없었다. 갑자기 웬 비무대회인가. 지금은 비상 신력 4년 8월 22일이니까 앞으로 35일 남았다는 말이다. 현실로 따지면 보름 조금 넘게 남았다는 말이고. 그건 그렇고 왜 갑자기 비무대회야! 하필 안 그래도 이렇게 머리가 아플 때!

난 그렇게 잠시 머리를 붙잡고 절규하고 있었다. 너무 많은 일이 한꺼번에 일어나니 머리가 아프다. 그때 누군가 내 어깨를 두드렸다.

"이보게, 젊은이."

"응?"

난 뒤를 보았고 거기엔 낯익은 노인이 서 있었다.

"어? 노인장은?"

"허허허, 맞구먼."

분명 아까 양아치한테 당할 뻔했던 그 노인이다. 이 노인이 왜?

"자네가 바로 무황인가?"

"$&$#%#&*!"

노인의 입에서 '무' 자가 나오는 순간 난 노인이 하려는 말을 눈치채고 이상한 소리를 내서 파묻어 버렸다. 내가 무황인 걸 안다. 그럼 이 노인도 창조주 파편?

"창조주의 파편인가?"

"허허허, 그렇게 부르기도 하지."

노인의 말에 난 긴장할 수밖에 없었다. 창조주의 파편이라니……. 이렇게 대놓고 활동해도 된단 말인가?

"허허허, 걱정 말게. 싸우러 온 것은 아니니까. 다만 그 멍청한 시독무, 그놈이 제 할 일을 제대로 하지 않고 죽어서 이렇게 찾아온 것뿐이네."

"무슨?"

"자, 받게."

노인은 내게 손바닥만한 종이를 건네었다. 암기인가?

난 조심스레 노인에게서 종이를 받았고 그 종이에 적힌 글자를 읽을 수 있었다.

"천하제일 비무대회?"

"허허허, 부디 오리라 믿네. 아마 자네가 포섭하려는 사람들 중 대부분이 참가할 테니 자네의 뜻을 관철시키기 위해서라도 참가하리라 믿네."

"자, 잠깐!"

"허허허."

노인은 뒤돌아 걷기 시작했고 난 노인을 세우려 했지만 어느새 노인은 사라져 버리고 말았다.

천하제일 비무대회……. 그래, 내 뜻을 알고 있었다 이 말이지? 좋아, 피하지 않겠다. 간다! 숭산으로!

난 종이를 꾸깃꾸깃 구겨 버리며 장원으로 급히 발걸음을 옮겼다.

"애들아!"

"너 어디 갔다 오냐?"

"어머? 너 들어오면 안 된댔잖아!"

난 급히 장원의 휴게실로 뛰어들어 갔다. 이미 하인 NPC로부터 일행이 모두 이곳에 있다는 것을 들은 후였기에 내 발걸음은 거침이 없었다. 그리고 마침내 휴게실로 들어가자 날 반기는 것은 웃고 떠들고 있는 친구들과 내가 접속한 것을 알고 잔뜩 화가 난 청화 누나, 하얀이였다.

"으, 응? 아, 그게……."

"당장 로그아웃 못해?"

"자, 잠깐……!"

난 청화 누나에게 자초지종을 설명하려 했지만 청화 누나는 막무가내였다.

"잠깐이고 뭐고 빨리 가서 로그아웃하란 말이야!"

"저, 저 다 나았어요."

"뭐?"

내 말에 청화 누나는 미심쩍은 눈빛으로 날 바라보았다. 아니, 정확히 말해서는 미심쩍은 눈빛이 아니라 얘가 웬 헛소리를 하고 있냐는 눈빛이었다. 크윽! 내가 평소 이렇게 믿음을 주지 못했단 말인가.

"정말이에요. 진맥을 해보면 알잖아요."

"만약 다 안 나았으면 너 죽었어. 감히 의원의 말을 무시하고 네 멋대로 행동해?"

그제야 청화 누나가 그렇게 불같이 화낸 이유를 알 수 있었다. 환자가 의사의 말을 듣는 것은 의사에 대한 최소한의 예의인데 내가 그것을 무시하고 내 멋대로 행동했기 때문이리라. 하지만 다 나은 몸으로 휴식을 취한다고 시간을 뺏길 필요는 없잖아.

청화 누나는 내 손목을 잡고 진맥을 하기 시작했다. 이 진맥이라는 것은 의원의 기술을 익힌 사람에게 주어지는 일종의 스킬인데 현실의 의원처럼 정말 맥을 읽고 그것으로 병명이나 환자의 상태, 뭐 그런 것을 아는 게 아니라 진맥을 하면 피시술자의 상태가 대략적인 수치로 눈앞에 나타난다. 처음에는 상태의 대략적인 수치만 나타나지만 스킬의 숙련도가 더욱 높아질수록 병명이라든지 상태가 더욱 정확히 나타난다고 한다.

잠시 후 청화 누나는 내 손목에서 손을 뗐다.

"봐요. 다 나았죠?"

"그래, 거의 다 나았구나."

청화 누나의 말에 하얀이까지 놀라고 있었다. 나머지 사람들이야 이런 방면으론 무지하니 우리가 하는 말이 뭔 말인지 모르고 있었지만 하얀이는 의녀니까.

"하지만! 또 네 멋대로 행동했다가는 정말 죽을 줄 알아?"

"알았어요."

난 그렇게 청화 누나에게 비굴하게 말하고는 당당히 걸어가 또 퍼자고 있는 푸우의 등 뒤로 올랐다. 의자도 있긴 하지만 솔직히 푸우의 이 쿠션이 좋다. 이제 친구들도 푸우에 대해서 거리감이 많이 사라졌지만 나처럼 이렇게 마음껏 위로 올라가지는 못한다. 그러므로 여긴 나의 지정석. 흐흐흐.

크르릉!

퍽!

"잠이나 계속 자!"

푸우는 내가 또 자신의 등 뒤로 오르자 으르릉댔지만 언제나 그렇듯 내가 발로 한 번 차주자 그 티꺼운 표정을 씰룩대며 다시 잠에 빠져들었다. 하여간에 이 잠탱이는……. 음, 그나저나 내가 뭐 하러 이곳에 들어오긴 했는데 그게 뭐더라? 젠장, 푸우 이놈 때문에 까먹었잖아.

난 옆에 앉아서 전병을 먹고 있는 상호를 불렀다. 앤 아까까지는 그렇게 바쁘더니 지금은 안 바쁜가?

"음, 상호야."

"왜?"

"나 할 말이 뭐더라?"

"그걸 내가 어떻게 아냐?"

당연했다. 노도나 창조주의 파편처럼 생각을 읽는 능력이 없는 이상 내가 하려던 말이 뭔지 상호가 알 수는 없었다. 내가 저놈이랑 교감을 하는 끔찍한 상황도 아니고 말이야. 음, 그래! 창조주의 파편!

"아! 맞다! 우리 숭산에 가야 해!"

나의 갑작스러운 말에 일행은 이상한 눈초리로 날 바라보았다.

"이번에 숭산에서 또 비무대회가 개최된다고 하더군."

"마! 그건 내가 공지 사항을 읽어보러 가래서 안 거잖아!"

상호는 짜증난다는 식으로 나에게 말했다. 음, 그랬던가? 확실히 그랬군.

"하지만 내가 숭산에 가야 하는 이유는 특별하단 말이야!"

"아아, 특별하고 자시고 간에 시끄러, 임마!"

오늘 내가 좀 흥분을 해서 그런가? 어떻게 이렇게 무시를 당하는 거지? 난 손을 들어 너무 풀어져 있는 얼굴을 쓰다듬어 어느 정도 모양새를 갖추었고 진지하게 친구들에게 말했다.

"나 정말 할 말이 있다."

"뭔데?"

"해봐."

크윽! 이 진지하지 않은 녀석들. 하지만 해야 할 말은 해야지.

난 일행에게 창조주의 파편에 대한 얘기를 시작했다. 영호충, 노도와 만났을 때부터 말이다. 일행도 처음에는 대충대충 듣는 것 같더니 나중에 가서는 전부 집중해서 내 얘기를 듣기 시작했다. 그중에서도 가장 심각한 표정을 짓고 있는 것은 장염 형이었다.

"그래서 난 창조주, 인공지능의 음모를 막기 위해 숭산으로 가야 해."

"……."

"……."

한동안 휴게실을 덮치는 싸늘한 침묵. 그리고 얼마 후 병건이의 입이 열렸다.

"야, 너 소설 쓰냐?"

"응?"

"어디 말도 안 되는 이야기를 가지고 우릴 놀리려고 그러냐!"

하여간에 이 병건이란 놈은 안 돼. 병건이의 말에 친구들도 어느새 날 의심스러운 눈초리로 바라보고 있었다. 하지만 난 굳은 표정을 풀지 않았다.

"아니, 내가 한 말은 모두 사실이다. 내가 쓰러져 돌아왔던 것도 그 창조주의 파편과 싸우다 간신히 녀석을 죽이고 그랬던 것이니까."

"……."

"……."

내 말은 진지했다. 조금 전까진 내가 반 장난스럽게 굴었지만 이젠 정말 진지해져야 할 때다. 하지만 일행은 아직 선선히 내 말을 믿지 못하는 것 같았다. 그때 내 말을 입증해 주는 이가 있었으니 바로 장염 형이었다.

"사예의 말은 사실인 것 같다. 나도 얼마 전에 습격당했으니까."

장염 형의 말은 역시나 내 예상을 입증시켜 주었다. 각 최고라 자부하는 고수에게 창조주의 파편은 갔을 것이다. 하지만 의외인 것은 내가 장염 형이 당했다는 사실을 몰랐다는 것이다. 내 이목까지 숨길 수 있었나?

"선뜻 이해가 가지 않겠지. 서백이가 폐관에 들어간 게 왜일 거라 생각하나? 정확히 말하자면 그 일이 일어난 것은 무제에 대한 증거를 위해 천진을 떠나기 전이다."

장염 형의 설명은 이랬다. 무제에 대한 증거를 위해 천진을 떠나기 전 불의의 습격을 받았다는 것이다. 상대는 장염 형 혼자서는 어려웠던 고수. 하지만 다행히 그때 서백 형이 같이 있어 둘의 힘으로 간신히 적을 쫓아 보낼 수 있었는데 그 일로 서백 형의 자존심이 무너졌다는 것이었다. 그래서 서백 형은 폐관에 들어가고 장염 형은 무제에 대한 증거를 찾기 위해 시부촌으로 내려왔다는 것이다.

난 장염 형의 말에 의아함을 느낄 수밖에 없었다. 시간의 차이가 나도 너무 났다. 내가 습격을 받은 시간대와 엄청난 차이가 난다. 장염 형을 궁지로 몰아갈 정도의 상대라면 분명 창조주의 파편이 맞을 것이다. 하지만 난 갈피를 잡을 수가 없었다. 과연 내 예상이 맞는 건가? 이미 오래전부터 사람들이 습격을 받아왔던 건가? 머리가 아프다.

"……."

"……."

일행은 아까부터 계속해서 침묵만을 지키고 있었다. 아마 믿기 힘들 거다. 나도 눈앞에서 벌어진 일이 아니었다면 믿기 힘들었을 텐데 이들은 직접 본 것도 아니고 얘기로만 듣고 있다. 하지만 믿어야 한다. 그래야 우리에게 도움이 될 테니.

"그런데 사예, 네 실력이 대단하다는 것은 알고 있었지만 음, 그러니까 그 창조주의 파편이란 자들에게서 이길 수 있다니……."

장염 형은 나를 보며 그렇게 말했고 쥬신 일행 역시 궁금하다는 표정으로 날 바라보았다. 음, 대답하기 곤란한 질문인데? 내 정체를 아는 친구들 역시 살짝 고개를 돌려 쥬신 일행을 외면하고 있었다. 저렇게 연기하는 티가 팍팍 나면 어쩌자는 거냐고.

"나도 내 실력이 어느 정도 되는지 잘 몰라. 정확히 말해서 아마 장염 형보다는 강할 거야."

꿈틀!

음, 핏줄 꿈틀거리는 소리가 여기까지 들리는구만. 하지만 동료가 되려면 서로의 능력은 알아야 한다. 그것도 상상도 못할 강적을 대하는 것임에야 당연한 일이지.

"그 말 책임질 수 있나?"

장염 형으로부터 투기가 뿜어져 나왔다. 하지만 솔직한 심정으로 이 투기는 투귀의 살기 섞인 투기나 비마 형의 살기와는 비교도 안 될 미약한 투기다. 나도 슬쩍 용연지기를 끌어올려 기를 뿜어냈다. 내 기는 어느 순간부터인가 한기를 동반한 예기를 띠었다. 처음 이런 분위기를 내려면 한월을 뽑아 들어야 했지만 언제부터인가 그러지 않고서도 기를 뿜으면 이런 기로 변형되어 분출되었다.

나의 예기와 장염 형의 투기가 맞부딪쳤지만 쉽게 승부가 나지 않았다.

"납득하기 힘들겠지. 하지만 이러면 또 이야기가 달라져."

난 인벤토리에서 죽립을 꺼내고 품에서 백면귀탈을 꺼냈다. 이미 밝히기로 한 것 다 밝혀준다.

난 백면귀탈을 썼고 죽립을 머리 위에 썼다. 그러자 예기와 한기는 기괴한 기운처럼 변했다. 바로 무제의, 아니, 이젠 무황의 모습이다.

"무… 제!"

"네가 무제였어?!"

"맙소사!"

내가 정체를 드러내자 친구들은 일냈다는 표정이 역력했고 쥬신 일행은 하나같이 입을 다물지 못했다. 하지만 눈앞의 장염 형은 표정에 변화가 없었다.

"내가 그 정도도 알지 못할 거라고 생각했나?"

"그 말은 내가 무제라는 것을 알고 있었다는 말인가?"

"나만이 알고 있었다고는 생각하지 않겠지?"

"형이 알고 있다면 진랑 형이나 디다 형, 비마 형도 알고 있겠지?"

난 얼마 전에 다른 쥬신 일행과는 달리 곧바로 돌아간 디다 형을 떠올리며 말했다. 그렇게 물음도 아니고 답도 아닌 이상한 말을 주고받던 우리는 한순간 같이 기를 거두었다.

"좋다, 네가 무제라면 그럴 수도 있겠지."

"아니, 난 무제가 아니야."

"뭐? 방금까지는……."

"승급을 했어. 무황이야."

"……!"

이번엔 쥬신 일행뿐만 아니라 친구들까지 놀란 듯 눈을 동그랗게 뜨고 날 쳐다보았다. 그러고 보니 친구들에게 얘기를 안 했구나. 또 깨지겠는데?

"솔직히 말해 봐라. 네 무위가 어느 정도냐? 짐작은 하고 있을 텐데?"

이거 정말 곤란하게 만드는군. 대충 거짓말을 하기에도 미안하잖아. 에라, 별수없지.

"정말 솔직히 말해 줘?"

"그래."

"말해 봐. 우리도 듣고 싶어."

친구들과 쥬신 일행까지 재촉에 나섰다. 난 슬쩍 푸우의 털을 움켜잡았다. 누군 이렇게 고생을 하고 있는데 저는 잠이나 자? 이런 곰탱이 같으니라고.

"초매가 없을 경우, 장염 형만 아니라면 여기에 있는 모두가 덤벼도 반 시진 안에 죽일 수 있어. 그리고 푸우가 같이 있다면 장염 형이 있어도 반 시진 안에 죽일 수 있고. 제압하는 거면 또 모르겠지만 게임 오버라면 이 정도야."

"뭐?!"

"말도 안 돼!"

제압하는 것과 죽이는 것은 다르다. 죽이는 것은 전력을 다해 싸우면 되지만 제압하는 것은 자신의 힘을 조절하면서 싸워야 한다. 그건 보통 힘든 일이 아니다.

난 머리 속으로 대결 구도를 그려보았다. 먼저 내가 혼자고 저쪽에는 장염 형과 초매를 뺀 나머지가 있을 경우.

어렵지 않다. 지금 이 자리에 있는 사람은 나와 장염 형을 빼놓고선 강기를 쓸 수 없다. 그리고 의형진기로 강기를 어찌할 수 없다는 것은 직접 겪은 내가 더 잘 안다. 그러므로 이들은 강기로 펼치는 망월막을 깰 수 없다.

망월막으로 모든 공격을 막은 후 승월풍으로 뛰어오르며 우선 아직 의형진기조차 제대로 다룰 수 없는 친구들을 끝장낸다. 강기로 펼친 망월막은 비록 내가 그 초식을 거두더라도 꽤나 오랜 시간 동안 보존되어 호신강기(護身剛氣)를 이룬다. 그렇게 대부분의 친구들을 끝장내고 나서 낙월업으로 또 한두 명을 보낼 수 있을 것이고 나머지는 시간 문제일 뿐이다.

이미 숫자의 우세는 그다지 없을 터 원주미보를 밟아 하나씩 처리해 가면 반 시진 안에 끝낼 수 있다.

"흠……."

장염 형도 눈을 감고 예전 내가 비마 형과 싸울 때 펼쳤던 초식들을 연관 지으며 이미지 트레이닝을 해보는지 작은 신음을 내뱉었다. 하지만 그때 난 현월광도를 제대로 펼칠 수 없었을 때고 지금은 다르다. 도저히 결과가 나오지 않을 것이다.

이번엔 장염 형을 포함하여 생각했다. 과정은 비슷하다. 내가 다른 사람을 맡는 동안 장염 형은 푸우가 맡는다. 솔직히 가끔 보여주는 혈웅으로 변신한 푸우라면 장염 형도 이길 수 없을 것이다. 아마 강기까지 견디지 않을까 하는 거의 무한의 맷집과 체력. 그것만으로도 이미 결과는 난 셈이다. 내가 다른 사람들을 다 처리하고 푸우와 지친 장염 형을 연합 공격한다면 반 시진도 허풍이 아닌 셈이다.

그러나 그것 역시 감이 안 잡힐 거다. 이들은 푸우의 능력을 모른다. 나도 제대로 싸우지 않으면 어떻게 될는지 모를 푸우의 능력을. 알고 있다면 오직 지자님과 나, 그리고 초매만 어렴풋 눈치 채고 있을 것이다.

난 말을 끝내고 일행을 바라보았다. 아직도 장염 형은 이미지 트레이닝 중이며 치우 형이나 까페 일을 마치고 온 공아 형, 상호, 은유 누나도 마찬가지였다. 다만 나머지 청화 누나를 비롯해 조금 실력이 떨어지는 애들은 패닉에서 벗어나지 못했다.

"왜? 못 믿겠냐?"

"그럼 우리가 네 애완 곰보다 약하다는 거냐?"

제일 먼저 따지고 드는 것은 역시 자존심이 강한 민우였다. 아마 푸우보다 약하다는 것을 믿지 못하겠지.

"쥬신 일행 말고 상호를 뺀 너희들만으로 푸우의 기세를 제대로 받아낼 수 있다면 정중히 사과하지. 참고로 말하자면 푸우가 제대로 된 기세를 뿜을 땐 나조차도 식은땀이 난다는 사실을 알도록."

어찌 들으면 대단한 모욕이라 할 수도 있겠지만 엄연한 사실이다. 사실 상호가 개입해도 푸우에게 이기지 못한다. 다만 내가 말한 것은 기세만이기에 상호를 뺀 것이었다. 상호도 이제 거의 강기에 도달해 가는 고수니까.

"……."

친구들은 침묵했다. 큰 충격일 것이다. 나름대로 강하다고 자부해 왔었는데 오늘 처참하게 박살나다니……. 하지만 자신의 무위를 정확히 알아야 한다. 지금 이들의 실력으로는 보통 비상무림에서는 통할지 몰라도 내가 싸워야 할 창조주의 파편에겐 어림도 없다. 오히려 방해

나 되지 않으면 다행이다.

"휴우……. 젠장, 저런 곰탱이한테도 깨지고 살고 이거 너무한데? 젠장, 기분 더러워."

제일 먼저 입을 연 것은 병건이었다. 그나마 상황 판단이 빠르군. 이어서 친구들의 허탈한 한숨 소리가 휴게실을 메웠다. 나도 심히 기분은 좋지 않다. 친구들을 이렇게 폄하해야 한다니. 하지만 어쩔 수 없다. 강해지기 위해선 이게 최단 거리니까.

퍽!

"얌마! 일어나. 산책이라도 가자."

크르릉!

난 푸우의 등 뒤에서 내려와 침까지 흘리며 자고 있는 푸우를 깨웠다. 그리고 억지로 푸우를 이끌고 휴게실을 나갔다. 이런 때는 내가 아닌 스스로 해결하는 것이 좋다.

끼익!

휴게실 문이 닫히는 소리가 처량하게 들렸지만 나보다 친구들이 훨씬 더할 것이다.

"음, 괜히 들어와서 일행의 속만 태우고 가는구나."

크르릉!

내 말에 푸우는 동의는 못해줄망정 웬 헛소리냐는 듯 크르릉댔다.

"이런 씹곰탱이가!"

퍽!

나의 발은 그대로 푸우의 머리로 떨어졌고 머리를 맞은 푸우는 티꺼운 표정이 다시 극에 달하며 눈에 불을 켜고 내게 달려들기 시작했다.

크엉!

"어쭈구리구리. 또 해보자고?"

그렇게 난 푸우와 한 판 붙으며 친구들에게 미안한 마음을 애써 지워 버렸다. 다 내가 죽일 놈이지.

"죽어! 죽어!"

쿠어어엉!

이 보 전진을 위한 일보의 후퇴. 간단한 말이다. 현실이 이렇게 간단하다면 얼마나 좋을까? 하지만 실상은 이렇게 간단하지 않다.

이 말을 난 백 보 전진을 위한 구십구 보의 후퇴로 바꿔야 한다고 생각한다. 단순한 결과만이 아닌 구십구 보를 물러나고 백 보를 전진하며 겪는 과정이 중요하다는 뜻에서 이런 말을 하는 것이다. 단순히 일보의 후퇴라는 말만 한다면 그 누구도 이 일보의 후퇴를 어렵다고 생각하지 않을 것이다.

지금 친구들이 겪고 있는 이런 경험 역시 구십구 보의 후퇴 중 일보일 뿐이다. 이런 것조차 넘어서지 못한다면 발전의 가능성은 접어둬야 한다. 너무 극단적인 방법이라 할지라도 이렇게 충격 요법이 좋을 때도 있다.

바로 지금이 그때다.

"어이, 곰탱이. 자냐?"

크르릉.

난 지금 빛나는 달빛의 하늘을 마주 보며 푸우의 등에 누워 있다. 방에 가서 누울까도 했지만 그 노인의 말투로 봐서 당분간 창조주의 파편들이 습격할 것 같지도 않고 체력도 많으니 가끔씩 이런 달빛 아래 잠드는 것도 좋은 방법이 아닐까 해서다.

현실에서는 불가능한 일이지. 십중팔구 자는 도중 손버릇 나쁜 놈들에게 털리거나 추워서 얼어 죽을 테니. 아, 이런 선명한 달도 볼 수 없나?

"젠장, 맷집만 더럽게 좋아서."

쿠엉!

사실 내가 이곳에 누워 있게 된 것은 푸우와 한참을 싸우다가 지쳐서 그런 거다. 저번에 푸우와 싸울 때는 감도를 최하로 낮췄다지만 지금은 본래의 나처럼 최고로 높인 상태. 아무리 체력이 높다 해도 나 스스로가 지칠 수밖에 없었다.

푸우는 내 말에 티꺼운 표정을 빛내고 있겠지만 등을 돌리고 누운 내가 그게 보일 리 없다. 다만 예상만 할 뿐이다. 마음의 눈? 하여튼 안 봐도 비디오다. 티꺼운 표정을 한 채 한숨이나 쉬고 있겠지. 아니면 간식거리 생각하던가.

"젠장, 더럽게도 밝네."

난 괜히 하늘의 밝은 달에 불평불만을 터뜨리며 몸을 이리저리 꼼지락댔다.

일행이 제대로 각성을 하든, 안 하든 숭산으로 떠나야 하는 것엔 변함이 없다. 그래야 대충 사람들을 모을 수 있을 테니까. 아마 다른 고수들에게도 나처럼 이렇게 직접 숭산으로 초대를 받았다면 대부분이 모여들 거다. 고수들은 자존심 빼면 시체니까.

"아아, 머리가 아파오는구나."

난 머리를 감싸며 외쳤다. 아아, 이쯤에서 오늘의 기억은 끊어버려야겠다. 더 이상은 머리가 터져 버릴 것 같아.

아침이 왔다. 워낙 체력이 많다 보니 게임에서 자는 것에 무신경함이 없지 않아 조금 어색하기는 했지만 따뜻하고 푹신한 쿠션 덕분인지 아주 편하게 잤다. 음, 푸우 이 녀석. 의외로 쓸 데가 많단 말이야. 자가용도 되고 데이트용 분위기 타는 데도 알맞고, 그리고 이런 침대까지 되다니…….

"어이, 곰탱아. 고민은 끝났겠지?"

난 푸우의 등 뒤에서 몸을 일으키며 말했다. 내가 이런 곰탱이에게 무슨 말을 하겠냐마는 일행에게 상당히 나쁜 짓을 한 것 같은 이 여린 마음에 함부로 물어볼 수도 없고 그리고 초매는 비상 모델 일을 위해 늦게 들어올 테니 아직 안 들어왔을 확률이 높다. 하지만 가장 중요한 이유는 이곳에 나와 푸우밖에 없다는 사실이다!

"젠장, 내가 너랑 이런 말이나 하고 있어야 한다니……."

난 티꺼운 표정으로 지 위에 있는 나를 보려고 최대한 고개를 돌리고 있는 푸우의 얼굴을 밟으며 땅으로 내려왔다. 어떻게 된 곰이 목이 저렇게까지 돌아가지? 어쨌든 제 얼굴을 밟자 크르릉대는 푸우를 살짝 무시하고는 휴게실 문 쪽으로 발걸음을 옮겼다.

"음, 아무 소리도 안 들리는데?"

난 귀를 휴게실 문 쪽으로 대봤지만 아무런 소리도 들을 수 없었다. 다 나간 건가? 살짝 열어본 문으로 휴게실의 정경이 보였다.

"……."

보이는 건 딱 한 명. 앉은 채로 졸고 있는 병건이뿐이었다. 하여간에 잰 능력도 많아. 어떻게 하면 저렇게 하고 잠을 잘 수 있을까? 근데 저렇게 졸고 있는 것을 보면… 보면… 안 돼!

"야!"

"으어억!"

결국 저질러 버렸구나.

병건이의 옆으로 가서 그의 귀에다 대고 크게 소리를 지르는 만행을 저지른 나는 의자에서 미끌하고 넘어지며 주춤거리는 병건이를 보며 왠지 모를 희열감을 느꼈다. 아, 난 진정 변태란 말인가. 젠장, 웬 헛소리냐?

그사이 병건이가 자리에서 일어나 귀를 틀어막고 소리쳤다.

"뭐, 뭐야!"

"다른 사람들은?"

"응? 뭐라고?"

저런 멍청한 짓을……. 난 크게 말하지 않았다. 그렇다고 작게 말한 것도 아니다. 그런데 그래 봤자 저렇게 귀를 꽉 틀어막고 있으면 말을 들을 수 없는 건 당연한 거다. 병건아, 병건아. 넌 왜 갈수록 멍청한 짓을 하는 거니.

난 병건이가 틀어막고 있는 손을 내 손으로 잡아떼고서는 다시 한 번 말해 줬다. 귀를 또 틀어막으면 안 되니까 보통처럼.

"손을 떼야 들리지. 다른 사람들 어디 갔냐고?"

"아, 그렇군. 다른 사람들? 글쎄? 모르겠는데? 어? 정말 그러고 보니 다들 어디 갔지?"

그러니까 그 말인즉 녀석은 다른 사람들이 나가는지도 모르고 편히 잤다는 말이잖아. 에휴~ 병건아, 너를 푸우와 동급으로 인정한다.

"잠이나 자라."

"어? 야, 잠깐만!"

뒤에서 소리를 지르며 따라오는 병건이를 푸우와 비슷하게 무시해

준 채 휴게실을 나왔다. 음, 다들 어디 갔지? 로그아웃했나? 하지만 이 한창일 시간에 로그아웃할 리 없잖아. 다른 이들은 빼놓더라도 상호는 절대!

그때 한 가지 생각이 머리를 스치고 지나갔다.

"혹시?"

내 발걸음은 빨라져 갔고 발걸음이 이끄는 곳은 장원 본채의 뒤편이었다.

챙!

창!

"합!"

"헛!"

혹시나 했는데 역시나.

내가 도착한 곳은 장원 본채의 뒤편에 있는 공터였다. 장원의 크기는 그렇게 크지 않았지만 건물은 필요 이상으로 많아서 장원 본채 뒤쪽의 건물 한 채를 없애 버리고 만든 공터였다. 물론 돈이야 더 깨졌지만. 크윽!

어쨌든 그 공터는 꽤나 넓어서 여러 사람이 무공 수련을 하기에도 좋고 두 명만이라면 비무도 가능할 정도의 넓이였다. 그래도 들인 돈이 있기에 의형진기나 강기에 의한 비무는 금지해 뒀다. 잘못해서 건물이라도 부수면 큰일나잖아.

그런데 그런 공터에서 금속성과 기합성이 들리는 이유는? 하나뿐이다. 바로 수련을 하고 있을 때.

"역시 이곳에 있었구나."

공터에 도착한 나는 수련을 하고 있는 일행을 볼 수 있었다. 아마 내 말에 충격 좀 받았을 거다. 내가 만약 그런 말을 들었다면 우선 주먹부터 날아갔을 테니까.

난 그들이 수련을 하고 있는 곳으로 걸어가며 외쳤다.

"여기서 뭣들 하시나!"

"아! 효민이!"

"여어, 썩을 놈이네."

"그래요. 빌어먹을 놈이기도 하죠. 저놈이 누구 덕분에 이걸 시작하게 됐는데!"

"써, 썩을 놈? 빌어먹을 놈?"

순식간에 장염 형과 상호에게서 언어 폭력을 당하고 말았다. 크윽! 이렇게 복수를 하다니…….

"사예야, 나랑 대련이나 좀 하자."

"아냐, 나부터."

"내가 먼저야."

나와 대련을 하겠다고 앞 다투며 나서는 일행의 모습에 난 왠지 기분이 좋으면서도 뭔가 잘못되었다는 기분을 떨칠 수 없었다.

확실히 저들이 강해지길 바란 것은 맞지만 그게 나를 통해서라는 뜻은 아니었다고!

난 나와 먼저 비무를 하겠다고 다투는 일행에게 슬쩍 손을 흔들어줬다.

"아… 하하하. 안녕!"

그리고 냅다 뛰었다. 뒤를 돌아 내가 온 길로.

"어? 도망간다!"

"잡아!"

"비무는 해주고 가!"

젠장, 내가 미쳤냐? 이겨도 좋은 소리 못 듣고, 져도 좋은 소리 못 듣는 비무를 하게. 경신술까지 사용하며 따라오는 일행을 보면서 나도 별수없이 능공천상제를 사용하기 시작했다.

"비겁하다!"

"하늘로 도망가는 게 어디 있냐!"

능공천상제는 공중을 밟고 뛰어오를 수 있는 외 3등급의 초일류 경신술. 상대도 비슷한 수준의 경신술을 사용하지 않는 한 난 잡힐 위험이 없단 말이야! 흐흐흐.

"너 거기 안 서?"

"잡히면 죽는다?"

어느새 나를 따라오던 일행은 따라오는 이유조차 까먹었는지 협박까지 해가며 나를 세우려 하고 있었다.

이런 기분 나쁘지 않군. 적어도 동료들이 한 발짝 뒤로 더 물러난 셈이니까.

그날 이후 다행히도 일행은 다들 안정적으로 변해갔다. 내가 말했다지만 자존심이 상할 만도 한데 묵묵히 수련을 거듭했다. 그리고 마침내 숭산으로 떠나기로 한 날.

"치우 형, 다른 쥬신 일행은?"

"응, 하북(河北)에 있는 한곳에서 만나기로 했어. 정말 네 말대로라면 이번 비무대회는 비상 초고수들이 거의 다 모일 테니까 오지 말라고 하셔도 오실 분들이지. 그리고 너를 보고 싶어하시기도 하고."

이미 쥬신 일행 중 누군가 내 정체를 진랑 형들에게로 보냈을 거다.

이미 알고 있기야 하겠지만 그래도 자신들을 속인다고 속였으니 내가 얄밉게도 보이겠지. 쩝, 그건 그렇고 이렇게 천천히 움직여도 되나?

"근데 이렇게 천천히 움직여도 되는 거야? 늦으면 어쩌려고?"

현재 우리는 치우 형을 일행의 대장 격으로 삼았다. 정말 의외로 이리저리 싸돌아다닐 것 같은 장염 형을 제치고 우리들 중에서 가장 많은 여행을 다닌 것은 치우 형이었다. 그 연을 들어보니 치우 형이 익힌 무공이 풍(風) 속성이라 그렇다는데 그게 말이나 되는 소린가? 설명하기 귀찮아서 대충 넘기는 게 분명했다.

어쨌든 가장 많은 여행을 다닌 인물답게 이런 여행에 대해서는 많은 지식을 가지고 있었고 또 나이도 우리들 중 가장 많으니 대장 격으로 삼은 것이다.

"걱정 마. 우선 하북에 가서 일행을 만난 후에 말을 타고 이동할 테니까. 말을 사용하면 금방이야. 그리고 공아는 카페에서 일하기 바쁠 테니 아예 그곳에서부터 말을 타고 올 거고 말이야."

"음……."

그렇군. 말이 있었어. 하북까지는 조금 시간이 걸리겠지만 그거야 주변 구경하면서 이동하면 되는 거고 하북까지 도착해서 말을 타면 하남까지는 금방일 테지.

난 머리 속으로 대충 그곳까지 갈 길을 예상했다. 음, 나도 순조롭게 여행이나 다녔으면 좋겠다. 하지만 인공지능에 대한 일을 처리하지 않는다면 힘들겠지. 에휴…….

"어휴……."

"왜 그리 한숨을 쉬냐?"

작게 내뱉은 한숨을 들었는지 장염 형이 내게 다가오며 물었다.

"아아, 갑자기 내 신세가 처량해서 말이야."

"네 신세?"

"그렇잖아. 남들은 다들 재미있게 게임을 하는데 나는 이렇게 인공 지능을 막는 데 힘을 기울여야 하니 말이야. 게임 속에서 무슨 일을 하든 주변에 자객이 없는지 신경 써야 할 정도란 말이야."

다행히 시독무 이후로 자객이라고 생각되는 자는 눈에 띄거나 느껴지지 않았지만 나보다 실력이 뛰어나면 내 신경에도 걸리지 않을 수 있을 거다. 하긴, 그런 고수라면 그냥 나를 죽여 버리고 말지 뭐 하러 지켜보겠나?

"하하하. 난 오히려 네가 부러운데?"

"응? 내가 부럽다니?"

이게 웬 뚱딴지 같은 소리야?

내 물음에 장염 형은 팔을 활짝 펼쳤다.

"사실 그렇잖아. 주변의 사람들을 돌아봐. 단지 심심해서, 할 것이 없어서, 따분해서 등등의 이유를 가지고 게임을 하고 있어."

음, 그렇지. 나도 처음에 할 것이 없어 시작했던 거니까.

"하지만 어느 누구에게나 물어봐. 자신이 무언가 특별한 것을 하고 있다고 생각하는지. 아마도 대부분이 아니라고 생각할걸? 아무리 비상에서 많은 직업을 만들고 많은 커뮤니케이션이 발생하도록 게임을 만들었다지만 거기에도 한계가 있어. 결국 같은 게임 운명을 지닌 사람이 한두 명은 있기 마련이고 그만큼 자신만의 무언가가 없을 수밖에 없지."

장염 형의 말투는 정말 내가 부러운 듯했다. 거기다가 예까지 말할 정도이니……. 장염 형이 이렇게 생각이 깊었던가?

"그런 사람들에게 있어서 정말 너밖에 할 수 없는 일, 주위의 사람들이 모두 너를 위하는 일을 한다고 생각해 봐. 짜릿하지 않아? 평생 평범하고 일상적이며 개성없는 삶을 살아가는 사람들이 대부분인 이 사회에서 비록 게임 속이지만 수많은 사람이 즐기는 한 세상이 네 손에 달렸다고 생각해 봐. 넌 그것 자체로도 남들보다 훨씬 재미있는 게임을 하고 있는 거야. 그런 면에서 네 스스로 책임을 져야 할 점도 있지만 다른 부분을 보면 나나 다른 대부분의 사람들은 너를 부러워할 거란 말이지."

모순적인 일이다. 난 다른 사람처럼 평범하게 게임을 즐기는 것을 부러워한다. 정말 이런 골치 아픈 상황에 개입될 줄 알았으면 캐릭터를 지워도 벌써 지웠을 거다. 하지만 모르면 몰랐으되 전부 알게 된 지금, 그것도 강민 형이 부탁하는 일을 무시할 수는 없는 노릇이다.

어쨌든 난 평범한 플레이를 하고 싶건만 다른 사람들은 이런 내가 오히려 부러울 거란다. 정말 이해하지 못할 세상이다. 아니, 이해하기를 거부하는 세상이다.

그렇게 약간 혼란스러워하는 내게 또다시 장염 형의 목소리가 들렸다.

"그리고 너 스스로는 인정하지 않겠지만 너 역시 느끼고 있을 거야. 지금 이런 순간을 즐기고 있다는 것을. 만약 네가 지금과 똑같은 무력을 가지고 시작할 수 있다고 쳐. 만약 그 인공지능이란 것이 없다고 쳐. 과연 네가 즐길 수 있는 범위는 어느 정도일까? 길어봐야 3, 4년? 그런 면에서는 투귀가 오히려 솔직하다고 할 수 있지. 싸움을 할 때 느껴지는 짜릿함은 잊을 수 없는 중독과 같은 거니까."

장염 형은 그렇게 말을 끊고 뒤로 물러나며 치우 형에게로 다가갔다. 나 스스로도 사실 이런 특이한 것을 바라고 있다고?

"정말일까?"

난 나 스스로에게 물어봤다. 정말 내가 이런 일을 바라고 있었던 걸까? 내 무력이 강해진들 그 무력을 뽐낼 수 있는 대상, 겨룰 수 있는 대상이 없다면 정말 무의미해지고 무기력해질까?

답을 내릴 수 없다. 내가 내 스스로의 마음을 꿰뚫기엔 내 마음속이 너무 복잡하고 또 내 능력이 너무 부족하니까. 다만 이런 생각으로 끝을 맺고 싶다. 설령 장염 형이 한 말이 사실이든 아니든 현재를 즐기면 되는 것. 인공지능 때문에 안 그래도 머리 아픈 이때에 일부러 머리를 더 혹사시킬 필요는 없겠지.

난 슬쩍 고개를 돌려 옆에서 뒤뚱뒤뚱 걷고 있는 푸우를 바라보았다. 이 부러운 녀석!

"아아, 곰탱아, 곰탱아. 나도 너처럼 생각없이 살 수만 있다면 얼마나 행복할까?"

크르릉!

또 이 녀석이 크르릉댄다. 그리고 또 티꺼운 표정이다. 정말 이모저모 신기한 구석이 많은 녀석이다. 그 무한에 가까운 체력과 맷집만으로도 이미 보통 곰과는 거리가 먼데 그것으로 그치지 않고 싸가지없기는 사람을 능가하고 저렇게 대들다가 맞은 지 얼마 지나지 않았는데도 끝까지 개기는 모습에서 질긴 고무 같은 끈질김마저 느껴진다.

"눈 깔아!"

난 푸우에게 그렇게 다정히 말해 주고는 다시 앞을 바라보았다. 아아, 내 주위에는 내 마음을 이해해 줄 그 누군가가 진정 없다는 말인가. 크윽! 이게 바로 고독이라는 건가!

난 슬쩍 발을 튕겨 푸우에게로 모래를 날리며 고독에 몸부림쳤다.

"흐흐흐, 이보게들."

얼굴은 수염으로 뒤덮여 상당히 보기 흉악한 사람이 역시 보기 어려운 미소를 지으며 우리 일행에게 말을 걸어오고 있었다.

정말 나랑 이런 사람들이랑은 인연이 깊은가 보다. 어떻게 움직일 때마다 만나는 건지.

우리 일행은 북경에서 이동해 하북의 초입에 위치한 시연이란 마을을 지나 산길로 접어들었었다. 하북은 다행히 북경과의 거리적 차이가 많지 않아 기온 차이도 적어 금방 적응할 수 있었는데 그래도 친구들의 체력은 팍팍 줄어들기에 도중에 계속해서 휴식을 취할 수밖에 없었다.

오늘도 가장 체력이 달리는 하얀이를 생각해 일찌감치 휴식을 취하고 있었는데 웬 오십여 명의 많은 사람이 우리들 앞에 나타났다. 아, 갑자기 나타난 건 아니고 자기들은 기척을 숨긴다고 숨겼겠지만 아마 우리 일행 전부가 느꼈을 거다.

어쨌든 문제는 나타난 사람들이 나랑 깊은 인연을 가지고 있는 바로 '산적' 이라는 것이다. 왜! 나는 여행만 하면 이런 산적들이 덮치는 거야! 그것도 일행이 이렇게 많은데!

지금 우리 일행은 나와 친구들, 그리고 초매까지 해서 아홉 명이다. 그리고 쥬신 일행 중 공아 형이 빠졌으니까 네 명을 더해 총 열세 명이 우리 일행의 전부다. 보통 이 정도 일행이 지날 때에는 어느 정도 머리가 있는 산적이라면 시비를 걸어오지 않는다. 우리처럼 꽤나 많은 수의 인원이 반항이라도 하면 그들로서도 손해일 테니까.

하지만 그 산적의 패거리가 꽤나 이름 높고 많은 사람을 소유한 산적들이라면 얘기가 또 달라진다. 그들은 남는 게 사람이니 결단코 자신들의 영역을 쉽게 지나가게 해주지 않는다. 그리고 지금 우리 앞을 막아선 이들도 그런 산채의 산적 중 하나라는 것이 짜증날 뿐이다.

"무슨 일이십니까?"

사람이 속이 좋은 건지 아니면 어수룩하다고 해야 할는지, 뻔히 의도가 보이는 산적들의 몸짓에도 치우 형은 여전히 온화한 안색으로 살짝 앞으로 나서며 물었다.

"흐흐흐, 이 어르신들께서 자금이 좀 필요하시니 가진 것만 다 내놓고 가게나."

바로 본색을 드러내는 산적. 아아, 그나마 여자들을 달라지 않아서 다행인가?

"그리고 그 뒤편의 아름다운 소저들도 우리와 함께 가야 할 것 같아서 말이야. 흐흐흐."

생각하기가 무섭군. 근데 문득 한 가지 궁금한 게 떠오르는데 NPC가 유저를 납치해서 $#%#$%(알아서 해석)하는 게 가능할까? 비상에서도 $#%#$%는 할 수 있지만 그것은 남녀 사전 동의에 의해서 가능하다고 한다. 그렇지 않고 억지로 하려고 하면 남녀의 각각 생식기에 감각이 사라진다고 한다. 음, 한마디로 남자는 고자가 된다는 거다. NPC는 그렇지 않을까?

음, 오늘 내 생각이 정말 불순하다고 느낀다. 하지만 별수없잖아. 궁금한 건 궁금한 거니까.

"죄송하지만 저희도 쓸 곳이 있어 가진 것은 드리지 못하겠습니다. 그리고 우리 일행의 여인들도 물건이 아닌 하나의 인격체들이니 우리들 뜻대로 할 수 없고요."

일장 연설이다, 일장 연설. 저렇게 할 필요가 있는가? 상대의 의도가 확실하다면 그냥 확 쓸어버리면 될 것을……. 그렇다고 죽이자는 건 아니다. 이 정도의 많은 인원이라면 상호를 제외한 친구들은 힘들겠지만 친구들을 제외한 어느 누가 나서도 한 명도 죽이지 않고 제압할 수 있다. 아니, 그럴 필요도 없이 의형진기를 뿜어내는 것만 봐도 도망갈 것이다. 아무리 이름 높은 산채라 할지라도 부채주 이상이 나서지 않는 한 의형진기는 흉내도 내지 못할 테니까.

산적 역시 이런 치우 형의 행동에 어이가 없는지 벙찐 표정을 하고 치우 형을 바라보고 있었다. 그러다가 다시 제정신을 차렸는지 곧바로 음흉한 미소를 띠며 소리쳤다.

"흐흐흐, 너희들이 정 그렇다면 어쩔 수 없지. 얘들아, 쳐라! 남자는 다 죽여도 여자는 살려둬야 한다!"

챙! 챙!

"흐흐흐, 네!"

어째 끼리끼리 논다고 웃음소리까지 비슷하기는…….

난 슬쩍 등 뒤에 차고 있는 한월을 향해 고개를 돌렸다. 한월은 원래의 모습이 아니었다. 볼품없고 뭉퉁한 모습. 또한 엄청 거대하며 온통 새까맣고 장식이나 그런 것 하나 없는 한월.

한월이 이렇게 변한 것에는 이유가 있었다. 내가 무제로 활동하면서 이 한월을 너무 많이 사용하여 어느 정도 관찰력이 뛰어난 사람이라면 내가 한월과 같은 도를 사용한다는 것을 눈치 챘다는 것이다. 장염 형이 내 정체를 어떻게 알았는가 말해 주면서 알아낸 사실이었다. 난 정말 바보다. 이런 간단한 사실을 미처 몰랐다니.

그래서 난 즉시 솜씨 좋은 대장간으로 달려가 대장장이 NPC에게 한월의 크기와 모양을 대충 말해 주고는 그런 도를 전체로 덮어씌울 수 있는 무언가를 만들어달라고 했다. 대장장이 NPC는 의아해하긴 했지만 두말없이 며칠 후 물건을 만들어줬고 그 물건은 내 마음에 쏙 들었다.

정말 볼품없을 정도로 투박한 두 개의 무엇. 마치 도갑처럼 도갑을 덮어쓴 한월을 그대로 덮어씌울 수 있는 거대한 대도의 도신과 또 그 도신과 이어지는 손잡이. 한월을 도신과 잇고 거기에 손잡이를 연결시키자 날은 제대로 서 있지 않고 모양도 투박했지만 그런대로 도의 형상을 띠고 있는 대도(大刀)가 되었다.

무게는 굉장해서 나를 제외한 우리 일행은 아무도 대도가 된 한월을 들지 못할 정도였다. 하지만 이미 능력치라면 거의 한계에 이른 나. 이 정도야 가뿐하다. 어차피 날도 서 있지 않기 때문에 내가 베일 리는 없고 해서 도갑도 하지 않은 채 그냥 끈으로 등에 매달아뒀던 한월을 꺼내어 들었다.

나뿐만이 아니라 우리 일행도 전부 자신들의 무기를 꺼내 들었다. 의형진기를 보여준다면 간단하겠지만 우린 그렇게 하지 않았다. 죽일 생각은 없지만 적당히 손을 봐줘서 혼쭐을 내줘야 함부로 사람들을 덮치지 않을 테니 교훈을 내려주자는 생각에서였다. 음, 사실 스트레스를 풀려고 하는 의도도 없진 않다.

"헉!"

"크, 크다!"

산적들은 은근히 내 등 뒤의 대도를 신경 쓰고 있다가 내가 간단히 한 손으로 들자 다들 놀라서 달려들던 것을 멈추고 주춤주춤 물러섰다.

음, 상대에게 압박감을 주는 이점도 있었군.

난 앞으로 발을 내디디며 대도가 된 한월을 휘둘렀다.

부우웅!

상당한 중압감을 실으며 공기를 가르는 파공음. 내공을 싣지 않아서 날카로운 맛은 없었지만 한 방 맞으면 골로 가게 된다는 사실을 누구나 알 수 있게 해주는 그런 소리였다.

"누가 먼저냐?"

나의 짧은 말에 산적들의 표정이 새하얗게 질렸다. 어느새 우리 일행도 재미있다는 듯이 나와 산적들을 바라보고 있는 중이었다. 하얀이나 초매, 치우 형, 이렇게 세 명만 빼놓고.

"어, 어떻게 하죠?"

"크, 크흠! 더, 덩치도 그다지 크지 않은 녀석이 힘은 대단하구나! 하지만 그런 힘만으로 우리에게 이길 수 있을 것 같으냐!"

정말 곧 죽어도 말은 할 놈이다. 녀석도 안색이 시퍼렇게 질린 게 상당히 안 좋은데 저렇게 자존심을 내세우고 있다니…….

"하, 하지만 너 같은 힘센 장사를 죽이는 것은 인류에게 크나큰 손실. 오늘 너를 봐서 그냥 넘어가도록 하겠다. 얘들아! 가, 가자!"

"네!"

"예?"

"가자고요?"

"그래, 가자고!"

"네, 네!"

그렇게 산적들은 나타난 곳으로 사라졌다. 정말 끝까지 웃긴 녀석들이다.

"푸, 푸하하하하!"

"하하하!"

"호호호!"

"풋! 쿡쿡!"

"걸작이다, 걸작이야!"

"큰 것 외에는 쓸모도 없을 줄 알았는데 그것도 꽤나 쓸모있네. 하하하하!"

"쩝."

우리 일행은 정말 웃기다는 듯이 마구 웃어 젖혔다. 쩝, 싸움을 안 하고 나니 좋긴 한데 왜 이리 찜찜하지?

하여간에 다음부터는 제발 이런 산적들 좀 안 만났으면 좋겠다.

호북의 시연촌을 지나서 얼마 후 우리는 하북의 어느 마을에서 나머지 쥬신 일행과 재회할 수 있었다. 진랑 형이나 비마 형, 디다 형같이 알고 있는 사람들도 있었으나 처음 보는 사람도 여럿 끼어 있었다. 덕분에 우리 인원은 그야말로 떼거리가 됐기 때문에 산적은커녕 그 흔한 도적조차 접근하지 않아 정말 편하게 길을 갈 수 있었다.

원래 쥬신들과 만나기로 한 마을에서 말을 타고 출발하려 했지만 그다지 큰 마을이 아니라 말이 우리 인원 수만큼 되지 않아서 가장 가까이 있는 도시에 들러 말을 타기로 한 것이다.

난 지금 정말 선한 얼굴을 하고 싱글벙글 웃는 '악동' 이란 전혀 어울리지 않는 이름의 쥬신 일행 중 한 명과 얘기를 나누며 걷고 있었다. 정말 처음 봤을 때부터 분위기가 묘하게 바른 생활 청년 치우 형과 비슷한 동질감이 느껴졌었는데 나중에 알고 보니 비마 형의 제자이자 치우 형의 사형이란다. 하지만 어떻게 형제도 아닌데 저렇게 닮을 수 있는지…….

"악동 형, 쥬신 일행은 다 모인 겁니까?"

"응? 아니야. 천진랑 사숙의 제자인 공아도 없고, 아! 공아는 알지? 그리고 디다 사숙의 제자도 몇몇 남아 있어. 다들 한곳에 붙어 있기를 싫어하는 성격이라 여행 중인데 아마 소식을 듣고는 숭산으로 달려가고 있을 거야. 어디든 눈에 띄는 사람들이니까 금방 찾을 수 있겠지."

"흠……."

솔직히 난 나머지 쥬신 일행을 보고 놀랐다. 아무리 쥬신이 대단하다 할지라도 문파에 고수만 있을 수도 없을진대 보이는 사람마다 만만치 않은 고수들뿐이었다. 그 말은 지금 눈앞에서 싱글벙글 웃고 있는 악동 형 역시 상당한 고수라는 소리다. 그런데 그런 사람들이 아직도 더 남아 있다니…….

어쩌면 이 쥬신제황성, 엄청난 전력이 될지도 모른다.

아, 그리고 한 가지 빼먹은 것이 있는데 아직 다른 쥬신 일행에게는 인공지능에 대해 알리지 않았다. 다시 한 번 인공지능에 대한 설명을 하려면 그들의 능력에 대해서도 언급해야 할 테고 결국 난 다시 한 번 사람들의 자존심을 꺾어놓을 수밖에 없다. 이만큼 좋은 방법도 드물겠지만 내 양심상 더 이상은 못해먹겠더라. 그래서 그냥 천천히 일러주기로 했다.

물론 흔히 쥬신 일행이 외치는 삼총사인 진랑 형, 디다 형, 비마 형에게는 오늘 도시에 도착하고 하룻밤 묵을 곳을 정한 즉시 사실을 말할 작정이다. 다른 사람들이야 기를 꺾어야 한다지만 이 세 명은 전혀 그럴 필요가 없다. 예전 내가 무력이 약했을 때는 은연중에 장염 형과 많은 차이가 없을 것이라 생각했지만 그것은 나의 커다란 착각이었다.

내가 제압만 하는 것은 어렵겠지만 그렇지 않고 죽이는 일이라면 충분히 장염 형을 힘들이지 않고 죽일 수 있을 정도의 실력을 가지고 있는 것 같았다. 아니, 이것도 확실하지 않다. 실력을 숨기는 건지 아니면 정말 이만큼의 실력인지 정말 헷갈린다.

"저기로군."

진랑 형의 말이 들렸다. 아까부터 주변을 다니는 사람들이 조금씩 많아지더니 드디어 하북의 도시 거목(居木)에 도착한 것이다. 아까 들어서 아는데 이 거목이란 도시는 도시의 사방이 벽 대신에 강력하고 우거진 나무들로 대체되어 있다고 했다.

사실 따지고 보면 도시라기보다 요새에 가까웠지만 제법 상단들도 많이 드나들고 장사의 유통도 활발한지라 꽤나 발전한 도시의 티가 이곳저곳에서 나타나고 있었다.

우린 거목의 도시 안으로 들어갔다. 역시 도시는 마을과는 달리 엄청난 사람 수와 광대한 상점들이 눈에 띄었다. 그중에 역시나 많은 것은 여관이었다. 주변의 거목들 또한 관광지도 되고 그게 아니더라도 상업의 요지이기도 하니 여관이 많을 수밖에 없었다. 우린 그중 제법 큰 여관에 들어가 방을 잡았다.

"우선 오늘은 이 도시에서 하룻밤 묵고 갈 거야. 그러니까 어디 가서 필요한 거 있음 사 오도록. 아, 그리고 내일 출발할 거니까 말썽 피워서 괜한 분쟁 만들지 말고. 알았지?"

"네."

식사를 마친 우리에게 디다 형은 그렇게 주의를 주었다. 쩝, 우리가 뭐 앤가?

우리를 제외한 사람들은 다들 자신의 필요한 것을 사러 갔지만 나와 친구들이야 딱히 그런 게 필요한 것도 아니고 필요한 건 대충 챙겨온 터라 그냥 여관에 모여 앉아 있었다. 사냥이라도 갈까 했지만 이 주위의 지리도 모르고 해서 일찌감치 포기해 버렸다. 우린 그냥 있기에 심심한 나머지 주리를 틀고 있었다.

"으억! 안 되겠다."

병건이의 인내심이 한계에 달했다.

"내공 수련이나 하러 들어갈란다. 얼마 후면 비무대회인데 이렇게 가만히 있을 수 없지."

병건이는 그렇게 말하고 자신의 방으로 올라갔다. 그리고 찾아오는 차가운 침묵.

"……."

"……."

우린 충격에 빠졌다. 어떻게 병건이도 생각한 것을 우리는 생각하지 못한 거지!

"흠, 나도 내공 수련을 하러 들어가야지."

"나, 나도."

우리는 뻘쭘한 표정을 지으며 각자 자신의 방으로 올라갔다. 윽! 병건이보다 생각이 떨어지다니……. 이건 수치야! 이 생각은 나만 하고 있지 않을 것이다. 아마 짐작컨대 자신의 방으로 들어가 내공 수련을 하기 전에 우선 자기 비하를 한 시간 정도 하고 시작할 것 같다.

크르릉.

내가 내게 배속된 방에 올라와 마침 자기 비하를 시작하려고 할 때 방 안으로 붉은색 거대한 덩어리가 들어왔다. 뻘건 곰탱이, 바로 푸우였다. 저놈이 왜?

"곰탱이, 넌 왜 들어오냐?"

크르릉.

내 물음에도 푸우는 날 무시하고 거대한 덩치를 이끌고 내 방에 떡 하니 눕는 게 아닌가.

"곰탱이! 뭐 하는 거야?"

크릉. 크르릉.

마치 내 말이 들리지 않는 것처럼 그대로 얼굴을 묻고 잠을 펴자는 곰탱이 푸우. 저 티꺼운 자식이!

"임마! 여긴 내 방이야! 나가 임마!"

크르릉… 크르릉.

푸우는 최대한 편한 표정을 지으며 자는 '척' 을 하고 있었다. 그래 봤자 티꺼운 표정이지만 문제는 저놈이 내 방에서 나갈 생각을 하지 않는다는 거다.

"어쭈? 내 말을 씹었다 이거지?"

난 그대로 몸을 날려 양 발을 모으고 최대한의 파워로 녀석의 배때기를 향해 신형을 폭사했다.

퍽!

상당히 둔탁한 소리가 울려 퍼졌음에도 푸우 이놈은 꼼짝도 하지 않는다. 크윽! 내가 미처 이놈의 맷집을 생각하지 못했군.

"죽어!"

난 내공을 실어 주먹을 연속해서 날렸음에도 푸우의 표정은 변화가 없었다. 이놈 어째 맷집이 점점 더 강해지는 것 같잖아.

젠장, 기어코 내 방에서 자겠다 이거지?

"이런 싸가지가 바가지인 곰탱이 같으니. 에라, 모르겠다. 네 멋대로 해라."

난 그렇게 푸우를 때리는 것을 멈추고 침상에 올라 가부좌를 틀었다. 음, 침대에 올라와서 보니 푸우 녀석 때문에 방이 꽉 차 보인다. 에이, 몰라. 내공 수련이나 해야지.

난 천천히 축뢰공을 일으켜 내공을 끌어올렸다. 시간 때우기엔 내공 수련이 딱이지.

◆비상(飛翔) 서른 번째 날개

다시 시작되는 천하제일 비무대회

비상(飛翔) 서른 번째 날개 다시 시작되는 천하제일 비무대회

웅성웅성.

"비무대회에 나가실 때 필요한 각종 병기들 팝니다!"

"약초 팔아요!"

"꺄아, 이거 예쁘다."

사람 정말 많다. 작년 비무대회도 이 정도까진 아니었는데 이번엔 장난이 아니다.

"사람 많다, 그지?"

"그래, 우라지게도 많다."

말하는 꼬락서니하고는. 난 멍하게 주변을 둘러보며 병건이가 내뱉은 말에 그를 살짝 째려봐 주었다.

우린 숭산의 입구라고 할 수 있는 곳에 도착했다. 바로 숭산으로 가려면 꼭 거쳐야 하는 숭산 밑에 있는 마을 소위(所爲)에 그 발을 디딘 것이다. 과연 말을 타고 이동을 하니 빠르기는 빨랐다. 아직 비무대회가 시작하기까지 게임 시각으로 이틀, 현실 시각으로는 하루나 남았으니까.

하지만 소위에는 이미 사람들로 인산인해를 이루고 있었다. 거참, 사람 정말 많다.

"저기가 바로 숭산이군."

무림의 기둥이자 전 무학의 진산지로서 효문제 때 인도에서 건너온 발타 선사가 창건을 했으며 훗날 달마 대사가 면벽을 통해 깨달은 무공으로 그 이름을 드높인 중원의 북두기둥. 그런 소림사가 있는, 중원 오악으로 꼽히는 숭산. 과연 오악으로 꼽힐 만큼 절경이었다.

"등록을 먼저 할까? 아님 숙소부터 구할까?"

소림사에서도 많은 손님을 받을 정도로 매우 크긴 하지만 그것도 한계가 있었다. 모든 사람을 다 받을 순 없는 노릇이고 결국 이 비무대회의 핵심 요인인 몇몇 주요 인사나 대문파들만이 소림사에 거처를 마련할 수 있었다. 솔직히 쥬신제황성 정도면 어디 가서 빠지는 문파는 아니다. 아니, 오히려 소수 정예로선 대문파보다 더욱 뛰어난 곳이 쥬신제황성이다.

그런데 쥬신제황성은 알려지지 않았다. 천자나, 광혈, 현자, 검성 등이 있는 문파라면 대문파로 알려질 만도 한데 쥬신제황성의 존재 여부를 알고 있는 사람도 극소수란다. 그리고 알고 있는 사람 역시 쥬신제황성이라고 해봤자 뜨내기 집단으로 아는 게 다라고 치우 형이 내게 설명해 주었다. 덕분에 우린 소림사가 아닌 이 소위에서 숙소를 잡아야 했다.

"우선 숙소부터 잡읍시다. 이렇게 사람이 많은데 숙소가 남아 있을

지 모르겠지만 시간이 지날수록 그건 더욱 심해질 테니 조금이라도 일찍 찾아보는 게 좋겠죠."

장염 형의 의견에 모두 긍정의 표시를 했다. 그래, 작년에 비무대회에 늦은 것 때문에 약간 불안하긴 해도 등록보다는 숙소부터 구해야겠지. 그렇지 않는다면 대회를 시작하기 전까지는 쭉 노숙을 해야 할 테니까.

우리는 결국 숙소를 찾기에 나섰고 꼬박 반나절을 찾아 헤맨 끝에 허름하고 작지만 그럭저럭 괜찮은 여관을 구할 수 있었다. 우리가 방을 빌리자 남는 방이 없어 이 여관은 완전히 우리가 전세를 낸 셈이 되었다.

"빨리 결정해."

일행의 모든 사람이 나를 주목한 채 대답을 요구하고 있었다. 흠, 어쩌지?

"……."

"답답하긴! 사예로 등록할 것인지 무제, 아니, 무황으로 등록할 것인지 빨리 정해야 할 거 아니야. 아이디야 감춘다고 하지만 한 명이 두 번 등록하는 것은 걸리기 때문에 둘 중 하나로 등록을 해야 한다고. 사예가 무제, 아니, 무황이라는 걸 밝힐 생각이 아니라면 양자택일을 해야 해."

바로 이 문제다. 막상 등록을 하러 가려니 한 캐릭터당 단 한 번밖에 등록할 수 없다는 제한에 걸려 버린 것이다. 사예로 등록을 하자니 본 실력을 드러내기에 많은 어려움이 있을 것 같고 그렇다고 무황으로 등록하자니 한동안 내 정체를 숨기고 있어야 한다는 것이 껄끄럽기 그지

없었다.
난 심각한 고민에 빠질 수밖에 없었다. 도대체 어쩌면 좋지?
"……."
"이 결정은 다른 사람이 내려줄 수 있는 성질의 것이 아니라네. 오직 자네가 스스로 판단을 해서 내려야 하지. 사예로 등록을 한다면 자네 본 실력을 드러내기에 많은 어려움이 있을 것이지만 우리와 같은 일행으로 편히 지낼 수 있네. 반면 무황으로 등록을 하면 한동안 우리와도 떨어져 있어야 하고 정체를 계속 숨겨야 할 테지만 그만큼 자네가 하려는 일에 손쉽게 다가설 수 있다네."
디다 형의 말에 난 정신이 번쩍 드는 것을 느꼈다.
그렇다. 내가 이 비무대회에 참석하려는 것은 무위를 겨누고 싶은 것도 있지만 그것보다 인공지능에 대해서 알리기 위해서이다. 그것도 많은 사람이 아닌 정말 강한 소수의 고수들에게.
만약 내가 사예로 등록한 뒤 높은 성적을 올려도 그들이 나를 믿어줄까? 지금까지 이름도 떨치지 못한 고수가 갑자기 나타나 이렇고 저렇고 얘기를 한다면? 그들에게도 자객은 갔겠지만 쉽게 내 말을 믿을 수 없을 것이다.
하지만 무황의 말이 가지는 무게는 다르다. 구신의 한 명인 '무'의 직업. 그런 사람이 말하는 거라면 의심은 받겠지만 어느 정도 납득은 할 수 있을 거다. 확실히 우리 편으로 다짐을 받지 않아도 된다. 인공지능에 대한 경각심을 주어서 혼자 그들을 상대하려는 등의 행동만 하지 않는다면 언젠가 우리 전력이 될 것이다.
난 결정을 내렸다.
"좋아, 무황으로 간다."

저벅저벅.

숭산의 곳곳에서 나는 풀내음이 코를 자극한다. 얼굴 전체가 굳은 느낌이 든다. 실제로 그렇지는 않겠지만 백면귀탈을 쓴 지 많은 시간이 지나지 않아 아직 익숙해지지 않아서 그런 것일 것이다. 오랜만에 묵룡갑을 벗고 승룡갑을 입으니 몸이 더욱 가벼워진 느낌도 든다. 그리고 어느새 내 등 뒤에 매달려 있던 대도가 아닌 허리춤에 매달려 있는 시린 푸른색 보도 한월이 나를 반긴다.

백면귀탈로부터 귀기(鬼氣)가 흘러나온다. 원래 용연지기가 들어 있었을 용린으로 제작한 백면귀탈이지만 그 형체에 따라 용연지기가 그 성질을 바꾸어낸 것이다. 오히려 마음에 든다. 백면귀탈은 어차피 귀면탈. 용연지기같이 성스런 기운보다는 사람들에게 그나마 익숙한 귀기가 더욱 자극적일지 몰랐다.

"저기로군."

귀기 덕분인지 백면귀탈을 통해 뿜어지는 내 목소리 역시 약간 탁해져 있어 원래 나의 목소리와 이미지 상에서 많은 차이를 보였다. 하지만 상관없다. 그러면 그럴수록 내 정체를 감출 수 있으니까.

난 무황의 복장을 갖춘 후 일행으로부터 떨어져 홀로 숭산에 오르고 있었다. 그들이 나와 같이 있다는 것이 알려지면 좋을 것 없다. 우선 정보를 담당하는 곳에서만 해도 시달릴 테니까.

소실봉, 소림사가 멀지 않다.

이제 난 사예가 아닌 무황이다. 아, 너무 폼을 잡는 것 같지만 남을 속이려면 나부터 속이라고 난 나에게 암시를 건다. 넌 이젠 무황이다.

비무대회를 등록하는 것은 소실봉의 소림사 안에서가 아니라 조금 떨어진 전각에서 접수를 받고 있었다. 그곳에 도착하니 제법 많은 사람이 줄을 서서 접수를 하고 있었다. 쩝, 나도 줄을 서야 하나?

난 죽립을 눌러쓰고 최대한 백면귀탈이 보이지 않게 한 후 줄의 맨 끝에 섰다. 나의 바로 앞 사람은 커플로 보이는 남녀였는데 서로 장난을 치며 지루한 기다림을 잊으려 하고 있었다.

"하지 마."

"히히히, 뭐 어때서."

"다른 사람들이 보잖아."

"괜찮아. 보고 싶으면 보라지."

장난도 장난 나름이다. 남자의 능글스런 말에 여자는 거부를 하려 했지만 그것 역시 적극적이지 않다. 아니, 오히려 약간씩 힘을 빼고 있는 게 좀 더 주변의 시선을 끌고 싶어하나 보다. 점점 짜증이 나려고 한다. 젠장.

"왜 그래~ 하지 마~"

"아하하하."

툭!

이젠 장난을 치다 못해 여자가 살짝 발버둥을 치다가 남자가 나랑 부딪쳤다. 이걸 죽여, 살려?

"아, 미안하게 되었수."

남자는 뒤를 돌아보며 내게 그렇게 말했지만 미안함이라고는 눈곱만큼도 찾아볼 수 없는 표정이었다. 마치 아주 당연하다는 듯.

난 살짝 고개를 들어 죽립으로부터 보호받던 내 모습을 드러냈다.

"헉!"

"짜증나는군."

"다, 당신은……."

녀석도 어느 정도 비상을 즐겼다면 내 모습 정도는 알아볼 수 있을 거다. 내가 가진 백면귀탈이라든지 승룡갑을 흉내 내려는 사람은 많았지만 기껏해야 나와 같은 죽립과 어설픈 귀면탈이나 쓰고 다닐 뿐 결코 승룡갑과 백면귀탈을 복제할 순 없었다.

그야 당연한 게 백면귀탈이나 승룡갑은 만든 사람인 강우 형과 그 귀면탈 제작 기술자조차 다시는 만들지 못할 걸작이라고 했으니 따라 할 수 있는 게 오히려 이상한 거다.

어쨌든 간에 남자는 내 모습을 보고 경악성을 터뜨리며 뒤로 한 발자국 물러섰다. 그러자 앞에 있던 여자와 부딪쳤다. 여자는 갑자기 남자와 부딪치자 신경질적인 말투로 말했다.

"아이참, 왜 그래?"

"저, 저기……."

"응? 꺅!"

여자 역시 내 모습을 보고 놀란다. 설사 내 모습을 미리 알고 있지 못하더라도 백면귀탈을 쓴 지금 내 모습은 그 누가 보더라도 한기를 느낄 정도로 두렵고 또한 아름다운 모습일 거다. 그런 모습을 봤으니 놀란 만도 하지.

"도대체 시끄러워 죽겠… 헉!"

"왜 그래? 헉!"

여자의 비명 소리를 시작으로 뒤를 돌아보고 내 모습을 본 사람들은 늘어만 갔고 곧 경악성을 질렀다. 그리고 슬금슬금 뒤로 물러서는 그들. 음, 비켜주는 건가?

저벅저벅.

사람들이 이리저리 비켜주는 탓에 줄은 널널하게 되었고 난 의도치 않게 맨 앞으로 갈 수 있었다.

맨 앞에 도착하자 접수원이 보였는데 똑같은 작업이 귀찮은지 고개도 들지 않고 내게 물어왔다.

"접수하러 오셨으면 이름이나 별호, 직업, 희망하는 대회의 이름을 불러주십시오."

"이름은 밝힐 수 없고 별호와 직업은 무황이오. 무황이란 것보다는 현재 무제로 더 알려져 있지. 그리고 무차별전 천하제일 비무대회에 출전하려고 하오."

"그렇군요. 무황과 무제라… 헉!"

접수원은 한참 접수부에 내 이름을 적다가 갑자기 경악성과 함께 고개를 번쩍 들면서 나를 바라보았다. 그리고 다시 경악성을 질렀다.

"무, 무제 대협이십니까?"

"승급을 했소. 무황이오."

"헉!"

정말 잘 놀라는 사람들이다. 난 순간 괜히 무황으로 등록을 하는 게 아닐까 하는 느낌이 들었지만 이미 엎질러진 물이다. 다시 주워 담을 수 있을 리 만무한 일. 난 최대한 뻔뻔하게 나가기로 했다.

"이만 되었소?"

"네, 넵!"

음, 뻔뻔하게 나가기로 마음먹은 참에 숙소까지 구해야지.

"시간에 맞춰서 도착하다 보니 미처 숙소를 구하지 못했소. 내가 묵을 곳을 구해줄 수 있겠소?"

"네?"

내 말에 접수원은 어이없다는 표정을 지었다. 하긴 기껏 폼 다 잡아 놓고 잠잘 곳을 구해달라니……. 윽! 이 말은 하지 말걸.

"네! 알겠습니다. 무제, 아니, 무황 대협께는 소림사에 숙소를 마련해 드리겠습니다. 절 따라오십시오."

"고맙소."

소림사라……. 불문과 무학의 성지에서 내가 머무르는 건가? 이거 색다른 경험이겠군.

접수원은 두말없이 나를 데리고 소림사로 향했는데 나머지 접수는 내버려 두고 가기에 미안한 마음이 들었다. 그런데 우리의 뒤로 새로운 접수원이 나와 그 자리를 대신하는 것을 보고는 그런 마음이 줄어들었다.

어쨌거나 당분간 이렇게 무황으로 지내야겠지. 백면귀탈도 벗으면 안 될 테고. 아아, 정말 고생을 사서 하는구나.

"휴우……."

난 전신을 순환하던 용연지기를 거두었다.

숭산의 소실봉, 소림사에 도착하기 전 요 며칠 난 고민에 빠져 있다. 이상하게 더 이상 내공이 증가하지 않았기 때문이다. 용연지기는 영약 같은 인공적인 것의 영향을 받지 않기 때문에 한 번에 대폭 상승하지는 않지만 그 정순함은 가히 최고라 할 정도다.

거기다가 용연지기를 쌓게 해주는 심법이 축뢰공이란 이름의 '마공'이라서 내공을 속성으로 쌓을 수 있는 마공의 장점 덕분에 빠르게, 또 정순한 내공을 쌓을 수 있다.

그런데 내 내공이 2갑자를 넘어선 뒤부터 이상하게도 내공을 쌓는 속도가 현저하게 줄어들었다. 현재 나보다 내공이 높은 사람은 비상 유저 중엔 존재하지 않기 때문에 이 이상한 현상을 물어볼 수도 없고 해서 높은 내공 때문에 늦게 쌓이는 줄로만 알았다. 하지만 2갑자를 넘어 간신히 10년의 내공을 더 쌓고 나서는 아예 내공이 축적되지 않았다. 마치 밑 빠진 독에 물을 붓는 것처럼 아무리 내공 수련에 매달려도 도저히 내공이 증가되지 않았다.

"정말 이상하군."

백면귀탈을 통해 약간 탁해진 목소리가 흘러나왔다. 정말 이해할 수 없는 현상이다. 주변의 지리 때문인가도 생각해 봤지만 축뢰공 본신의 내공이면 모르되 정순하기로는 소림의 그 어느 내공심법으로 쌓은 내공에도 뒤지지 않는, 아니, 오히려 더 뛰어난 내공을 쌓는 데 소림사의 기운이 해가 될 리는 없었다. 다른 이유들도 하나씩 떠올려 봤지만 결국 내가 문제라는 결론을 내릴 수밖에 없었다.

"휴우……."

정말 나오는 건 한숨뿐이다. 사실 내가 이렇게 죽자 사자 내공을 쌓을 필욘 없다. 이미 능력치 면에서나 내공 면에서 나를 능가할 사람은 없기 때문이다. 다른 사람들은 능력치 때문에 쌓을 수 있는 내공의 한계도 있다지만 내 버그는 그런 것조차 무색하게 만들어 버린다. 덕분에 이렇게 막힘이라고는 느껴보지도 못한 내게 갑작스러운 변화는 곤혹스러울 뿐이다.

난 가부좌를 풀고는 침상에서 일어나 밖으로 나갔다. 내가 소림사에서 배정받은 숙소는 소림사 내부에 있는 작은 대나무 숲의 오두막이다. 원래는 다른 사람들처럼 소림사의 손님을 받는 곳에서 머무르라고 했지만 내 정체를 숨겨야 하는 입장에서 많은 사람이 있는 곳은 질색, 결국 사람이 없는 이런 곳으로 내 숙소를 옮겨달라고 말했다.

이미 무황이 소림사에 도착했다는 사실은 일파만파로 퍼져 나갔다. 대부분이 호기심을 가지고 나를 한번 봤으면 좋겠다는 생각을 가지고 있었지만 나머지 몇몇의 사람들은 내가 가진 명성에 질투를 하는지 내가 진짜가 아니라 가짜라는 둥, 아니면 내가 가진 명성이 실력에 비해 너무 높다는 둥 이런 저런 말들이 너무 많았다. 그런 사람들에게 내가 해줄 말은 딱 하나다.

'꼬우면 덤벼.'

물론 진짜 덤빌 사람도 있겠지만 도기를 살짝 뿌려주면 꼬리를 말고 도망칠 게 분명하다. 그리고 내가 조심해야 할 고수들은 인내하며 기다리고 있다. 자칫 나와 싸우고 싶다는 것 때문에 이리저리 날뛰다가는 비무대회를 망쳐 버릴 소지가 있었기 때문이다.

아아, 정말 인기인은 괴롭다.

어쨌거나 비무대회의 개최까지는 하루나 남았고 내가 비무를 할 때까지는 약 닷새가 남았다. 그 남은 시간 동안 무의미하게 시간을 보내기는 싫고, 더 이상 내공 수련은 진전이 없으니 남은 건 초식의 수련뿐이다.

지금 현월광도는 11성에서 12성으로 올라가기 위한 거의 마지막 단계에 진입해 있다. 정말 쾌거라고 할 수 있을 정도다. 혼자서 수련을 하는 것도 좋지만 그동안 강자를 만나며 목숨 건 사투를 벌인 끝에 살아남은 것이 오히려 더욱 큰 수련으로 다가왔고 덕분에 예상보다 훨씬 빨리 극성에 도달할 수 있을 것 같다.

하지만 모르긴 몰라도 절정의 무공을 나 정도까지 익힌 사람은 다섯은 될 거다. 내가 있고 천하제일인 성자, 아니, 성군 단엽이 있으며 비마 형이나 진랑 형도 그 정도는 됐을 것이다. 디다 형이나 장염 형은 그보다 조금 떨어지지만 얼마 후면 도달할 것이고 그럼 나와 그들 사이에선 많은 차이가 있을 수 없다.

많은 차이를 내지 못한다면 내가 가진 말의 무게는 점점 더 줄어들 것이고 그만큼 계획은 어려워진다. 우선 내 제1목표는 천하제일 비무대회에서의 우승이다. 그러기 위해서는 수련에 수련을 거듭해야지.

삐걱!

난 오두막에서 밖으로 나왔다. 오두막의 문은 오래되어서 그런지 약간의 소음을 냈지만 괜찮았다. 밖으로 나온 후 바로 느껴지는 향긋하고 깊숙한 느낌의 대나무 향기가 코끝에 아른거렸다. 정말 아름다운 곳이다. 괜히 오악이라 불리는 게 아니라는 사실은 이 작은 대나무 숲만 봐도 알 수 있다. 하늘 높은 줄 모르고 쭉쭉 뻗어 오른 대나무는 사내대장부의 정기를 뽐내는 듯하고 자유롭게 살아가는 금수들은 여인의 품속을 거니는 듯 행복해 보인다.

"멋지군."

난 다시 터져 나오는 감탄사를 짧은 말로 대체하고는 기를 퍼뜨렸다. 주변에 누군가가 있는지 알아보기 위해서다. 기는 죽림(竹林)의 곳곳을 누비며 그 영향력을 높여갔다. 음, 아무도 없군. 그럼 수련이나 해볼까?

스르릉.

도갑에서 뽑히는 한월의 아름다운 자태가 눈에 들어왔다. 푸른색 도신. 정말 이름 하나는 잘 지었다. 시린 달. 한월의 이미지는 딱 시린 달의 그것이었다.

난 한월의 모습을 감상하던 것을 끝내고는 한월로 용연지기를 살짝 흘려보내기 시작했다.

"잔월향."

천천히, 아주 천천히 움직이는 한월. 그 한월을 따른 일곱 개의 잔상과 앞에 나서던 한월, 그 본체는 여덟 방향으로 뻗어가기 시작했다. 느리지만 그 어느 초식보다 정교하고 또한 그 오의를 깨닫기 힘든 초식.

뻗어가던 한월의 도첨(刀尖)을 돌리며 원주미보를 밟아 몸 전체를 회전시켰고 마치 원래 정해놓기라도 한 것처럼 자연스럽게 한월과 박자를 맞춘 내 몸은 현월광도 제이초 삭월령의 투로를 따르기 시작했다.

"삭월령."

처음의 그것과는 달리 광포하고 빠르며 몸의 전신을 이용하여 아래로 내려 베는 초식. 그렇게 잔월향과 삭월령을 시작으로 난 현월광도의 전 3식을 끝내고 이어서 용연지기를 한월에 몰아넣었다. 그러자 한월에선 묵빛의 도기가 모습을 드러냈고 그 도기를 바탕으로 중 4식을 펼치기 시작했다. 때로는 느리고 완만한 곡선을 그리며, 때로는 그 어느 것보다도 빠르게 그 모습을 바꾸어가며 현월광도의 중 4식을 마쳤다.

다시 도기를 거둔 채 펼치기 시작하는 후 3식 중 하나. 제팔초 낙월업이었다. 비록 강기를 사용하지 않아 단순한 칼 긋기와 다름없었지만 내겐 그 동작 하나하나가 수련의 연장선이었다. 이 죽림을 초토화시킬 작정이 아니라면 강기는 자제해야지.

난 팔초 낙월업을 마지막으로 신랄하게 움직이던 한월을 거두어들였다.

"후우……. 여기까지로군."

내가 지금 펼칠 수 있는 현월광도의 초식은 이 여덟 개의 초식이 다였다. 거의 12성에 이르렀지만 아직 마지막 남은 두 개의 초식은 펼칠 수가 없다. 9초는 12성 대성을 해야만 펼칠 수 있게 되어 있고 마지막 10초 월광무는 9초를 펼칠 수 있게 되어 모든 초식이 하나의 춤으로 완성될 때 그 모습을 드러낼 수 있게 되어 있었다.

"아쉽군."

조금만 더 한다면 극성에 이르러 9초를 연마할 테고 그렇게 된다면 다시 얼마 후 월광무를 펼칠 수 있을 텐데……. 수련이 부족한 게 일생의 한이다.

난 거기서 수련을 마치지 않고 원주미보와 때로는 능공천상제를 사용하며 현월광도를 수련했다.

내 목표를 이루기 위해선 한시가 급한 상황. 계속되는 수련만이 그 시간을 최대한 활용해서 사용하는 법이리라. 그렇게 내 한월은 미친 듯이 죽림을 가르며 그 모습을 뽐내었다.

타다닥! 탁!

한월이 움직이는 궤도에 겹쳐지는 두 그루의 대나무가 소리없이 잘라져 쓰러졌다. 소리없이 잘린 것과는 달리 쓰러지는 중간중간 크고 작은 대나무에 걸려 약간의 소음을 내었고 다른 대나무에 걸쳐 낙하를 중단했는지 제법 큰 소리와 함께 더 이상의 소리는 들려오지 않았다.

"젠장! 또 실패잖아."

벌써 여섯 번의 실패. 한 번 실패를 할 때마다 대나무들은 두세 그루씩 뎅강뎅강 잘려 쓰러짐으로 환경 애호가라면 환경 애호가라 할 수 있는 내 마음을 사정없이 짓밟아놓았다. 아아, 이러다가 이 가녀린 마음이 충격을 받아 정신 질환에 걸리고 말 거야.

"…그보다는 소림사의 스님들께 들켜 맞아 죽으려나?"

여기는 소림사의 내부. 이 많은 대나무 하나하나가 깊고 넓은 소림사의 역사와 함께해 왔다 해도 과언이 아닐 정도다. 비록 게임 속이기는 하지만 NPC들은 이 사강의 소림사란 존재가 무구한 역사를 지닌 것으로 느껴질 테니 하나하나를 소중히 다루는 것은 당연한 일이다. 그런데 그런 소중한 대나무들을 이렇게 무참히 베어내 버렸으니 들키면 천하제일 비무대회에 참가고 뭐고 그전에 쫓겨나지 않을까 걱정이다.

"하지만 내가 일부러 실패한 것도 아닌데……."

하루 동안 현월광도에 심취해 있던 나는 그런 수련 방식으로는 실력이 쉽게 늘지 않을 것이란 사실을 깨달을 수 있었다. 이미 내가 펼치는 현월광도는 완숙의 경지. 다만 내가 생각하기 전에 무의식적 반응까지 일어날 정도로 펼쳐져야 하겠지만 그게 쉬울 리가 없다. 아니, 이런 단시간 내에 해내기는 불가능에 가까울 거다.

별수없이 내가 선택한 방법은 내게 부족한 무언가를 찾아내어 최대한 보충하는 것이었다. 그렇다고는 해도 금방 강해지지는 않겠지만 적어도 단점을 보완하고 장점을 살려 비무에 최대한의 성과를 이루어낼 수 있을 것으로 추측되니 현재 가장 좋은 방법이기도 했다.

그렇게 내가 할 수 있는 것들을 하나씩 펼쳐 보면서 단점을 찾아가고 있을 때 난 의외의 곳에서 단점을 느끼곤 당황할 수밖에 없었다.

"내가 제일 잘한다고 여겼던 부분이 이렇게나 부족했다니……."

내가 발견한 그 단점이란 바로 내 몸과 진기에 대한 지배력이었다. 사실 난 지금까지 진기를 다루는 것이나 몸을 다루는 것에는 자신이 있었다. 내가 뻗어내는 한월은 정확히 목표를 베어버리고 움직이는 발걸음은 정확히 내가 목표로 정한 곳에 내디뎠으니 당연히 그렇게 생각했다. 하지만 그게 아니었다.

항상 완벽하다고 생각해 왔던 원주미보를 천천히 밟으며 이것저것 따져 보았더니 헛발질이 많았고 의도치 않은 곳으로 발이 내뻗어지는 경우도 있었다. 그러다 보니 자연적으로 동작이 커지고 빈틈도 많아졌던 것이다.

그것뿐만이 아니었다.

내 지배 하에 완벽히 움직인다고 생각했던 진기조차 내 의지에 어긋난 채 다른 곳으로 향하려 할 때가 많았다. 한월은 도첨이 살짝 흔들리며 파문이 일어났고 한월의 빠른 속도와 흔들림의 커진 면적으로 바람과의 마찰력이 강해졌다. 또 약간이지만 점점 목표에서 벗어나기 시작한 것을 느낄 수 있었다.

정말 이런 기본기부터 흔들려서 지금까지 어떻게 살아남을 수가 있었는지 궁금하다. 마물들을 잡으며 레벨 업과 아이템을 얻는 것을 즐기는 RPG 형식의 게임을 즐기려면 굳이 이렇게 수련이 필요하지는 않지만 고수의 대부분은 RPG 형식이 아닌 대전 형식의 게임을 선호한다. 굳이 두 가지로 따질 필요는 없지만 유저들 사이에선 은근히 오가는 얘기니까 뭐…….

어쨌거나 나도 이 대전 형식의 게임을 선호하는 쪽이다. 어느 정도 허점이 있기 마련인 마물들과 싸우는 것과는 달리 유저들은 계속해서 발전하는 존재. 가만히 있다가는 추월당하기 십상이니 이런 저런 수련을 계속해야 했다.

"그래도 이 정도면 많이 나아진 거겠지. 처음엔 원주미보를 밟다가 대나무에 머리를 가져다 박았으니……."

정말 할 말 없다. 어떻게 멈춰 있던 대나무에 머리를 들이박을 수가 있는 건지. 내가 가진 무공에 대해 회의까지 들 정도의 충격이었다.

그래도 그런 충격을 받았기에 이렇게 열심히 수련을 하지 그러지 않았다면 아직도 놀고만 있었을 거야.

"차앗!"

난 다시 한월을 움직여 대나무 사이사이를 가르기 시작했다. 앞으로 몇 그루의 대나무가 베어질지 나 자신도 예상하지 못하겠지만 이 정도로 많은데 겨우 몇 그루 베어낸다고 티는 나지 않겠지?

어쨌든 지금 나에게는 시간이 별로 남지 않았다.

비무대회가 열리는 곳은 소림사 내부가 아닌 소림사 외부, 숭산 소실봉 꼭대기 부분의 넓은 장소다. 실제에선 소림사가 있는 성지에 이렇게 넓은 비무장을 만들 수 있을까 하는 생각도 들었지만 게임이니까 가능할 거다.

아마도.

내게 묻지 마라. 그렇게 정확한 것까지 알 정도면 내가 이렇게 게임이나 하고 있으랴? 어디 가서 박사 학위라도 땄지. 근데 그런 거 알아서 박사 학위 딸 수나 있나?

드디어 오늘이 비무대회 개회를 알리는 날이다. 비록 내가 출전하는 무차별전, 천하제일 비무대회가 시작하려면 많은 시간이 남아 있지만 그래도 개회는 개회. 각지에서 모인 사람들이 떼거리를 이루는 날이다.

제1회 비무대회에는 늦어서 개회식을 보지 못했기에 나도 나가서 구경하고 싶었지만 그게 뜻대로 되지 않았다. 예전에 말했다시피 무황이란 이름으로 내가 이곳, 죽림에 있는 것은 지금 비무대회에 참석하는 대부분의 사람들이 알고 있다. 물론 그건 나도 알고 있는 사실이다.

즐거운 마음으로 백면귀탈과 죽립을 확인한 후 몰래 숨어서 구경할 요량으로 죽림을 나섰다. 그런데 이게 웬일? 한꺼번에 쏟아지는 수많은 시선. 죽림과 소림사의 경계에 웬 많은 사람과 머리가 반짝이는 스님들이 서서 나를 지켜보고 있었다.

상당히 분위기가 험악한 것이 괜히 나섰다가는 무슨 봉변을 당할지도 모른다고 느낀 나는 살짝 자리를 옮겨 밖으로 나가려 했지만 그들의 시선은 계속 나를 쫓고 있었다.

그런 대치가 잠시 이어지다 스님들을 제외한 다른 사람들 중 한 명이 나를 향해 움직이려다 소림사의 스님께 막혀 버렸다.

"비키시오!"

"아미타불. 시주, 무황 시주는 본사에서 보호해야 할 책임이 있습니다. 그것이 아니더라도 신성한 소림사 내부에서 결투는 할 수가 없습니다. 정 무황 시주와 겨뤄보고 싶으시다면 무차별전에 출전하시기 바랍니다."

자신을 가로막은 스님의 말에 남자는 발끈했지만 감히 소림사의 아성을 넘을 수 없는지 다시 무리가 있는 곳으로 돌아갔다. 음, 대충 말을 들어보니 알 것 같군. 그러니까 저 사람들은 나와 겨루어보러 온 사람이고 저 스님들은 그것을 막기 위해 저렇게 서 있다는 건데…….

"웃기는군."

"뭐라고!"

내가 작게 중얼거리자 방금 나왔던 녀석이 발끈해서 소리를 질렀다.

거참, 저놈 귀 밝네. 작게 중얼거린 말도 알아듣다니. 하지만 언어 이해 능력은 빵점이야. 그 밝은 귀가 아깝다.

"소림사의 스님들은 잠시 물러나 계십시오."

난 스님들을 향해 정중히 포권을 취하며 부탁했고 이에 스님들은 무황에게서 예를 받았다는 것에 떤 이채와 곤란하다는 표정을 지었지만 단호한 내 표정에 결국 물러설 수밖에 없었다.

"날 찾아온 건가?"

우선 확인차, 한번 물어봐야지. 안 그러면 재들이 섭섭해할 거야.

"이놈이!"

"사수! 물러나 있도록."

아까부터 혼자서 계속 흥분하던 놈이 건방지다면 건방지다고 할 수 있는 내 말투에 또다시 흥분하려는 순간 무리에서 웬 거만하게 생긴 녀석이 튀어나오며 흥분청년을 물렸다. 아아, 난 왜 이렇게 처음부터 되는 일이 없을까…….

"네가 무제, 아아, 이거 미안하군. 승급했다고 했지? 그럼 무황인가?"

저 능글거리는 말투 좀 보게나. 속이 뒤집어질 것 같은데?

"그렇다. 내게 볼일이 있는가?"

난 지금 상당히 기분이 나쁘다. 이들이 나를 찾아온 것은 뻔하다. 나를 이겨서 내가 가진 명성을 얻어보겠다는 거겠지. 그렇다면 무차별전에 출전하면 될 것 가지고 왜 이렇게 나를 찾아오느냐.

여기서 두 가지 해석이 가능하다. 하나는 내가 무차별전에 출전해서 자신들에게 지기 전에 다른 사람에게 질 것 같아 그렇다는 것이고 또 하나는 저들 스스로 무차별전에 참가할 자신은 없지만 내가 가진 명성이 조작되었거나 아니면 운 좋게 얻은 명성 같으니까 무차별전이 아닌 이런 사적인 비무로 날 이겨보자는 것일 거다.

어느 하나 결코 기분을 좋게 만들지 않는 이유. 짜증나는군.

"그럼 있고말고. 난, 아니, 우린 네 덕분에 한 몸에 명성을 받으실 분이니까 말이야."

"그럼 무차별전에서 붙어도 충분할 텐데? 붙을 때까지 살아남을 수 있다면."

"하하하하. 네가 무차별전에서 나와 만나기 전에 떨어질 수도 있지 않은가!"

말은 잘한다. 그리고 하는 말까지 내가 생각했던 말이랑 똑같다. 녀석의 무위는 이제 막 이류를 벗어나 일류에 들어간 정도. 일류라는 점이 꽤나 대단하긴 하기에 녀석도 그것을 믿고 나에게 덤비는 거겠지만 나는 지금 절정고수. 아직 초절정무공을 익힌 사람이 아마 노도뿐이고 나머지 사람이 노도에 대해 알지 못한다면 비상에서 최고를 다투는 최고 고수급이다. 음, 내가 직접 말하자니 좀 쑥스럽구만. 하여간에 그런 내가 일류고수에게, 그것도 초보 일류고수에게 질 수야 있나!

비상이 아무리 레벨이나 플레이한 시간에 많은 영향을 받지 않는다지만 내가 이런 녀석에게 당할 정도로 허접하지는 않다.

"그래서 이렇게 무더기로 덤비겠다 이건가? 겁먹은 강아지처럼 꼬리를 말고?"

"우리 형님께서 너 따위 놈에게 겁먹을 것 같으냐! 그렇죠, 형님?"

또 저놈이다. 잰 흥분대마왕인가? 난 또 나서서 흥분을 하는 놈을 보며 눈살을 찌푸렸다. 그리고 그렇게 눈살을 찌푸리는 것은 나만이 아니었다.

"사수."

"네, 형님."

"네가 가라."

"네! 네?"

형님이라 불린 녀석의 말에 홍분대마왕은 깜짝 놀라며 다시 형님이란 녀석을 쳐다보았지만 형님이란 녀석의 마음은 변함이 없는 것 같았다. 쯧, 이런 상황도 어디서 분명 봤는데……. 아아, 치매인가?

"하, 하지만."

"제일 먼저 이 일을 계획한 것은 너다. 네가 스스로 모범을 보여야 우리 역시 동참할 거 아니냐. 네 말대로 그 명성이 허명이라면 너 혼자서도 이길 수 있을 거고 허명이 아니라면 네가 책임져야 할 거다."

저놈 머리 좋은 놈이다. 그러니까 귀찮은 일이나 찜찜한 일은 전부 다른 놈에게 시키고 저는 그에서 나오는 노획물이나 받아먹겠다 이거 아니야. 이놈이나 저놈이나 정말 마음에 드는 놈 없군.

결국 홍분대마왕은 주춤주춤 앞으로 나서기 시작했다. 아까까지는 혼자서도 잘 달려들더니 이제 와서 왜 저렇게 주춤거리냐고. 아아, 그때는 자기네 편이 도와줄 걸로 생각했나? 나를 그렇게 얕잡아 봤다 이거지!

차앙!

"주, 죽어라!"

검을 뽑고 달려드는 녀석. 하지만 그 모습이 어설프기 그지없었다. 보법도 발휘하고 있지 않은지 뛰어오는 속도는 불규칙적이고 느려 터졌으며 동작도 커서 온몸에 빈틈이 수두룩했다. 그야말로 난 움직이지도 않은 채 한월을 뻗어놓으면 제가 달려와 알아서 찔릴 타입.

아무래도 너무나 당황스러운 상황 때문에 제 실력조차 제대로 발휘하고 있는 것 같지 않았다. 하지만 내가 나를 죽이겠다고 덤벼드는 녀석을 봐줘야 할 이유란 없다. 거기다가 이렇게 기분이 나쁨에야!

"자아아아앗!"

녀석의 검이 공중을 갈라 내게로 내려쳐짐에도 난 미동조차 하지 않고 있다. 내공조차 담겨 있지 않은 검이다. 내 승룡갑을 뚫을 수 있을리 없지.

캉!

"헉!"

과연 녀석의 검은 승룡갑 어깨 부위의 각도에 따라 바깥으로 튕겨나가 버렸고 안 그래도 허점투성이였던 녀석은 완전, 올 100퍼센트 완벽 무방비 상태가 되어버렸다. 젠장, 내가 이런 녀석이랑 이렇게 놀고 있어야 하나?

"멍청한 놈."

퍽!

"끄억!"

내가 살짝 뻗은 주먹은 그대로 녀석의 면상에 직격했고 녀석은 검까지 놓치며 얼굴을 부여잡고는 뒤로 물러서서 괴로워했다. 녀석의 무위는 이류급. 정말 이런 놈이 어떻게 이류무사가 됐는지 그것이 궁금하다. 이 정도의 실력으로 이렇게 겁없이 나섰다가는 죽어도 수십 번을 죽었을 텐데…….

"과연 어느 정도 실력은 있단 말이군. 아니, 단지 아이템의 능력인가? 지금 보기에도 그 갑옷과 도는 비상에도 몇 없을 최고의 아이템 같군."

거만한 녀석은 홍분대마왕 녀석이 맞아서 나가떨어지든 말든 관심이 없는지 눈길 한 번 주지 않은 채 나를 쳐다보며 말했다. 왠지 홍분대마왕 녀석이 조금 불쌍해지는군. 어쨌거나 녀석의 말은 틀렸다. 몇 없는 게 아니라 유일한 거니까. 흐흐흐, 이래 뵈도 내가 한 아이템발 하지.

분명 내가 지니고 있는 아이템은 초고급 아이템이다. 아니, 죽립이나 이 옷만 빼놓고는 오직 비상에 하나밖에 없는 아이템들이다. 하지만 그렇다고 아이템의 능력 때문에 내가 강한 것은 아니다.

"다음."

낮게 깔리는 말. 정말 녀석들을 봐주기는 싫지만 그렇다고 불문의 성지인 이곳 소림사에서 살생을 할 수 있을 노릇도 아니니 그냥 적당히 손봐줘 알아서 기게 만들어야지.

그 순간에도 홍분대마왕은 얼굴을 부여잡고 이리저리 뒹굴거리며 고래고래 소리를 질러대고 있었다. 거참, 감도도 최대로 해놓지도 않았을 거면서 정말 오버가 심한 녀석이네. 오히려 녀석보다 감도를 최대로 올려놓은 내 주먹이 더 충격이 클 텐데.

"다음."

녀석들이 아무런 반응이 없자 난 다시 한 번 말했다. 덤비려면 어서 덤빌 것이지 정말 시간 끈다. 어서 개회식 보러 가야 하는데.

"좋아, 아이템발 녀석에게 정면 대결을 할 필요는 없겠지. 얘들아, 쳐라."

"예!"

"우오오오!"

정말, 계속해서 느끼는 거지만 짜증나는 녀석이다. 녀석의 말에 녀석의 패거리는 각자의 무기를 꺼내기 시작했고 나를 향해 달려들기 시작했다. 음, 개회식 전의 준비 운동인가? 빨리 끝내고 개회식이나 보러 가자!

달려드는 녀석들은 대략 십여 명. 이류무사들로만 십여 명이면 확실히 대단하긴 하지만 솔로문도 단신으로 격파한 나다. 솔직히 그때랑 비교하면 지금의 나는 상상도 못할 정도로 강해져 있으니 이류무사 열 명 정도쯤이야!

"핫!"

파파팍!

난 짧게 기합을 지르며 나에게 달려드는 녀석들을 향해 주먹을 짧게 여러 번 질러냈다. 이미 한월은 다시 도갑 안으로 넣은 상태. 이런 녀석들에게 한월을 쓰자니 한월의 날카로운 예기가 운다, 울어. 그리고 용연지기를 쓰는 것도 마찬가지. 도제도결과 단련된 내 캐릭터, 육체의 힘으로만 쳐부숴 주지.

"흐억!"

내 주먹을 맞은 몇 명의 사람이 다시 뒤로 튕겨났지만 애초에 힘을 실은 것도 아니고 단지 공격의 흐름을 끊으려 친 것이기에 다시 일어나 덤비기 시작했다.

"놈의 공격은 별거 아니다!"

"우오오오!"

봐준 것도 모르고 정말 꼴깝을 떠는 녀석들.

난 가장 가까이 온 녀석을 오른발을 축으로 반 바퀴를 돌며 돌려차기를 날렸고 녀석은 갑작스러운 공격에 당황해했지만 양팔을 교차시켜 가슴팍으로 끌어 올려 막아갔다.

그렇게 돌려차기는 녀석의 가드에 막혔고 덕분에 내 공격과 녀석의 방어는 함께 산화해 버려 녀석은 무방비 상태가 되어버렸다. 이것도 내가 어느 정도 녀석의 방어력에 맞춰준 결과지만. 그렇다고 내 공격이 끝인 건 아니었다. 비록 돌려차기가 무산되었다지만 약간의 회전력이 남아 있었기에 발을 떼고 몸을 돌려 왼발로 녀석의 머리통을 날려버렸다.

퍽!

"끄악!"

음, 비명 소리를 들으니 이제 어느 정도 필이 오는데? 좋아!

한 녀석이 대갈통을 맞고 날아가 버리자 덤벼들던 다른 녀석들은 주춤하며 제자리에 멈춰 섰지만 난 아직 이 정도로 끝낼 순 없다. 흐흐흐.

"간다."

난 땅을 박차고 오히려 녀석들에게로 다가갔다. 이미 평범히 걸을 때도 원주미보를 쓸 정도로 반복 수련, 즉 노가다식 수련이 되어 있는지라 내 발걸음은 원주미보의 그것을 따르고 있었다.

움직이는 발의 발걸음은 그다지 빠르지 않았지만 좁은 원을 그리며 순식간에 거리를 좁혀갔다.

옳지. 오른쪽의 녀석부터 노리자.

"히익!"

오른쪽에 서 있는 장발에 짧은 비수를 들고 있던 녀석은 내가 다가서자 새파랗게 질리며 뒤로 주춤주춤 물러섰다. 쩝, 겁은 많아가지고. 어쨌든 이걸로 한 명 보내는 건가?

난 가볍게 주먹을 말아 쥐고 녀석을 향해 뻗으려고 했다. 그때 웬 파공음이 내 신경을 자극했다.

슈웅!

비수를 든 녀석에게로 날리던 주먹을 거두고 원주미보로 살짝 돌아 그 자리에서 비켜나며 본 것은 커다란 불덩어리였다. 그리고 그 불덩어리가 날아온 곳에 유일하게 한 사람이 있었으니 바로 거만한 녀석이었다. 쳇, 주술사였나?

원주미보가 가미된 발걸음을 사용해 불덩어리를 피한 나는 고개를 돌려 녀석을 쳐다보았다. 내 공격이 멈추자 다른 녀석들도 다시 주춤주춤 물러서며 거만한 녀석의 뒤로 가서 모였다.

"술사(術士)였나?"

"하하하하, 대단하군. 과연 그냥 먹은 명성은 아니란 말이야. 녀석들이 멍청히 제 힘을 제대로 내보지 못하고 당하기는 했지만 이류무사급의 녀석들을 쉽게 상대하다니 말이야."

녀석은 내 대답을 피했지만 손끝으로 모이는 화끈한 불덩이를 보며 난 확신할 수 있었다. 쩝, 확실하군. 그럼 내가 내공으로 생각했던 건 내공이 아니라 술력(術力)이었나? 음, 약간 이질적인 느낌을 준단 생각이 들더니 역시 그랬군.

그 모으기 힘들다는 술력을 일류무사로 착각하게 할 정도까지 모으다니……. 만약 저 술력이 어떻게 운이 좋아서 얻은 게 아니라면 이 싸움… 제법 힘들 것 같은데?

"흐흐흐, 하지만 나의 술법과 이 녀석들의 합동 공격을 당해낼 수 있을까? 흐흐흐, 무황을 쓰러뜨린 술사라… 기분 좋군. 흐흐흐."

줄 사람은 생각도 안 하는데 혼자서 미리 김칫국이고 김치찌개고 간에 원샷으로 쭈욱 들이키고 있구만. 진짜 혼자서 경극을 하는 것도 아니고 말이야. 하지만 확실히 녀석이 뛰어난 술사라면 나도 힘들지 몰랐다.

술법을 익히기 위해선 비급을 찾아야 하고 그 비급이란 것도 매우 희귀해서 술사들은 드물 수밖에 없었다. 그래서인지 비상에는 술사를 크게 두 가지로 나눌 수 있었다.

바로 초허접의 간단한 불덩어리만 간신히 날리고 술력이 달려 헥헥거리며 체력이라고는 쥐뿔도 없어서 웬만한 마물에게 한 대만 맞아도 바로 뻗는 초보 술사와 술법을 자유자재로 사용하고 술법으로 체력과 방어력, 그리고 스피드, 힘까지 상승시켜서 오히려 웬만한 무사보다 근접전에서 더욱 강한 힘을 발휘할 수 있는 그런 고위 술사가 바로 그것이었다.

하지만 술사의 가장 뛰어난 힘은 장거리에서의 강대한 공격력에 있다. 어찌 보면 판타지의 마법사와 비슷한 능력을 가진 게 술사였다. 내가 보기에 녀석은 고위 술사는 아니더라도 드문 중급 술사는 될 것 같았다.

젠장, 술법에 대한 경험은 하나도 없는데 처음부터 최하 중급 술사고 그것도 예상일 뿐이라니… 난감하군. 그렇다고 한월을 쓰지 않으려 도갑에 집어넣은 상태에서 다시 꺼내기도 뭣하잖아.

"바보 같은 녀석들! 제 힘도 제대로 발휘하지 못하는 것들을 동생으로 두고 있어야 하는 내가 한심하다. 똑바로 못해?!"

"네, 네! 알겠습니다!"

"가라!"

거만한 녀석의 말에 나머지 떨거지들과 어느새 정신을 차린 홍분대 마왕은 자리에서 일어나 기합을 내지르며 다시 천천히 내게로 다가왔다. 쩝, 제법 군기가 잡힌 녀석인데? 재빨리 본래의 힘을 발휘하려 하고 있으니. 쩝, 이로써 좀 더 힘들어진 건 낙찰이군. 이거 처음엔 반 장난으로 시작한 일이 점점 꼬이네.

그때 녀석들의 공격이 시작되었다.

"차앗!"

"하앗!"

"합!"

세 방향에서 동시 다발적으로 들어오는 세 자루의 검. 그리고 그 검들의 검영 사이로 파고드는 한줄기의 비도. 분명 협공진을 익힌 게 확실했다.

"흠……."

예상외의 날카로운 공격에 난 낮은 신음을 흘렸다. 하지만 가만히 당할 순 없었기에 용연지기를 끌어올려 단순히 주먹에 기를 집중해서 모았고 양 주먹으로 내려쳐지는 검면을 타격하여 양 옆으로 튕기게 했으며 하나의 검은 승룡갑의 어깨 부위로 받아내고 몸을 살짝 비틀어 비수까지 피해 버렸다.

한월을 사용하기에는 빽쭘한 상황이니 용연지기를 사용할 수밖에 없잖아. 아아, 누가 나를 비겁하다 탓하리오. 저렇게 떼거리로 덤비는 게 더 비겁한 거지.

제1차 공격을 막아냈음에도 난 그대로 쉴 수 없었다. 1차 공격이 끝나자마자 다시 거대한 불덩이가 날 노리고 날아왔기 때문이다. 그것이 전부가 아니라 1차 공격을 한 녀석들을 제외한 남은 녀석들이 제2차 공격을 준비하고 나를 노렸던 것이었다. 젠장, 예상하고 공격한 건가?

"차앗!"

팡!

용연지기를 잔뜩 실은 주먹은 강력한 힘을 품은 채 뻗어져 나갔고 공기를 타격하며 가죽 터지는 소리를 내뱉었다. 그리고 뻗어져 나간 주먹은 내게 날아오던 불덩이를 뚫었고 그대로 손바닥을 펴 주먹에 뭉쳐 있던 용연지기를 퍼뜨림으로 불덩어리를 소멸시켜 버렸다. 2차 공격이 들어온 것도 그때였다.

"죽어라!"

"끝이다!"

갖가지 괴성을 질러대며 내게 달려드는 녀석들을 보면서 난 용연지기의 흐름을 순간적으로 막아버렸다. 이 방법을 써먹을 줄 몰랐는데!

"차앗!"

파사사사사사사사!

순간적으로 흐름을 막아버려 한껏 압축시킨 용연지기를 다시 퍼뜨림으로 해서 흐름의 속도를 높이고 그걸 그대로 몸 밖으로 뿜어내는 기술. 어떻게 보면 폭기의 그런 기술이었다. 다만 폭기는 완벽히 압축해서 틈을 만들지 않고 한꺼번에 폭발시켜 터뜨리는 거지만 내가 쓰는 방법은 약간의 틈을 만들어 터지는 것이 아닌 풀어내는 것을 목표로 한 것이다.

당연 그 능력을 오랫동안 유지할 수 없다는 단점을 가지고 있지만 나에게 돌아오는 피해도 없고 또한 순간이지만 파괴력 역시 올라가니 아주 좋은 방법인 것이다. 그리고 이 방법을 사용하여 새로이 만든 기술.

급속도로 빨라지는 진기를 몸 밖으로 풀어내면 아주 강한 진기의 돌풍이 생기게 되고 그것을 이용해서 적의 이동을 방해하는 기술이었다.

"크윽! 갑자기 웬 바람이!"

"이런!"

꽝!

갑자기 뿜어 나간 바람은 잠시지만 녀석들의 움직임을 멎게 만들었고 난 그대로 주먹으로 땅바닥을 내려쳐 땅바닥의 잔재를 사방으로 튀게 만들었다.

"차앗!"

기의 폭풍. 진풍(震風). 진풍이라 이름 붙인 기의 폭풍은 사방으로 몰아쳤고 땅바닥의 잔재 때문에 시야까지 가린 상태이다. 난 용연지기를 더욱 세차게 뿜어내었고 그에 따라 진풍도 그 힘을 더해갔다.

진풍은 더욱더 세차게 불었지만 나에게는 전혀 통하지 않는 바람이었다. 나에게서 뿜어져 나가는 바람이라 내 자리는 곧 태풍의 눈. 스스로 뿜어낸 바람에 데미지를 입는다는 것은 말이 되지 않았다.

역시 이 기술의 효과는 상당한지 녀석들은 눈조차 제대로 뜨지 못했고 밖의 술사 녀석 역시 가린 시야와 세차게 부는 바람 때문에 술법을 사용하지 못하고 있었다.

흐흐흐, 이럴 때 공격을 하지 않는다면 언제 공격을 하리오! 난 즉시 진풍을 거두고 몸을 날렸다.

"핫!"

난 몸을 날려 내가 만들어낸 폭풍 속으로 뛰어들었고 바람이 엉키고 엉켜 이제 나에게서 더 이상 바람이 나가지도 않았지만 계속해서 부는 바람을 뚫고 적을 노리기 시작했다.

퍽!

"컥!"

퍽!

"헉!"

서서히 걷히고는 있지만 아직도 거센 바람 덕분에 녀석들은 내게 속절없이 당할 수밖에 없었고 거의 무한에 가까운 내공을 지닌 나도 진풍 때문에 힘이 들려고 할 때 마침 진풍이 그쳐 버렸다. 하지만 이미 그때는 적들이 다 쓰러져 있는 상태였다.

"끄응……."

"이, 인간이 아냐."

바닥을 뒹굴며 신음을 지르는 녀석들. 쩝, 한 대씩 맞은 거 가지고 왜 저리 엄살이 심한 건지…….

기의 폭풍이 멎고 드러난 장면은 경이롭다 할 수 있었다. 거만한 녀석의 부하들은 이미 전부 땅바닥을 뒹굴고 있는 상태고 강한 폭풍 때문인지 주변 대나무가 꺾여 버린 것도 있었다. 그리고 진풍의 반경을 벗어난 범위의 거만한 녀석은 경악이 서린 눈초리로, 소림사의 스님들 역시 경악이 서려 있지만 그나마 조금 더 안정된 모습으로 모습을 드러냈다.

음, 반경 범위에 없었다고는 해도 제법 바람이 불었을 텐데 저런 안정된 모습이라니… 과연 소림사라 이건가?

"어, 어떻게 이런 일이……."

거만한 녀석은 상당히 놀랐는지 거만하던 표정을 완전히 지워 버리고 새하얗게 질린 얼굴로 나와 바닥을 뒹구는 자신의 부하들을 번갈아 쳐다보았다. 하긴 놀랄 만도 한 게 방금 내가 사용한 진풍은 어떻게 보면 술법으로도 보일 수 있는 기술이다. 술법으로도 이 정도의 위력을 발휘하려면 제법 힘들 텐데 술법이 아닌 단지 기로써 이런 위력을 낸 내 모습은 내가 봐도 확실히 놀랍다.

"더 할 텐가?"

"……!"

쫄았군, 쫄았어.

"무, 무슨 소리! 내 불덩이부터 받아보고 그런 말을 해라!"

녀석은 당당히 외쳤지만 이미 대세는 기울어졌고 녀석의 술법이 얼마나 강하던지 이제 나를 이길 수 있는 방법은 없을 거다.

어쨌거나 녀석은 다시 불덩이를 만들어내는 술법을 부리려는지 손가락으로 수인을 맺어가고 있었다. 저걸 가만히 내버려 두면 내가 바보지.

탓!

가볍게 땅을 박찼을 뿐이지만 내 신형은 땅에서 밀려나 허공에 뜬 상태로 빠른 속도로 녀석에게 다가갔고 난 그대로 주먹을 뻗었다.

"헉!"

퍽!

경쾌한 이 소리!

술법을 외우던 중이라 무방비 상태인 녀석은 복부에 주먹을 얻어맞은 채 그대로 기절했고 난 쓰러져 있는 패거리들의 위에다 녀석을 던져 버리고는 스님에게로 다가갔다.

"소림사 안에서 마음대로 소란을 피워 죄송합니다."

"아닙니다. 저희들은 눈이 있어도 보지 못했고 귀가 있어도 듣지 못했으니 부처님께서도 그런 저희를 가엽게 봐서 기꺼이 용서하실 겁니다. 아미타불."

호오, 중은 전부 고지식할 줄 알았는데 이 중은 제법 융통성도 있잖아? 방금 그 말은 이 일을 비밀에 붙여준다는 의미렷다?

난 새삼스레 스님의 둥글 반짝한 머리를 쳐다보며 눈에 이채를 띠었고 스님들께 거만한 녀석들의 패거리를 넘긴 후 다시 죽림 속으로 들어갔다.

이미 천하제일 비무대회 개회식을 보고자 했던 기분은 날아간 상태다. 이런 녀석들에게도 이렇게 힘들게 싸우는데 초극강 고수들과 싸우려면 이래서는 안 되지. 게다가 진풍을 사용하느라 온몸의 진력이 쪽 빠져나간 느낌이다. 진풍이라는 기술은 기를 직접적으로 이용하는 것이기 때문에 그만큼 내공 소모가 장난이 아니다. 크흠, 솔직히 진풍을 사용하느라 소모된 내공 정도라면 그보다 더욱더 다양하고 강력한 공격을 할 수 있을 것이다. 오늘이야 주먹으로 싸워야 했으니 어쩔 수 없다 치더라도 진풍은 역시 사장될 수밖에 없을 기술이었다. 뭐, 어쩌다가 만들어낸 기술이긴 해도 사장된다고 직접적으로 말하니 좀 아쉽긴 하다. 이것도 다 내가 부족한 탓이겠지?

그러니 수련으로 빨리 부족한 부분을 채워야 했다. 젠장, 난 매일 수련만 하다가 인생 다 보내겠다.

◆비상(飛翔) 서른한 번째 날개

출전(出戰)

비상(飛翔) 서른한 번째 날개 출전(出戰)

정규 비무대회는 레벨 2부터 출전할 수 있는 잠룡 비무대회를 시작으로 성대하게 치러졌다. 과연 잠룡 비무대회의 비무도 재미있기는 했지만 너무 발달해 버린 내 시야와 안목으로 인해 누가 이길 것인지 대충 짐작이 되었기에 그 재미가 반감되는 것 같았다.

아아, 물론 내가 사람들에게 모습을 드러내면 귀찮아질 것 같아서 은밀한 곳에 숨어 지켜보는 중이다. 으어, 내 신세는 갈수록 처량해지는구나.

잠룡 비무대회는 레벨 27의 여성 플레이어가 우승을 했는데 덕분에 그 여성 플레이어는 소정의 상품과 함께 신봉(新鳳)이라는 명호를 얻었다. 지금이야 새로운 봉황이지만 훗날에는 분명 신봉(神鳳)이 될 수도 있으리라. 그때까지 비상이 온전하다면…….

다음으로 주작 비무대회. 레벨 30부터 69까지의 일명 중수라 불리는 사람들이 출전하는 대회인데 의외로 이 대회에 출전하는 사람이 적어서 몇 번 겨뤄보지도 않고 곤웅(棍熊)이라는 명호를 받은 곤(棍)을 쓰는 남자가 우승할 수 있었다. 비상의 전체적인 수준이 높아지다 보니 잠시간 일어나는 중수의 부족 현상인 건가?

아아, 현월대 녀석들이 생각나는군. 현월대 대원들은 어느새 이류무공을 하나씩 습득하여 이류무사가 되었는데 현월대를 하나의 단체로 운영자에게 신청했기 때문에 일류무공부터는 운영자에게 상당량의 비상의 돈을 지급하고 전체 무공을 구입할 수 있을 것 같았다. 이건 하나의 단체가 여러 무공을 익히는 것보다 독립되었지만 같은 무공을 익히는 게 더욱 상호 간의 공방 효과가 뛰어난 점을 생각하고 만든 시스템이었다. 다만… 가격이 상상을 초월하는 게 문제지만……. 젠장.

"설망수(雪網手) 주초 대협 승리!"

"와아아아아!"

"멋지다!"

"결승전은 10분 휴식 후 진행하겠습니다!"

음, 어느새 경기가 끝났군. 너무 집중해서 딴생각을 했나?

이런 저런 딴생각을 하다 보니 어느새 레벨 70부터 119까지의 일류고수라 불리는 사람들이 출전이 가능한 현무 비무대회의 4강전이 끝났다. 이제 결승만을 남겨둔 상태. 결승전에 올라간 두 사람은 바로 방금 이긴 저 수공(手功)의 고수인 설망수와 내 친구 용호창 병건이, 아니, 무진.

병건이 이 녀석은 이곳에 오는 도중 레벨을 올려라, 올려라 말했는데도 올리지 않고 놀아서 다른 녀석들이 레벨 120을 넘어가는 동안 자신은 꿋꿋이 119를 지키고 있었다. 뭐, 애초에 레벨이 올라간다고 해서 무작정 강해지는 것이 아니라 무공의 숙련도와 능력치의 상승도가 중요한 것이라 병건이는 스스로 초식과 능력치를 키우기 위해서라고 했으니 뭐라 말할 수는 없지만 그래도 왠지 믿음이 가지 않는 이유는 뭘까?

하긴 비무만 하면 이상하게도 민우에게 져버리니 조바심이 날 만도 하겠지. 능력은 거의 같았지만 이상하게도 민우와 비무만 하면 지니까.

하지만 난 그 이유를 알고 있다. 아니, 병건이 스스로도 알고 있을 거다. 병건이의 무공은 커다란 궤적을 그리며 최고의 파괴력을 중시하는 창법을 사용하고 있고 민우는 간결하지만 정확하고 빠른 검법을 사용하고 있으니 병건이의 무공엔 민우의 무공이 그야말로 천적인 것이다.

무력 차가 확실하다면 몰라도 서로 죽이자고 달려드는 것도 아니고 단순히 비무로 초식의 승부를 겨루는 건데 비슷한 실력에 상성에서 한 수 먹고 들어가는 민우가 이길 수밖에 없는 노릇이었다.

확실히 그걸 고친다고 이리저리 수련을 하고 나서부터는 많이 좋아지기는 했지만 아직도 멀었다는 생각이 든다. 그리고 또 하나 의심되는 점이 있었으니… 말은 그렇게 했지만 한 번이라도 대회에서 우승해 보고 싶어 레벨을 올리지 않은 그야말로 꼼수를 쓴 게 아닐까 하는 생각. 쩝, 너무 부풀려서 생각한 건가?

어쨌거나 병건이는 이 현무 비무대회에 나가고 민우와 지수는 한 단계 높은 백호 비무대회에 출전한다. 근데 의아한 것은 이런 비무대회도 좋은 경험이 될 텐데 무슨 이유에선지 다른 여자애들은 출전을 안

한다는 것이다. 처음 비무 대진표에 친구들의 이름이 없기에 비조로 상황을 물어봤더니 참석 거부 의사를 표했단다. 그래도 지수는 출전한다고 하니…….

아아, 예전에 얘기를 했어야 했는데 지수는 초반에 운으로 한참 상위 등급의 마물을 잡아 엄청난 폭렙으로 다른 녀석들보다 훨씬 앞서가게 되었고 지금도 130대인 민우보다 훨씬 높은 170대다. 민우도 열심히 선전은 하겠지만 능력 차가 크니 아마 경험 삼아 출전하는 거겠지. 지수는 우승을 노릴 테고.

"현무 비무대회 우승을 가리는 결승전을 시작합니다! 제1회 천하제일 비무대회에서 화려한 성적을 거둬 용호창이란 별호를 얻은 무진 대협! 그리고 정파무림맹의 간부이신 설망수 주초 대협! 이 둘의 대결이 지금 눈앞에서 펼쳐지려 합니다!"

"우와아아아아!"

"어서 시작해라!"

"용호창 무진 힘내라!"

"설망수! 정파의 힘을 보여줘라!"

이런… 생각도 함부로 못하겠군. 도대체 언제 휴식 시간 10분이 지나간 거야?

얼마 생각하지도 않았는데 이미 비무장엔 병건이와 설망수가 오르고 있었다. 음, 대충 예상을 해볼까?

설망수는 수법(手法)을 사용하니 역시 중거리보다는 단거리에서 더 큰 힘을 발휘할 테고 병건이의 창법인 괴풍창(怪風槍)은 중거리에서 커다란 스윙으로 최대한 파괴력을 끌어내는 것에 중심을 두고 있으니 이 비무는 거리를 잡는 사람이 승리를 거둘 것이다.

음, 결과를 예상해서 숫자로 나타내자면 약 7대 3으로 병건이의 승리를 점칠 수 있다.

"그럼 먼저 갑니다!"

"거 성미도 급하기는."

"저 원래 성미 급합니다."

둘은 시답잖은 말을 나누고 있었지만 눈빛만은 불꽃의 그것처럼 활활 타오르고 있었다. 그리고 마침내 병건이가 먼저 움직였다. 음, 왜 선수를 양보한 거지? 중거리 공격자에게 먼저 거리를 내준 뒤 선수를 양보하는 것은 치명적일 수도 있을 텐데? 선배의 도의라는 건가? 웃기지도 않군.

항상 힘든 싸움만 해봐서 그런지 이런 저런 예를 차리는 싸움이 우습게만 보이는 나다. 하지만 내 생각이야 어떻든 간에 병건이는 창을 붕붕 휘두르며 속사포처럼 설망수에게 쏘아져 나갔다.

속풍보(速風步).

내가 구해다 준 보법으로 일류보법이었다. 변화라던가 기교가 조금 모자라기는 하지만 순간적인 속도만은 최강의 보법. 이것이 내가 병건이에게 7이라는 높은 숫자를 건 이유다.

병건이는 창법에 치중하지 않고 틈틈이 보법을 익혀서 이렇게 일류보법을 익힐 수 있었다. 아마도 내 생각에는 이곳저곳을 싸돌아다니려면 보법이 필수라 열심히 익힌 게 아닌가 한다.

"헛!"

병건이의 폭발적인 속력에 설망수는 놀라서 재빨리 뒤로 물러서며 병건이의 창을 막기 위해 이리저리 손을 휘저었지만 그것이 오히려 더욱 화를 자초했다. 창을 사용하는 자에게 수법을 사용하는 자가 필요 이상의 거리를 벌리는 이상, 공격할 시간이 있을 리 없었다. 거기다가 파괴력만으로는 수위에 꼽히는 창이니 선뜻 방어하기에도 쉽지 않을 거다.

"차압!"

부웅!

역시 예상대로 병건이는 다시 벌어진 거리를 이용해 창을 크게 회전시켜 돌렸고 창은 병건이의 손 안에서 굉장한 풍압을 일으키며 설망수에게로 뻗어 나갔다.

이로써 삼초지례(三招之禮)의 이초를 썼다.

설망수는 몸을 급히 젖히며 병건이의 창을 피하려 했지만 길게 옷이 찢기는 것까지는 막을 수 없었다. 이제 남은 건 단 일 초. 병건이는 빨리 끝지 않을 생각인지 창의 끝에 진기를 집중시키기 시작했다.

"의형진기!"

"창기(槍氣)다!"

일류고수급이라 할지라도 의형진기를 다루는 것은 쉽지 않았기에 제2차 비무대회가 시작되고 나서 처음으로 모습을 드러낸 의형진기였다. 그래서인지 주변의 반응 역시 뜨겁게 달구어져만 갔다.

"이대로 가다가는 공격 한 번 못해보고 질 것 같군. 이번엔 나도 공격해도 괜찮겠나?"

"뜻대로!"

병건이는 저답지 않게 짧게 말을 내뱉으며 계속해서 진기를 축적시켜 갔다. 이마 위로 흐르는 땀을 보니 의형진기를 사용하는 것에 매우 힘들어하는 것 같았다.

그리고 그런 병건이의 수고를 덜어주기 위해서인지 부담만을 가중시키기 위해서인지 설망수도 기를 끌어 모으기 시작했다. 곧 그의 손 주변으로 푸르스름한 안개 비슷한 것이 생기기 시작했다. 수기(手氣)였다.

"수기다!"

"의형진기끼리의 대결이다!"

"와아아아아!"

사람들의 외침도 아랑곳하지 않고 둘은 계속 진기를 끌어 모으기 시작했다. 마지막 절초를 펼쳐 승부를 가릴 속셈. 어찌 보면 결승전을 시작하자마자 끝내는 것 같았지만 괜히 소모전으로 시간을 끌어봤자 대결자 두 명만 손해일 뿐이었다. 차라리 이렇게 화끈하게 한 방으로 끝내는 것이 좋지.

쩝, 어떻게 보면 처음 병건이의 공격을 허례허식이라 봐도 좋다. 녀석이 최선을 다했다면 길게 끌 것도 없이 처음의 한 방으로 끝났을 테니까. 고수의 대결일수록 비무는 한순간에 끝나는 법. 물론 예외도 있지만 지금 비무장의 두 명은 그렇게 생각하나 보다.

"투풍섬창(透風閃槍)!"

"설령살수(雪令殺手)!"

번쩍 하는 섬광과 함께 둘은 서로를 향해 공격해 갔고 곧 원래 서 있던 반대편 자리에 모습을 드러냈다. 음, 다른 사람들은 안 보였겠지만 난 똑똑히 보았다. 설망수의 손이 뱀의 몸통처럼 휘익 꼬아져 들어가 순간적 회전력까지 사용해서 병건이의 복부에 작렬했지만 그와 동시에 병건이의 창이 진기를 잔뜩 머금고 섬전같이 뻗어 나가 설망수의 손가락을 모두 부러뜨리고 그것만이 아니라 옆구리까지 꿰뚫는 것을…….

타격은 둘 다 입었지만 타격의 정도로 봐선 병건이의 승리였다.

"대… 단하군."

털썩!

"쿨럭! 컥! 퉤!"

병건이도 나름대로 내상을 입었는지 피가 섞인 침을 뱉어내며 조용히 쓰러져 있는 설망수를 응시했다. 자식, 폼 잡기는.

"이, 이로써 현무 비무대회의 우승자는 용호창 무진 대협이십니다!"

"와아아아아아!"

"멋지다!"

"의형진기 죽인다!"

"너무 빨리 끝났지만 정말 멋졌다!"

여러 사람의 환호성이 비무장을 메웠다. 근데 의아한 게 방금 그 섬전처럼 지나간 두 사람의 신형을 모두 봤다는 건가? 뭐가 멋지다고 저렇게 난리 법석을 떠는 건지……. 만약 이 비무장에 있는 사람들이 모두 그 정도의 능력이 된다면 내가 그 빌어먹을 인공지능을 막으려고 혼자서 지랄을 떨고 있지도 않을 거다. 아아, 말을 하다 보니 흥분해서 말이 격해지네. 젠장.

그렇게 현무 비무대회가 끝났다. 병건이도 이겼다지만 부상이 제법 심각한지라 그냥 걸어나가지 못하고 부축을 받아 걸어나갔는데 그 모습이 또 아이러니했다.

설망수는 당장 치료하지 않으면 위험한 상태라 의원들이 잔뜩 달라붙어 재빨리 상처를 치료해서 멀쩡해졌는데 정작 이긴 병건이는 치료를 거부하고 저렇게 쩔뚝거리며 걸어나가다니……. 모르는 사람이 봤으면 설망수가 승자요, 병건이가 패자라고 생각할 수도 있는 모습이었다.

하지만 병건이의 마음도 이해가 되는 게 지금까지 거의 모든 것을 가장 가까이에 있는 사람에 의해 저지당하고 최고로 올라설 수 없었으니 거의 생전 처음으로 받아보는 우승이란 사실이 감회가 새롭고 또한 감동이겠지. 그리고 상처의 고통으로 그 감동을 오랫동안 느껴보려는 걸 테고. 이 이외의 이유라면 변… 태가 아니고서야……. 설마… 아니겠지?

내가 말도 안 되는 헛소리를, 아니, 헛망상을 하는 동안 병건이는 선수 대기실로 들어갔고 내가 항상 주시하고 있던 친구들 역시 응원석을 빠져나갔다. 아마 병건이가 있는 선수 대기실로 향하는 것이리라.

원래라면 선수 대기실에 들어가는 건 친구라도 불가하지만 이미 오늘의 모든 대회가 끝났고 우승자의 기쁨을 함께 나눠주려고 하는 친구니 딱히 막기도 뻘쭘한 상황이라 그냥 들여보내 주겠지.

하지만 저 녀석들은 아직 글렀다. 도대체 나잇살을 먹어가지고 왜 저리 눈치가 없는지. 이럴 때는 혼자 그 감동을 다시 되새겨 보고 싶을 텐데 그걸 꼭 방해할 필요가 있나? 비록 축하해 주기 위해서라지만 그건 조금 뒤에 해도 늦지 않을 거다. 에잉, 마음에 안 들어. 저 녀석들 언제 한번 나의 약 10년에 달하는 눈치신공 노하우를 전수해 줘야 하겠어.

"용호창! 용호창!"

"무진! 무진!"

"와아아아아!"

병건이는 이미 자리에 없지만 응원석 사람들의 함성이 메아리를 이루어 이 넓은 비무장을 가득 메운다. 항상 바보짓만 하던 병건이란 녀석이 비록 게임에서라도 인정을 받다니 괜히 뿌듯한 마음이 든다. 그리고 축하해 주러 간 친구들이 부러운 생각도 든다.

"하아… 이게 뭐 하는 짓이냐."

친구들에게 눈치가 없다고 잔뜩 씹기는 했지만 부러운 마음에서 그랬다. 사실 부럽다. 저렇게 마음 놓고 축하해 줄 수도 있고 어디 가서도 사건에 휘말리지 않으니까.

그렇게 따지면 나야 어딜 가든지 사건이 일어나고 정말 무슨 일을 하건 간에 마음 놓고 할 수가 없다. 가장 큰 이유는 인공지능 때문이기도 하지만 그것이 아니라도 내 골치를 썩게 만들 존재란 무수히 많으니까…….

이깟 게임 때려치우면 되지 않겠냐는 생각도 해봤지만 난 이 비상이 마음에 든다. 새로운 세계. 골치를 썩어야 하는 부분도 엄청 많지만 현실에서 느껴보지 못한 자유감 또한 진하게 느낀다.

그렇다면 이 캐릭터를 지우는 것은? 더 더욱 안 된다. 이 캐릭터를 지우고 다시 시작해 봤자 인공지능을 막지 못하면 괜한 뻘짓을 하는 거다. 그게 아니더라도 나의 캐릭터 사예는 나의 분신이 아니라 새로운 독립체의 숨결이 느껴진다. 마치 나는 나이되 내가 아닌 것 같다고 말해야 하나?

"어렵군."

그래, 어렵다. 하지만 그 모든 단어를 압축시키고 축약시켜 한마디로 만들자면 이 사예란 캐릭터는 나의 부속적인 존재가 아니라 또 다른 세계의, 그곳의 새로운 나란 사실이 나로 하여금 사예란 캐릭터에 깊은 정을 느끼게 한다. 그런 캐릭터를 지울 수 있을 리가 만무하잖아.

"젠장, 괜히 혼자서 외롭다는 느낌은 왜 드는 거지?"

정말 이상한 노릇이다. 평소에는 혼자 있어도 외롭다는 생각은 하지 않았다. 그러나 별것 아닌 이런 상황에 혼자서 이렇게 비무장의 한쪽에 숨어 딴생각을 하고 있자니 고독이 나를 엄습해서 내 심장을 얼려버리는 것 같은 충격이 든다.

"더러운 기분이야."

이럴 때 푸우라도 있었으면 때리고 놀았을 텐데 푸우도 없다. 아니, 푸우가 있었으면 이곳으로 잠입도 못했을라나? 어쨌든 현무 비무대회는 그렇게 막을 내렸다. 내일이면 백호 비무대회의 시작을 알릴 테지? 그리고 다음은 청룡 비무대회. 마지막으로 천하제일 비무대회.

천하제일 비무대회도 이제 얼마 남아 있지 않았다.

난 수련이나 하러 가자는 생각에 은신처에서 벗어나 죽림으로 향했다. 그 뒤로 아직도 울리는 용호창을 부르짖는 소리가 들린다.

"아아, 나도 저렇게 환호를 받을 때가 있… 었군. 레벨 1들의 대회."

으윽! 생각하기 싫은 게 생각나 버렸다. 제발 그때의 나를 잊어줘!

이번 비무대회에서 가장 많은 수의 사람이 참가한 곳이 바로 이 백호 비무대회이다. 레벨 120부터 179까지의, 평균적으로 이류무공에서 벗어나 일류무공을 익히기 시작하는 사람들이 참가하는 대회로서 의형진기를 사용하니 화려함과 재미를 더해주는 대회라고도 할 수 있다.

거기다가 참가자들도 레벨이 낮을 때 참가해서 창피를 당하는 것보다, 이렇게 참가하더라도 의형진기를 사용한다는 것 자체로 존경의 눈초리를 받는 대회에 참가하는 것이 좋을 것 같아서인지 가장 많은 사람이 출전을 해서 가장 성대한 비무대회라고도 할 수 있을 거다. 이 백호 비무대회만 이틀에 걸쳐 진행되니 말 다한 거지. 아아, 결승까지 치면 사흘인가?

오늘은 백호 비무대회가 시작한 지 이틀째 되는 날이다. 현재 그 많던 사람이 다 떨어지고 여덟 명만을 남겨둔 상태인데 그 여덟 명, 한 사람 한 사람이 고수가 아닌 사람이 없어 긴장감을 북돋우고 있었다.

"이번엔 제1회 천하제일 비무대회에서 주작 비무대회 우승 경력을 가지고 있고 그로부터 이곳 비상 신력으로 1년 후인 지금, 백호 비무대회의 8강에 오른 인물! 검랑 소룡 대협과 사파무림의 거석이자 철두암(鐵頭巖)으로 명성을 떨치시는 철두(鐵頭) 후호 대협의 비무가 있겠습니다!"

이번 백호 비무대회의 가장 큰 변수라면 바로 이것, 검랑 소룡, 즉 민우가 8강에 오른 것이다. 이 사실은 정말 나조차도 예상하지 못했다. 차이가 나도 너무 나는 이 대회에 민우가 출전한 것은 단지 경험을 위한 거라고만 생각했는데 8강이라니…….

민우 스스로도 이런 의외의 상황에 놀란 것 같았다.

민우가 여기까지 오게 된 이유에는 한 가지 특이한 기술 덕분이다. 상대의 힘을 맞부딪치지 않고 적당히 넘겨 버리는 기술. 볼 때는 별것 아닌 기술처럼 보이는데 공격의 요점을 정확히 노리고 파고들어 가 흘려버리는 게 대단하다고밖에 할 수가 없었다.

사실 이 기술은 민우가 병건이를 대비하기 위해 만든 것이었다. 아무리 민우의 무공이 병건이의 무공과 상극이라지만 굉장한 파괴력을 지닌 창을 그렇게 쉽게 막아내지는 못했다. 자칫 잘못하다가는 실수로 벌어진 단 한 방의 타격에 승부가 갈릴 수도 있으니까. 그래서 적당히 상대의 힘을 넘겨 버리는 저런 기술을 만들었고 그 기술을 써먹은 거다.

"하여간에 괴물들이야."

게임에도 없는 기술을 스스로 만들어 쓰는 민우나 이젠 그런 기술조차 잘 통하지 않는 병건이나 내겐 괴물로 보였다. 나야 내 능력이 뛰어난 게 아니라 노가다의 위대함과 버그의 위대함 덕분에 여기까지 온 거니까…….

"비무를 시작하겠습니다!"

징!

징 소리와 함께 비무대회는 시작되었다. 민우의 상대는 쉽게 말해 박치기 하나만으로 이 자리까지 온 박치기의 지존.

반들반들 빛나는 대머리가 나로 하여금 더욱 인상 깊게 만드는 참 특이한 캐릭터였다. 하긴 저런 개성있는 캐릭터도 있어줘야지 다들 너무 멋만을 파고든다니까.

철두는 반들반들한 대머리에 턱엔 수염이 가득하고 몸집은 거대하며 전신을 강철 갑옷으로 감싸고 있었다. 웬만한 공격력으로는 강철 갑옷조차 뚫지 못하리라. 검기를 쓸 수 있다고 해도 간단히 강철을 잘라 버릴 수 있는 건 아니니까.

"크하하하."

역시 사파무림의 대두(大頭)라서 그런지 설망수처럼 삼초지례라는 허접스러운 짓을 떨지 않고 먼저 선공에 나섰다. 마치 영화 속에 흔히 보았던 킹콩처럼 양손으로 앞가슴을 두들기며 그대로 앞으로 뛰쳐나가는 모습, 그야말로 단순무식의 표본이었다.

"치잇!"

하지만 민우 역시 검법에만 매진했기 때문에 보법이 부족해서 그런 상대를 쉽게 피하지 못하고 있었다. 힘들게 피하면서 검을 뻗어내었지만 번번이 강철 갑옷에 튕겨났고 그때마다 작은 빈틈이 생겨 철두의 박치기 공격이 들어와 가슴을 섬뜩하게 했다.

그나마 민우의 검이 저번 대회의 우승으로 받은 보검이라 부러지지 않았을 뿐 철두의 방어력은 무시하지 못할 수준이었다.

"사천검파(四川檢波)!"

민우의 검이 길게 흔들리며 뻗어 나갔고 마치 파문이 생기듯 네 개의 검이 되어 철두에게로 찔러갔다. 검의 물결을 만드는 민우의 검법인 검천검법(劍川劍法)의 초식.

"크하하하!"

민우의 맹렬한 공격이 자신을 노리고 있지만 크게 웃음을 터뜨릴 뿐 철두는 긴장하지 않았다. 머리만을 제외하면 목까지 포함해 전신을 거의 다 가리고 있는 셈이니 그만큼 공격할 범위도 좁아지고, 그렇게 된다면 그 범위만 방어하면 되었기에 그것 또한 수월해진다. 그렇다고 머리를 공격하자니 주 무기로 쓰는 머리에 공격이 통할지도 의문인지라 민우는 이래저래 난감할 수밖에 없을 거다.

아앗! 갑자기 궁금한 게 생겼다! 철두의 무기는 바로 저 단단한 머리. 그럼 의형진기를 쓰면 어떻게 되는 거야! 설마 두기(頭氣)라는 게 생기는 건 아니겠지?

"차아!"

"헛!"

비무장 위의 비무는 시간이 갈수록 점점 더 손에 땀을 쥐게 만들었다. 계속해서 돌진하여 민우를 놀리는 철두와 간신히 피하며 교묘히 검을 찔러 넣는 민우의 공방.

그렇게 언제까지고 계속될 것만 같던 비무에 변화가 일어나기 시작했다. 급속도로 민우의 검에 모여드는 막대한 진기. 의형진기를 시전하려는 것이었다.

"음, 마지막 승부수인가? 철두는 과연?"

철두의 공격을 피하며 진기를 모으는 민우와는 달리 철두에게선 아무런 진기의 유동이 없었다. 아니, 처음부터 느낀 건데 철두에게선 내공의 흔적을 찾아볼 수 없었다.

"아! 그랬구나! 외공(外功)!"

그랬다. 철두는 외공을 익히고 있었던 것이다.

외공은 단순히 육체적인 힘만을 가지고 싸우는 건데 주화입마의 위험이나 상성 같은 데는 전혀 신경 쓸 필요가 없는 반면 한계가 있다고 알려져 있어 많은 사람이 도전하지 않는 무공이다.

보법이나 신법을 쓰는 데 내공이 필요하다고는 해도 처음 받은 내공에 지식의 능력치가 조금씩 올라가면서 내공도 함께 조금씩 올라갈 테니 외공을 사용하는 무사에게는 충분할 거다.

"으자자자자!"

"헉!"

쾅!

철두의 한 템포 빠른 공격에 민우는 정말 간신히 공격을 피해내었고 철두의 머리는 비무장의 바닥에 직격하였다. 그 결과로 단단한 돌을 깨끗이 잘라 판을 내었던 비무장의 바닥이 굉음을 내며 그야말로 박살이 나버렸다. 어디 저게 사람의 머리냐? 쇠망치도 저 정도의 위력은 안 나오겠다.

내가 철두의 파괴력에 치를 떨 무렵, 마침내 민우의 검에서 찬란한 빛무리가 뿜어져 나오기 시작했다. 의형진기, 바로 검기였다.

"검기다!"

"이제 철두는 아무것도 아니야!"

"무슨 소리! 검기 따위론 철두의 박치기를 깨뜨릴 수 없다고!"

8강까지 올라오면서 의형진기를 꽤나 많이 봤는데도 관중석의 사람들은 뭐가 그리도 좋고 신기한지 민우의 편과 철두의 편으로 갈라져 서로 자신의 편이 이길 것이라 외쳐 댔다.

쩝, 그나저나 철두의 박치기 위력은 시간이 갈수록 더 강해지는 느낌이 드는구만. 가히 살인적인 박치기야.

철두의 박치기 공격의 공격력 상승과 민우의 의형진기 덕분인지 관중석과 비무장에는 긴장감이 감돌았다. 의형진기까지 발출된 이 시점에 더 이상 시간을 끄는 것은 무의미하리라. 아니, 계속 시간을 끌면 한정되어 있는 내공을 사용하는 민우가 더욱 불리해짐으로 더 이상 시간을 끌어서도 안 되었다.

"차앗!"

"후리압!"

둘은 서로 큰 기합을 발하며 서로에게 달려들었다.

"검천지로(劍川之路)!"

"무적철두(無敵鐵頭)!"

서로 자신들의 최고 절기명을 외치며 초식을 펼치려 하고 있었다. 민우의 검에서는 푸른색 검의 기운이 넘실거렸으며 철두의 머리에선 지금까지와는 달리 내공을 전혀 사용하지 않았음에도 광포한 기운이 흘러넘치고 있었다. 음, 외공에도 초식이 있었군.

민우는 검을 회전시켜 풍압을 만들어내며 급속도로 떨쳐 내는 검천검법의 절초 검천지로로 철두를 공격하기 시작했다. 민우의 선공이었다.

쿵! 쿵! 쿵!

철두 역시 자신의 절기인 무적철두의 초식명을 외치며 머리를 민우에게로 향하게 숙이고 무식하게 앞으로 뛰어나갔는데 철두 자신의 본몸무게와 그가 입은 철갑의 무게가 합쳐 묵직한 소리가 울렸고 그 모습이 적을 향해 돌진하는 전차의 그것처럼 굉장한 압력을 느끼게 했다. 음, 보통이 아닌데?

쐐에엥!

검천지로의 쾌속 속도와 회전으로 일어나는 풍압에 의해 공기를 찢는 소리가 사방을 메울 정도로 매서운 공격이었지만 철두는 자신의 철갑을 믿는 것인지 머리를 들지도 않고 변변찮은 방어도 하지 않은 채 돌진을 하고 있었다.

쾅!

강렬한 검기가 철두의 철갑과 충돌하며 강력한 충돌음을 내었고 심지어 그 충격으로 인해 비무장의 비무대가 부서져 먼지가 일어나 시야를 가리게 되었다.

젠장, 분명 철갑에 민우의 검이 적중하기는 했는데 어떻게 된 건지 다음을 알 수가 없잖아.

타앗!

내가 안절부절못하고 있는 사이 누군가 먼지를 뚫고 위로 튀어 올랐다. 등을 지고 있어서 누구인지 보이진 않았지만 그렇다고 못 알아보면 그게 바보다. 저런 철갑을 입고 있는 사람이 누구겠는가. 바로 철두였다. 어떻게 된 거지?

"크아아압! 낙석철두(落石鐵頭)!"

저런 거구가 저렇게 높이 뛰어오른 것도 신기할 따름인데 몸을 빙글빙글 돌리며 아래로 하강하기 시작했다. 아직 끝나지 않은 건가?

회전력까지 얻어 더욱 광포해진 기세로 추락하는 철두는 먼지 속으로 다시 파고들었다.

쾅!

사방을 메우는 충격음. 이번에는 조금 전과 달리 회전력으로 생긴 풍압 때문에 먼지들이 날려 걷혀 버려 바로 그 장면이 드러났다. 머리부터 몸까지 일자가 되어 한곳에 의지해 공중에 떠 있다시피 한 철두. 그리고 그런 철두의 머리를 검을 눕혀 검면으로 막아내었지만 비무대 땅속 깊이 그 발이 파묻힌 민우. 철두는 그런 민우의 검면에 머리를 의지한 채 공중에 떠 있었던 것이다.

"크윽!"

민우는 상당히 고통스러운지 신음을 내뱉었다. 그나마 견딜 수 있었던 것도 용린갑의 게임 성으로 된 자체적인 방어력 때문인 것 같았다.

이미 승부는 결정된 셈. 간신히 버티고 섰지만 내상까지 입어 움직이기 힘든 민우에 비해 철두의 머리는 뻘겋게 약간만 부어올랐을 뿐 다른 곳은 아픈 것 같지 않았다. 볼 때마다 느끼는 건데, 정말… 환상적인 돌머리다.

"흡!"

민우는 검면으로 내공을 보내 철두를 튕겼고 검면에서 떨어진 철두는 안전하게 착지했다.

명백한 민우의 패.

"쿨럭! 크억!"

민우는 제법 내상이 심한지 땅속에 박힌 다리를 빼낼 생각도 하지 않은 채 허리를 숙이며 각혈을 뱉어냈다. 그리고 마침내 힘이 떨어지는지 검을 지팡이 삼아 계속 서 있으려 하고 있었다.

파캉!

그러나 이미 검의 수명 역시 다했던지 약한 금속성을 내며 두 동강이 나버렸고 결국 민우는 그 자리에 쓰러질 수밖에 없었다.

"처, 철두 후호 대협의 승리입니다!"

조용하던 비무장에 사회자의 외침이 퍼져 갔고 그 외침은 관중석 사람들의 환호를 불러일으켰다.

"와아아아아아!"

"역시 철두 네가 최고다!"

"우승은 확실해!"

"꺄악! 우리 검랑 오빠를!"

"철두! 너 나빠!"

환호 속에 간간히 철두를 비난하는 소리도 들려왔는데 대부분 여자들이었다. 쩝, 민우 녀석, 팬까지 생긴 건가.

어쨌거나 환호 속에 철두는 멋있게 퇴장을 했고 민우는 들것에 실린 채 퇴장을 했다. 그러나 그 누구도 그런 민우의 모습을 욕하거나 우습게 생각하지 않았다. 쟁쟁한 실력자들을 뚫고 8강까지 진출한 것만 해도 이미 엄청난 고수라는 소리니까.

"민우 녀석, 아깝게 됐군. 내공이 조금만 더 깊었더라면, 정면 승부를 피했더라면……."

민우가 패한 이유라면 역시 상대에 비해 경험이 달린다는 것. 그것을 제외하고 내공이 조금 더 깊어 상대의 철두공이나 철갑을 뚫고 그 속까지 충격을 전달할 수 있었다면, 또는 정면 대결을 피한 채 계속해서 조금씩 데미지를 늘려갔다면 이길 수도 있었을 거다.

그러나 자존심이 강한 민우가 그러지 않을 것이란 사실은 녀석과 오랫동안 지내본 사람이라면 누구나 알 수 있을 정도이기에 녀석이 그러지 않을 것이라 생각했다.

하여간에 민우 녀석, 아깝게 지긴 했지만 충분히 멋지게 잘 싸웠다.

"그럼 이제 남은 건 지수뿐인가?"

지수는 당연하게도 8강 진출을 했다. 아아, 민우 전에 비무를 해 승리를 거뒀으니 4강에 진출했다는 것이 정확하다. 백호 비무대회 출전자 중 유일하게 여성으로서 4강에 든 게 지수이니 지수의 팬까지 생길 정도였다. 흠, 하긴 얼굴 예쁘고, 강하기까지 하니… 당연한 건가?

어쨌거나 나머지 지수의 비무, 기대된다. 근데 민우는 괜찮을라나? 아아, 도대체 왜 이렇게 나는 오락가락하는 거야!

결승. 너무나 어이없는 결과가 발생했다. 8강에서 이겨 4강에 진출한 사람 네 명 중 한 명이 부상을 입어 기권을 한 것이다. 결국 세 명이 남게 되었고 그중에서도 지수는 부전승으로 결승에 진출하게 되었다. 그리고 철두와 또 다른 한 사람의 대결.

분명 철두 역시 외공만으로는 거의 최강이라 할 정도로 대단했지만 그보다 소림사의 나한승이자 소림권정(少林拳貞) 정오의 내공이 훨씬 심후하고 정순해서 10여 초 만에 내가중수법으로 너무 간단히 승부가 나버리고 말았다.

그렇게 시작하게 된 결승전. 관중석의 사람들도 너무나 어이없는 결과에 고개를 갸웃했지만 이미 승부가 난 것을 어찌하리. 자신의 컨디션을 조절하며 싸우는 것도 무사가 갖추어야 할 조건이었다.

소림권정 정오. 나조차도 결코 쉽게 봐선 안 될 대단한 무승(武僧)이었다. 레벨과는 관계없이 이미 의형진기의 극에 올라 있으리라 예상되는 인물. 어쩌면 권강마저 시전할지도 모르는 그런 인물이었다.

비무대회에는 반드시 유저만이 출전 가능한 것이 아니었고 그 대표적인 예가 바로 정오였다. 겉보기로는 30대 중반의 정오. 그러나 이미 태어나자마자 소림의 고승(高僧)에게 발탁되어 무공을 익혔기에 태어난 그 순간부터 무공을 익혔다고 봐도 과언이 아니었다.

즉, 30년 이상을 무공으로 보낸 NPC들 중에서도 극강의 NPC. 각 NPC마다 정해진 레벨에 의해 레벨이 떨어져 백호 비무대회에 출전했을 뿐이지 그렇지 않았다면 청룡 비무대회의 우승도 했을 인물이었다. 비록 정오보다 강한 NPC가 없는 건 아니지만 그렇다고 많은 것도 아니었다.

지금의 예상으로는 8대 2로 정오의 승리가 예상되는 시점. 다만 그

동안 지수가 얼마나 수련을 열심히 했느냐가 관건이었다. 쩝, 그러고 보니 30년 무공을 수련한 사람과 겨우 2, 3년 남짓 무공을 수련한 사람이 붙는 건가? 거참, 말도 안 되는군. 뭐, 수련을 오래했다고 반드시 더 강하라는 법은 없지만.

“이제 제1회 비무대회에서도 굉장한 성적을 올린 빙설화 수유 여협과 소림사의 나한승(羅漢僧)이시자 정의로운 일권으로 명성을 떨치고 있는 소림권정 정오 스님의 대결이 있겠습니다!”

“와아아아아!”

“소림권정! 소림권정!”

“빙설화! 빙설화!”

둘 다 인기가 좋군. 두 사람을 응원하는 응원자들을 보니 지수 쪽을 응원하는 사람들은 대부분이 남자고 정오 쪽을 응원하는 사람들은 대부분이 정파의 사람들이었다. 그럼 두 명 다 응원하는 사람들은 정파이면서 남자인 사람들인가?

어쨌거나 저쨌거나 결승전은 이미 시작되었으니 나도 지수가 선전하길 응원하는 수밖에 없군.

“와아아아아!”

큰 함성 소리와 함께 지수와 소림권정 정오가 비무대 위로 올라왔다. 정오의 생김새는 아까 말했다시피 30대 중반의 외모를 하고 있었는데 단정히 차려입은 승의(僧衣)와는 달리 부리부리한 눈썹과 잘 조합된 이목구비는 굉장히 남성다움을 풍기고 떡 벌어진 어깨와 건장한 체구로 하여금 그가 무승임을 짐작케 해주었다. 다른 말로 바꾸자면 어디 젊은 나이에 과부가 된 아줌마가 있으면 그대로 달려들 만한 인상이랄까?

"그럼 시작합니다!"

징!

비무장 전체에 울려 퍼지는 징 소리를 시작으로 비무는 시작되었다.

정오는 합장을 한 채로 지수에게 정중히 인사를 했고 지수도 맞합장을 하며 답례를 했다. 그리고 지수는 자신의 길디긴 연검을 뽑았고 정오는 가만히 눈을 감은 채 서 있었다. 지수에게 선공을 취하라는 뜻이었다.

"아미타불."

"……."

선배가 후배에게 삼초지례를 하는 것이 보통이지만 지금은 비무대회의 결승전. 이 순간만큼은 무림의 선후배를 떠나 서로 상대를 두고 동등한 입장에서 무공을 겨누기에 삼초지례로는 알맞지 않았다. 정오도 그것을 알았는지 눈을 감고는 있었지만 정신 집중을 하여 주변의 기파를 느끼고 있는 것 같았다.

"그럼……."

탓!

지수가 짧은 말과 함께 땅을 박차고 앞으로 나섰다. 신설보(新雪步). 일류의 보법으로 마치 첫눈이 내린 듯 조용하지만 빠르게, 또한 넓게 이동하는 보법이었다.

물론 저거 엄청 비쌌다. 크윽! 아무리 희귀한 수(水) 계열의 일류 보법이라지만 어떻게 금 열 냥이나 할 수 있냐고! 우어어어어! 내 돈!

역시 돈값을 하는지 신설보를 밟으며 정오에게로 다가가는 지수의 발걸음은 조용하고 신속했으며 흩날리는 연검과 어우러져 가히 환상적인 모습을 연출했다. 음, 저런 연출은 나도 생각을 못했던 건데. 어쨌거나 보기는 좋구만.

"낙화유수(落花流水)."

촤르르르르!

지수의 연검이 파르르 떨며 여러 송이의 꽃을 만들었고 그 꽃은 마치 흐르는 물을 타는 양 하늘거리며 정오에게로 짓쳐 들어갔다. 지수의 일류무공인 낙화연검(落花軟劍)의 초식.

크윽! 다시 말하지만 저 낙화연검도 수 계열의 일류무공이라 돈 무지하게 비쌌다. 내 돈!

내가 절망을 하고 있는 사이 지수의 연검은 정오의 지척에 도달해 있었다. 여러 송이의 꽃이 중을 압박해 가는 장면은 무겁고 공격적이라기보다는 영화에서 주인공이 떨어지는 꽃을 맞으며 서 있는 장면을 연상하게 하는 그런 모습이었지만. 그 떨어지는 꽃이 가진 위력은 감히 무시할 바가 아니었다.

풍전등화(風前燈火).

그때 정오가 눈을 뜨며 입을 열었다.

"하압!"

파파팟!

강대한 기합성.

정오는 눈을 뜨며 합장한 채로 내공을 담아 큰 기합을 내질렀고 덕분에 지수의 연검이 만들어낸 꽃들은 크게 흔들리며 그 위력을 잃고 사라졌다.

애초에 의형진기도 아닌 단지 미약한 내공을 담아 전개한 초식이 쉽게 먹히지 않으리라는 것은 알고 있던 사실이지만 이렇게 간단히 풀어

버리니 조금 의외이기도 하다.

"……!"

지수 역시 의외의 상황에 놀랐는지 약간 표정이 변했지만 침착하게 다시 연검을 놀리기 시작했다. 마침내 정오가 움직이기 시작했다.

손은 유성처럼, 다리는 술에 취한 사람처럼, 몸은 바람에 휘날리는 버드나무같이, 하나의 움직임에도 뜻을 담고 움직이는 정오. 소림권의 정화, 나한권(羅漢拳)이 정오의 몸에서 펼쳐진 것이었다.

두여파랑(頭如波浪) 머리는 파도같이
수사유성(手似流星) 손은 유성처럼
신여양유(身如楊柳) 몸은 버드나무같이
각사취한(脚似醉漢) 다리는 취한 사람처럼
출어심령(出於心靈) 혼신을 다해
발어성능(發於性能) 모든 능력을 표출하라.
사강비강(似剛非剛) 강한 듯하나 강하지 않고
사실이허(似實而虛) 허는 실인 듯하라.
구련자화(久鍊自化) 오랫동안 단련하면 저절로 변하며
숙극자신(熟極自神) 극에 다다르면 저절로 신이 된다.

나한권의 고수인 정오가 지수의 결승 상대인 것을 알고 나한권이 어떤 것인가 인터넷으로 여기저기 찾아본 결과 나온 나한권결(羅漢拳訣)이었다.

그 글을 보고 그때는 다만 정말 이해하기 쉽게 적어놓았다라고만 생각했었는데 실제 움직이는 나한권을 보자 나한권결이 딱 떠오를 만큼 나한권결의 원칙을 따르고 있었다.

우아하면서도 장엄한 기세의 나한권. 아직 전부를 보지 못했지만 현재까지 정오가 펼치고 있는 그 움직임 하나하나가 정말 소림권의 정화라고 해도 손색이 없을 정도로 뛰어났다. 이거 지수가 힘들겠는데?

"합!"

가벼운 기합성을 내지르며 버드나무 같은 움직임으로 지수의 연검을 흘려보내고 유성같이 뻗어내는 주먹. 나한권은 초식이라기보다 움직임 하나하나에 그 의의를 담고 있었기에 따로 초식 이름을 외치지 않아도 충분히 위력적인 공격을 낼 수 있었다.

"낙화호접(落花胡蝶)."

촤르르륵!

유성같이 뻗어오는 강력한 권격에 지수는 다급히 낙화호접의 초식을 펼쳤다. 연검이 팔락팔락 움직이며 떨어지는 꽃을 만들어냈고 곧 그 꽃에서 수많은 나비가 탄생되며 사방으로 퍼져 가 정오의 권격을 막아내었다. 그리고 단순히 막는 것에 지나지 않고 역으로 나비를 찔러 보내는 지수.

꽃의 나비들이 정오를 노리고 날아들었으나 이미 그곳에 정오는 있지 않았다.

"아미타불. 시주, 조심하십시오."

"어느새……!"

어느 사이엔가 지수의 뒤에 나타난 정오. 하지만 바로 지수를 공격하지 않은 채 지수에게 주의를 주었다. 비록 비무이긴 하나 소림사의 중이 무인의 등을 공격하는 것 또한 아니 될 일이라고 느꼈기에 일말의 주의를 준 것이었다.

지수는 미처 대응을 하지 못한 채 뒤를 내준 격에 급히 뒤로 돌아 낙화호접으로 다시 방어 태세를 취했고 그런 지수에게로 다시 정오의 권격이 쏟아졌다.

"낙화호접!"

"차압!"

당황했을 만도 한데 지수의 낙화호접은 완벽했다. 하긴 저 얼음공주가 당황해서 흐트러지는 게 오히려 더 이상하지. 다시 낙화에서 나비가 날아올랐고 나비는 지수의 전신을 덮었다. 조금 전과 다를 바 없는 방어.

"젠장, 실전 부족이군."

정말 실전 부족이다. 나름대로 많은 대련을 거쳤다고 생각했겠지만 아직도 부족한 부분이 드러나고 있었다. 지금만 해도 그렇다. 한 번 써먹었던 것이 두 번이나 똑같이 통한다고 생각한 건가?

상대가 바보이거나 같은 수법이라도 그 안에 숨겨진 힘이 다르지 않는 이상 대번에 뚫리고 말리라!

콰캉!

과연 정오는 조금 전의 공격과는 달리 진각을 밟으며 오른쪽 발을 축으로 삼아 어깨 전체에 전체적인 회전을 넣어 주먹을 뻗어냈고 그 권격은 강력한 힘을 담은 채 지수의 꽃나비들을 뚫고 들어가 지수에게 충격을 주었다.

"큭!"

신음을 내지르며 뒤로 튕겨나는 지수. 아직까지 정오는 제 힘을 완전히 발휘한 것도 아닌데도 지수는 어이없게 당하고 만 셈이다.

부족한 실전 경험.

확실히 방금 그 공격은 위협적이었다. 그나마 뒤로 물러서며 충격을 줄인 것과 또 다른 몇 가지 요소 덕분에 별다른 충격을 받지 않을 수 있었지, 그렇지 않았다면 지수는 벌써 실려 나갔을지도 모른다.

"아미타불."

나직이 불호를 외는 정오. 그 모습은 왠지 여유가 느껴지면서도 함부로 범접하기 힘든 불가의 힘도 느껴졌다. 과연, 무림의 태산북두 소림사라 이건가?

상황은 지수에게 불리하게 돌아갔다. 상대는 소림사의 무승 중에서도 그 이름을 떨치는 나한승에 속해 있는 소림권정 정오. 가히 절정고수라 해도 손색이 없는 실력의 그를 앞에 두고 부상을 입은 데다가 상대는 제 힘도 완전히 다 발휘하지 않은 상태이니…….

사실 철두와 지수의 승부를 예상한다면 7대 3으로 지수의 승을 점칠 수 있었다. 그런 철두조차 정오에게 십여 초식을 견뎠는데 지수는 그것조차 견디지 못한 것에는 다 이유가 있었다.

지수가 방심을 한 것도 있지만 철두는 외공의 고수. 내가중수법으로 당하기는 했지만 그전에 정오에게 많은 공격을 당해도 몸빵으로 버텨냈던 것이다.

여기서 철두의 몸빵이 얼마나 대단한가를 알 수 있냐면, 정오는 아직 내가중수법을 잘 조절할 수 없는지 자제하고 외적인 타격만으로 공격을 하고 있었는데 철두에게는 그런 외적인 공격이 통하지 않고 견디자 결국 내가중수법을 사용한 것이다.

하지만 그건 철두의 사정이고 지수는 간단한 외문기공도 익히지 않고 내공과 연검법, 신법만을 익힌 내가고수. 오히려 내가중수법은 더 잘 견딜 수 있겠지만 외적인 충격에는 잘못하면 내상까지 감수해야 했다.

"후우, 아직……."

"아미타불."

지수는 숨을 뱉어내며 고통을 몰아내고는 다시 연검을 들었다. 약간 손이 떨리는 게 충격이 남아 있는 모양이지만 계속 경기를 할 생각이었다. 저런 바보. 아무리 고수와의 대결을 하는 것과 이기는 것도 좋지만 그보다는 이런 단점을 알았다는 것과 물러서야 할 때 물러서는 것도 알아야 하거늘…….

음, 이러니까 내가 정말 무림의 고수 같군.

"시주, 시주는 본 승 역시 감당하기 어렵습니다. 조금 전에는 시주의 방심을 틈타 공격을 성공시켰으나 시주가 계속하신다면 제 실력을 전부 써야 할지도 모릅니다. 그렇게 되면 혹 시주가 위험해질 수도……."

"계속."

정오는 안타까운 눈길로 지수를 말려볼 요량으로 설득에 나섰지만 지수는 그런 정오의 말을 잘라먹으며 계속할 의지를 나타내었다.

쩝, 재 고집을 말리려고 시도를 하느니 차라리 투귀와 친구가 되려고 시도를 하겠다. 정말 그럴 생각은 없고 비유의 표현이지만 그만큼 지수의 고집은 대단하다. 그리고 지독하다.

평소 때는 좀 싸늘하긴 하지만 얌전한 아이가 한 번 고집을 부렸다 하면 딱 한 사람만 빼놓고는 아무도 막지 못한다. 다행히 그 한 사람이 우리들 중 한 명인 하얀이라서 우리는 지수의 고집에서 많이 벗어날 수 있었지만 이럴 때 하얀이가 나설 수도 없는 상황이고 별수없이 비무를 진행시켜야 할 거다.

좌르르르륵!

긴 연검이 지수의 손과 함께 움직이며 쇳소리를 내었다. 실상 지수가 입은 타격은 그렇게 크지 않다. 기본적으로 몸을 보호하는 기공은 없다지만 용린갑이 그 기공보다 더욱 뛰어난 방어를 해주고 있었다. 다만 전체적인 충격이 전해져서 순간적인 타격을 입은 것뿐이지 치명상을 입은 것은 아니었다.

음, 나 같으면 정오가 이런 판단을 하는 동안을 기회 삼아 역습을 가하겠다. 비겁하긴 하지만 승패에 비겁이 무슨 상관인가. 이기면 장땡이지.

"그럼……."

"아미타불."

투지를 불태우는 지수의 앞에서 정오는 불호만 외울 뿐이었다.

아아! 또다시 떠오르는 비겁한 생각! 저렇게 불호를 외울 때 덮치면 딱이겠는데!

하지만 그런 나의 생각과는 달리 지수는 연검을 땅에 한 번 끌어 자신이 움직인다는 것을 경고하고 다시 천천히 신설보를 밟아 정오에게로 다가가기 시작했다. 그런 지수의 연검의 끝 자락에는 어느새 시퍼런 검기가 그 모습을 드러내고 있었다.

음, 이제 제대로 시작하는 건가?

"낙화만화(落花萬花)."

팔락팔락!

지금까지와는 달리 듣기 거북하던 쇳소리도 내지 않고 천천히 흔들리는 지수의 연검에선 곧 수많은 꽃이 피어났으며 그 모든 연검의 꽃이 하나둘씩 떨어지기 시작했다. 그야말로 일만 송이의 낙화.

낙화는 아름답지만 또한 싸늘하고 날카롭게 정오를 노리고 폭사해 들어가고 있었다.

"……."

수많은 낙화가 싸늘한 예기를 뿌리며 자신을 향해 낙하하고 있는데도 정오는 아무런 움직임도 보이지 않았다. 하수의 눈으로 봐선 그렇다는 거다. 정오의 주변으로 끓어오르고 있는 기의 파동. 지금까지 펼쳐진 모든 대회에서도 보지 못했던 엄청난 기파였다.

정오를 중심으로 휘몰아쳐 가는 기의 파동은 세차게 보였지만 부드럽고 온화하였으며 또한 장엄했다. 저게 나한권의 파트너라는 나한기공(羅漢氣功)인가?

원래 나한기공은 단지 내장을 보호하여 내가중수법을 막아주는 기공인데 게임에서 이렇게 직접 기를 다루는 능력으로 나오다니… 그것도 위력 또한 엄청났다.

어쨌거나 나한기공은 나한권의 그것처럼 실상과 허상이 잘 구분가지 않는 그런 무공이었다. 허허실실이라고 해야 하는 건가?

촤르르르르륵!

파파파파팟!

의형진기, 검기를 담은 지수의 낙화만화와 장엄한 내공이 담긴 정오의 나한기공의 한 판 승부. 지수가 의형진기를 검기로 승화시킨 것에 비해 정오는 의형진기를 기파로 승화시킨 것이 다를 뿐이지 결과적으로는 의형진기와 의형진기의 부딪침. 그 싸움은 격렬하기 그지없었다.

뚫고 들어가려는 지수, 막아서려는 정오. 서로 한 치의 물러섬도 없었다.

"음, 이런 명승부를 놓칠 수 없지."

단순한 초식이라면 분명 끝이 있기 마련이기에 끝이 없는 기파에 밀렸을지도 모르나 지수의 낙화만화의 초식은 계속해서 연계되는 초식이라 끊임없이 정오를 몰아붙일 수가 있었다.

다만 아쉬운 점이라면 마지막의 유효타가 없어 아직 끝을 내지 못하고 있다는 점이다. 아니, 정확히 말하자면 정오의 나한기공이 지수의 연검을 비틀어 막아내고 있다는 게 정확하겠지.

어쨌든 박빙의 비무. 이런 비무를 볼 수 있는 것 또한 흔치 않은 기회다.

"아미타불."

입을 여는 정오. 신경이 분산됨에 나한기공은 약해져야 하겠지만 오히려 점점 더 강해지며 그 기세를 뽐낼 뿐이었다. 음, 봐주고 있었군.

"시주, 이제 그만 포기하시지요. 더 이상 했다가는 정말 위험합니다."

"……."

용린갑을 입고 있어서 직접 급소에 맞지 않는 한 죽지는 않겠지만 그래도 위험한 건 위험한 거다. 괜히 고집을 피워서 이런 비무대회로 세 번밖에 없는 목숨 중 하나를 날릴 필요는 없다. 하지만 저 고집쟁이를 누가 말리리오.

챙!

촤르르르르!

마지막 금속 소리와 함께 엉겨붙었던 둘의 신형은 떨어져 나갔다. 음, 저 고집쟁이가 포기하려고 그러나?

"마지막입니다. 막으시면 포기하겠습니다."

"아미타불."

오오, 더 이상의 물러섬은 없다 이건가?

나직이 불호를 외는 것으로 정오도 승낙을 했겠다, 어느새 비무는 종반을 맞이하고 있었다.

서서히 내공을 끌어올려 연검에 담아내는 지수. 그리고 정오는 그런 지수를 보며 합장을 한 채로 나한기공을 퍼뜨리고 있었다.

"낙화진향(落花進香)!"

연검은 지금까지와는 달리 하나의 큰 꽃송이를 만들어내었다. 그리고 그 꽃송이에서 마치 향기가 나듯 확 퍼져 가는 검기. 검기가 사방을 메우고 그 위력을 더해갔다.

쾅! 쾅!

검기와 기파가 부딪쳐 굉음을 내었고 마치 벽을 이루듯 충격파가 사방으로 뻗쳐 나갔다.

"합!"

팽팽한 대치 상태가 정오의 기합으로 하여금 기울어졌다. 급히 정오 쪽으로 기울어지는 기벽. 기합을 질렀는데도 정오 쪽으로 기울어져 이상한 느낌이 들었지만 곧바로 다시 치고 일어서기 시작해서 그 의문을 풀어줬다.

끌고 당기며 상대의 방심을 노리는 공격.

정오의 노림수가 들어맞았는지 한 번 기울어진 기파는 지수의 낙화진향을 완전히 눌러 버리며 튕겨내었다.

콰앙!!

마침내 비무대 바닥까지 기벽이 번졌고 지금까지와는 비교도 안 될 강렬한 굉음을 동반하며 기벽은 소멸되었다. 그러나 이미 승부는 정해진 셈. 아쉽지만 지수에겐 더 이상의 기회는 없었다.

"제… 가 졌습니다."

"아미타불."

결국 지수는 패배를 인정했고 정오 또한 합장을 하며 인사를 했다.

"이번 비무의 승자는 소림권정 정오 스님!"

"와아아아아!"

"소림권정!"

"소림의 자존심이다!"

"우와아아아아!"

"빙설화! 잘했다!"

"멋지다!"

여러 관중의 함성이 메아리에 꼬리를 물며 이어졌고 이번에는 둘 다 걸어서 비무장을 벗어났다.

비록 지기는 했지만 분명 좋은 비무였다. 지수 스스로 부족한 게 뭔지도 깨달았을 거고 앞으로 그런 단점을 보충해 나가면 분명 좋은 결과가 있으리라…….

다음엔 백호 비무대회에 출전할 수 없을지 몰라도 청룡 비무대회가 기다리고 있으니 오히려 더 나을 수도 있었다.

난 비무대에서 시선을 거두고 하늘을 바라보았다. 맑고 푸른 하늘. 과연 내년에도 이 천하제일 비무대회를 치를 수 있을까? 그때까지 인공지능의 습격이 없으라는 법은 없다. 다만 정확한 것은 인공지능이 무슨 일을 하건 간에 내가 그것을 막아야 한다는 것이다.

이제 내가 나서야 할 때가 머지않았다. 무제, 아니, 무황의 이름으로…….

◆ 비상(飛翔) 서른두 번째 날개

비무(比武)

비상(飛翔) 서른두 번째 날개 비무(比武)

"이것 참 난감하게 됐군."

난 손에 들린 천하제일 비무대회의 대진표를 보며 말했다. 이거 정말 웃어야 할지 울어야 할지…….

화려하던 백호 비무대회가 끝나고 몇몇 참가하지 않은 청룡 비무대회 역시 도광(刀光)이라는 별호를 얻은 한 도객의 우승으로 끝을 맺었다.

이제 무차별전 천하제일 비무대회의 차례가 온 것이다.

천하제일 비무대회는 총 오백 명이 참여한 대회로 다른 대회와는 달리 레벨 제한도 없겠다, 어찌어찌해서 이기면 좋고 져도 고수와 비무를 해봤다는 점에서 좋은 그런 비무대회였다. 다만 지면 쪽팔린다는 게 문제긴 하지만.

어쨌든 천하제일 비무대회는 말 그대로 천하제일을 뽑는 비무대회였다. 정오같이 정해진 레벨은 낮지만 그 실력만은 레벨을 훌쩍 뛰어넘은 사람들이 눈에 빛을 뿜으며 출전하고자 하는 대회. 비록 하수들에게는 기회의 폭이 좁다지만 그것 역시 수련의 의욕을 불태우게끔 해주는 점도 있다.

물론 나 역시 형식상 레벨은 1이기에 다른 대회의 출전은 꿈… 아, 레벨 1 대회를 제외한 나머지 대회의 출전은 꿈조차 못 꾸기에 오직 천하제일 비무대회만이 거의 유일무이하다시피 하게 출전 가능한 대회였다.

레벨의 고하를 떠나 오직 그 실력만을 인정하여 천하제일을 뽑는 대회. 그것이 무차별전 천하제일 비무대회였다.

과연 천하제일 비무대회다 보니 다른 비무대회들과는 다르게 하기 위해 그 비무 방식을 바꿨는데 단순한 토너먼트 방식이 아니었다. 우선 이백오십 명이라는 대인원이 참여한 만큼 총 다섯 개 조로 나누어 예선이 치러졌는데 1개 조의 오십 명 중 아무나 한 명이 비무대로 올라가 세 명을 이기면 본선 진출, 그렇지 못하면 예선 탈락이 되도록 되어 있었다. 또 비무대 위로 올라간 사람에게 아무도 도전을 하지 않는다면 자연히 본선 진출.

이렇게 된다면 만약 전부 비무를 할 경우 마지막 비무를 하지 못하는 두 명이 남게 되는데 이 둘은 자동으로 탈락되고 만다. 자신까지 포함한 사람이 총 네 명이어야 비무할 수 있도록 규칙을 정한 것이다.

하필이면 예선 날 난 잠시 낮잠을 자다가 모르고 예선에 늦어버려 헐레벌떡 뛰어갔고 본선 출전자 열 명과 아직 비무를 하지 못하고 남은 사람은 나를 제외한 딱 세 명. 몇 명이 기권을 하여 생긴 사태였다.

어쨌거나 자칫 잘못했다가는 나나, 그 세 명이나 탈락할 뻔했는데 내가 마침 도착하자 참가하려던 사람들은 좋아하다가 내 정체가 무황인 것을 깨닫고는 비무대 위로 올라가자마자 사색이 된 채 기권을 해버려 난 싸움도 못해보고 본선 진출 자격을 얻게 되었다. 정말 운이 좋은 건지 나쁜 건지.

뒷걸음질치다 쥐 잡은 격이지만 어쨌든 간에 본선 진출이라는 그 자격이 중요한 법. 그래서 우리 조에서는 열두 명이 전원 본선 진출하였고 다른 조에서는 각각 열한 명, 열 명, 열두 명, 열두 명으로 미달이 된 조도 있었다.

본선 진출자는 나를 포함한 총 쉰일곱 명. 예선을 거쳤음에도 제법 많은 숫자였다.

"거기까진 좋다 이거야……."

본선의 비무대회는 토너먼트식이었는데 총 2조로 나누어 각각 스물여덟 명과 스물아홉 명이 한 조가 되었다. 보통 같았으면 각 조의 최종 우승자들이 결승전을 치르게 될 터이지만 이번 역시 조금 달랐다. 우선 각 조에서 토너먼트식으로 총 두 번을 싸운다. 그렇게 되면 부전승까지 치고 각 조에 일곱 명과 여덟 명이 남게 되고 이 열다섯 명을 다시 한 조로 엮어 새로운 토너먼트 표를 만드는 방식이었다. 출전 선수들이 너무 한쪽으로 몰리지 않게 하려는 비무대회 측의 골머리를 싸맨 결과였다.

덕분에 출전자 쪽에선 헷갈리는 방식에 골치가 아프긴 했지만 운영측에서 까라면 까야 하는 그런 출전자들이기에 그냥 조용히 비무를 하는 수밖에 없었다.

나야 그런 골치 아픈 문제 생각 안 하고 그냥 내 다음 상대만 생각하고 있었으니 별달리 상관은 없다고 생각했었는데… 그게 이런 결과로 나타날 줄이야.

"정말 난감하다."

다른 사람들은 다 제쳐 두더라도 이제 첫 번째 비무. 1조, 2조로 나뉘어 싸우는 두 번의 비무 중에서 첫 번째 비무 상대의 이름 칸에는 진천신협 여원이라고 떡하니 적혀 있었다.

맨 처음 진천신협 여원이란 이름을 어디선가 들어봤는데 하고 갸웃거리던 난 증오스럽게도 곧 그가 누군지 생각나 버렸고 난 방금 전과 같이 경악을 할 수밖에 없었다.

진천신협 여원이 누군가. 바로 내 친구 상호가 아니던가! 정말 일이 이상하게 꼬이네?

"쩝, 우승을 하려면 언젠가는 붙어야 했겠지만 이렇게 빨리 붙을 줄이야……."

젠장, 어떻게 되었든 별수없다. 한번 제대로 붙어보는 수밖에. 이거 묘한 기분인데?

"상호야! 이제 어떡하니?"

"뭘 어떻게 해?"

호들갑스러운 미영의 목소리에 상호는 시큰둥하게 답했다.

"얘가! 방금 전에 보고 지금도 보고 있잖아. 봐, 네 첫 상대가 누구인지. 무황, 바로 효민이잖아!"

"근데?"

"정말!"

여전히 시큰둥하게 답하는 상호의 목소리에 미영이는 화를 내려고 하는 참이었다. 도저히 이해할 수가 없었다. 친구끼리 비무를 하는 것은 좋다. 하지만 현재 효민이는 그들로서는 함부로 하지 못할 중요한 일을 하기 위해 이 비무대회에 참석한 것이다. 그런데 상호는 아무렇지도 않게 말하고 있었으니 미영이의 속이 탈 만도 했다.

"미영아."

"왜 부르는 거야!"

화가 나 있던 참인데 누군가 자신을 부르자 그녀의 목소리가 높아지려 했지만 그녀를 부른 사람이 자신의 너무나 사랑스러운 애인 민우인 것을 깨닫고는 곧바로 목소리를 낮추었다. 사람 달라지는 것은 한순간의 일이었다.

"조용히 상호의 눈을 봐."

"응?"

웬일로 민우답지 않게 목소리를 낮추고 소곤대었기에 이상한 느낌이 든 그녀는 민우의 말대로 조용히 상호의 눈동자를 보았다. 그리고 그 속에서 발견할 수 있었다. 무표정하지만, 시큰둥한 표정이지만 두 눈동자는 활활 타오르고 있었다. 투지라는 두 글자의 단어를 생각나게끔 하면서.

흠칫!

상호는 민우의 말을 들었는지 그렇지 못했는지 아무런 반응은 없었지만 나머지 일행은 그 말을 똑똑히 들었고 상호의 눈길을 쳐다보았기에 처음 보는 상호의 투지에 흠칫하고 놀랄 수밖에 없었다.

그만큼 상호의 모습은 그들에게 의외의 일이었다. 언제나 놀기 좋아하고 재미있는 것에는 사족을 못 쓰지만 투지 같은 것은 눈을 씻고 봐도 찾아볼 수 없었던 상호가 저런 눈빛을 하고 있다니…….

평소의 그들로서는 생각지도 못할 일이었다.

"……."

"……."

잠시간이지만 그들 사이에 묘한 침묵이 찾아왔고 그 침묵을 깬 것은 의외로 상호였다.

"후후, 재미있겠어. 무황과의 대결이라……."

그들 일행 중에서도 가장 친하게 지내는 두 사람의 대결. 두 사람은 굉장히 친했지만 그만큼 서로에게 라이벌 의식 같은 것 역시 느끼고 있었기에 상호의 이런 모습은 당연한지도 몰랐다.

거기에 먼저 시작한 것은 상호임에도 사예, 효민에게 따라잡히다 못해 훨씬 위로 올라갔으니 더욱 그런지도 몰랐다.

친구들의 걱정을 뒤로하고 당사자 두 명은 서로에게 투지를 불태우고 있었다.

"처음엔 무제란 이름으로 그 명성을 떨치시다 얼마 전 무황으로 승급하신 에… 성명은 안 나와 있군요. 어쨌든 무황 대협과 무명단신으로 시작해 권 하나로 절정고수 반열에 드신 정파권객의 자존심! 진천신협 여원 대협의 비무가 있겠습니다!"

"와아아아아아아!"

"무황이라니!"

"끝내주는구만!"

"이겨라!"

"진천신협 파이팅!"

정말 설명 하나는 길다. 그냥 '무황과 진천신협 여원의 비무가 있겠습니다' 라고 하면 될 걸 뭐 저리 긴 미사여구를 가져다 붙이는 거지?

음, 하긴 생각해 보면 저런 미사여구 붙이는 재미가 없으면 사회자 하면서 흥이 안 날 만도 하겠다.

수많은 사람의 환호를 받으며 저쪽 대기장에서 갈색 무복을 차려입은 누군가가 비무대로 나가기 시작했다. 상호, 여원이었다.

"우와아아아아!"

"진천신협!"

"진천! 신협!"

"우와아아아아!"

순간 밖으로 나가려던 난 갑자기 귀를 멍하게끔 하는 엄청난 환호 소리에 발걸음을 멈추고 말았다.

젠장! 너무 시끄럽잖아! 우선 분위기부터 제압해야겠군.

난 백면귀탈과 한월에 내공을 보내며 귀기와 한기를 뿜어내었다. 물론 내 내공이 많다고는 하지만 관중석 전체에 자리잡은 수많은 사람들에게까지 다 보낼 수는 없는 노릇이기에 내가 선택한 방법은 우선 가까이 있는 사람들부터 분위기를 가라앉혀 놓고 그것이 계속해서 퍼지게 하는 방법이었다.

자, 그럼 가볼까?

"우와아아아아!"

역시 귓가를 때리는 엄청난 환호 소리. 난 내공을 끌어올려 주변으로 퍼뜨렸다. 곧 한기와 귀기를 담은 용연지기가 사방으로 퍼져 갔고 곧 그 결과를 볼 수 있었다.

"……!"

"으, 왠지 춥다."

그렇게 한두 명씩 환호를 그쳐 가다 결국에는 조용해져 버리고 만 비무장. 지금까지 이런 일은 결코 없었다. 좋아좋아. 무황이라면 뭔가 특별해야지 않겠어? 비록 조작된 분위기라 해도 말이야.

터벅. 터벅.

조용한 비무장에 내가 걸어가는 소리만이 울려 퍼지고 있었다. 그리고 비무대 위엔 갑작스러운 상황에 당황해하고 있는 사회자와 주변 상황에 신경 쓰지 않고 묘한 미소를 지으며 날 바라보고 있는 상호가 있었다. 아니, 당분간은 여원이라 칭해야겠군. 지금은 친구가 아니라 단지 비무 상대자일 뿐이니까.

탁!

비무대에 올라 똑바로 상호… 아니, 여원 녀석을 바라보았다. 여원도 키는 나와 비슷해서 정면으로 마주 보는 꼴이 되었는데 백면귀탈에 가려 내 눈이 보일지 모르겠지만 어쨌든 녀석도 나를 정면으로 바라보고 있었다.

그렇게 아무 말 없이 얼마나 서 있었을까. 마침내 여원이 입을 열었다.

"언제 시작합니까?"

내게 한 말이 아니라 사회자에게 하는 말이었다. 하지만 그 두 눈은 나를 향한 채 움직이지 않고 있었다. 저놈도 무서운 데가 있는 놈이야. 꼭 투귀 같잖아.

여원의 말을 들은 사회자도 가만히 있는 자신이 이상해졌는지 말까지 더듬으며 말했다.

"아, 예, 예. 그, 그럼 시작합니다!"

징!

유난히도 길게 울리는 징 소리. 난 두 손을 모아 포권을 취했다. 그때 여원이 움직였다.

탓!

"핫!"

강한 일권을 찔러오는 여원. 허례허식 따위가 아닌 진심으로 날린 주먹이었다. 난 포권을 풀며 원주미보를 밟았고 빙글 돌며 여원의 일권을 흘려버리며 바로 돌려차기를 날렸다.

붕!

강력한 발차기가 풍압 소리를 내며 여원을 압박해 갔지만 역시 여원도 뒤로 한 발 물러서서 간단히 피해 버리며 다시 주먹을 내지르려는 폼을 잡았다. 하지만 난 아직 끝나지 않았어.

"핫!"

돌려차기를 멈추지 않고 그대로 몸을 띄워 날아드는 반대편 발의 이단차기.

"칫!"

여원은 좋은 기회를 놓쳤다는 듯 뒤로 훌쩍 물러섰고 나도 땅에 착지하였다.

"아깝군."

"……."

"왜 그러는 거지? 설마 비겁하다고 하려는 건 아니지? 네가 제일 싫어하는 게 쓸모없는 예의잖아. 설마 네가 그걸 했다고 해서 내가 받아 줄 거라 생각하진 않았겠지?"

여원의 말에 괜히 미소가 지어진다.

백면귀탈로 가려져서 내 표정이 보이지는 않겠지만 여원 역시 나와 비슷한 미소를 짓고 있었다. 역시 친구 하나는 제대로 골랐어. 내 주제에 예의는 무슨 예의야. 오히려 방심한 것이 되어버렸잖아. 후후후, 좋아. 그럼 제대로 해볼까?

스르릉!

웅웅웅!

싸늘한 한기를 뿌리며 그 모습을 드러내는 한월.

한월 역시 내 마음을 알고 있는지 도명을 흘리며 좋은 상대에 대한 예우(禮遇)를 갖추고 있었다. 아니, 예우라기보다는 투지랄까? 뭐, 하여간에 좋다. 한월과 마음이 맞았고 좋은 상대를 만났으니까!

"제대로 가지."

"좋아! 와랏!"

여원은 왼발을 앞으로 내밀어 약간 구부리고 오른발을 뒤로 뻗어 중심을 낮게 잡으며 양손은 굳게 주먹을 쥐어 상체의 앞으로 내밀었다. 올 테면 와보라 이건가? 좋아, 간다!

타탓!

원주미보는 둥글게 원을 그리며 상대를 압박해 가는 보법이다.

천천히, 또 천천히. 원주미보는 천천히, 그러면서도 상대를 압박해 들어가는 묘미를 지닌 보법이니까.

"잔월향."

어느 순간에 여원에게로 다가가 순식간에 베어버리려 하는 여덟 개의 잔상. 팔방의 모든 요혈을 점하며 들어가는 잔월향의 한월은 조용히 움직이며 뻗어갔지만 매섭기 그지없었다.

"찻! 지천퇴(地天腿)!"

여원의 외 3등급의 무공, 지천신공(地天神功)의 초식이었다.

사실 아는 사람은 거의 없지만 여원도 승급을 하여 진천신협(振天新

俠)이 아니라 진천신협(振天神俠)이 되었고 그 승급의 이유엔 지천신공이라는 천(天) 속성의 외 3등급의 심법, 보법, 권법, 퇴법이 하나로 포함된 무공을 배울 수 있었기 때문이다.

워낙 친구들을 챙겨주느라 제대로 키우지도 못할 것 같았던 여원은 어느새 절정고수의 반열에 발을 디뎌놓고 있었던 것이다.

슈슈슛!

땅과 하늘을 잇는 푸른색 한줄기 섬전이 되어 잔월향의 잔상들을 깨버리고는 내게 사나운 맹수같이 달려들었다. 잔월향은 절정무공인 현월광도의 초식이기에 그보다 낮은 등급인 지천신공의 일개 초식에 격파되기는 힘들겠지만 처음부터 전력을 다하기로 했던지 온몸에 신기(身氣)를 끌어올려 펼친 초식이었기에 별다른 내공을 담지 않은 잔월향을 바로 깨버릴 수 있었던 것이다.

신기(身氣)는 지천신공의 스킬이자 의형진기의 또 다른 모습. 전신으로 의형진기를 뿜을 수 있도록 해주는 게 바로 신기였다. 그렇게 나온다면 나 역시 가만히 있을 수 없지.

웅웅웅!

"망월막!"

용연지기를 가득 머금고 도기를 뿜어내어 도명을 울리는 한월을 들고 난 망월막을 펼쳤다. 둥글게 호선을 그리며 움직이는 한월에 따라 곧바로 내 주위로 묵빛의 기망(氣網)이 생성되었고 그 위로 여원의 지천퇴가 내리 꽂혔다.

설명은 길었지만 모두 한순간에 일어난 일!

꽝!

다리와 도가 부딪쳤다고는 믿을 수 없는 소리를 내며 도기와 신기는 부딪쳤고 나와 여원은 각자 제법 강한 충격을 받고 말았다. 하지만 이대로 물러설 수는 없지!

"연천각(連天脚)!"

여원 역시 나와 똑같은 생각이었는지 충격을 떨쳐 버리며 연천각의 초식을 펼쳤다. 갑자기 스무 개의 발이 나를 향해 강하게 차 들어오는 모습. 어느 것 하나 환상은 없었다. 엄청난 쾌각(快脚)!

파파팟!

하나하나가 망월막을 뒤흔드는 위력을 가진 발차기였다. 그렇지만 내 망월막이 이 정도로 깨질 리는 없지!

난 망월막을 시전한 채로 앞으로 뛰어나갔다. 타격점에 닿지 못하고 앞에서 망월막에 막혀 흩어지는 발차기를 흘려버리며 망월막의 한월을 거두었다.

"삭월령!"

잔잔한 이슬비같이 내리는 도의 잔상. 하지만 이슬비치고는 상당히 광포하고 패도적인 기세를 풍겼다. 십수 개의 도의 잔상은 광포하게 여원을 향해 내리 꽂히고 있었다.

이게 끝이 아니야!

"승월풍!"

"큭! 지천기공(地天氣功)!"

삭월령으로 하강 공격을 감행하고 그것과 동시에 승월풍으로 상승 공격을 하는 합동 공격. 비록 삭월령의 파괴력이 떨어지긴 하지만 아주 효과적인 공격이었다.

여원도 급히 지천신공에 포함된 지천기공을 끌어올려 방어력을 극대화시켰지만 충격을 완전히 막을 순 없을 거다.

파스스스스스스!

피싯! 피싯!

“큭!”

묵빛 작은 바람의 초승달들이 내 몸과 함께 위로 솟구쳐 오르며 상호를 압박해 갔다. 여원과 많은 대련을 해봤지만 지금처럼 정말 서로 최선을 다한 적은 없었기에 확실하지는 않았던 공격에, 푸른빛의 지천기공의 신기에 둘러싸여 있던 여원의 신체 이곳저곳에 혈선을 그리며 상처가 늘어나자 난 성공했다는 것을 알 수 있었다.

“자아아아앗!”

웅웅웅!

내 기합 소리와 함께 공중에 떠오른 내 손에 잡힌 한월에서는 강한 도명이 울리고 극도로 압축된 도기가 뭉쳐 갔다. 그리고 그 극점에 이르는 순간 밑에서 아직도 승월풍과 삭월령의 잔상들을 막아가는 상호에게로 뿌렸다.

“초월파!”

파앙!

대기를 가르며 공기를 찢어놓으면서 날아가는 묵빛의 거대한 초승달인 초월파의 모습은 경이롭기까지 했다.

“크윽! 크으으으으으, 크아아아아아아!”

젠장! 뭔 소리를 저렇게 크게 질러!

하지만 그 소리와 함께 최고조에 달한 신기가 승월풍과 삭월령의 잔상들을 모두 없애 버리고 마치 의형진기가 아닌 강기인 양 그 파괴력을 더 더욱 끌어올리기 시작했다.

“승천청룡권(昇天青龍拳)!”

끼요오오오오!

승천청룡권의 외침과 동시에 여원의 전신에서 푸른 신기가 뿜어졌고 여원은 위로 뛰어오르며 나를 향해 주먹을 뻗었다. 그러자 푸른 신기는 여원의 주먹으로 모이더니 청룡의 형상을 갖추었고 긴 창룡음(蒼龍音)을 뿌리며 나를 향해 짓쳐들어왔다.

젠장! 저건 여원의 궁극기(窮極技)잖아. 정말 날 죽일 생각인가?

쐐에에엥!

끼요오오오오오!

서로 강한 소리를 내었지만 아무리 초월파가 대단하더라도 여원의 최종 초식에는 밀리는 게 당연하다.

녀석! 정말 강해졌잖아!

콰크크크크큭!

초월파와 청룡이 부딪치며 서로 힘 겨루기를 시작하였고 초월파는 날카로운 예기를 바탕으로 밀어붙이려 했지만 점점 청룡의 힘에 밀리고 있었다.

"타핫!"

능공천상제의 묘용으로 공중을 한 번 더 박차며 난 더 높은 곳으로 뛰어올랐고 곧 내공을 폭발시키기 시작했다.

"폭기!"

오랜만에 등장하는 폭기. 너무나 강력한 능력 때문에 사용하기를 꺼렸던 폭기가 마침내 다시 시전되었고 순간적으로 압축되었다가 한꺼번에 풀어지며 굉장한 속도로 순환하기 시작했다. 그리고 난 그 내공을 한월로 응축시켰다.

"차앗! 초월파!"

또다시 뿌려내는 초월파. 그러나 폭기를 머금은 초월파는 조금 전의 초월파와는 비교가 불가능할 정도의 위력이었다.

쐐에에에엥!

초월파는 엄청난 속도로 곧장 날아가 청룡에게 밀리는 초월파와 합류하기 시작했고 곧 청룡을 밀어붙이기 시작했다.

콰크크크크큭!

끼요오오오오오!

초월파와 청룡의 서로 밀고 미는 힘 겨루기. 이제 파괴력으로는 초월파가 훨씬 강해졌지만 청룡이 교묘히 초월파의 힘을 흘리며 견디고 있었다. 저거 뭐야. 의형진기가 영성(靈性)까지 가지고 있다는 건 아니겠지?

어찌 되었든 이대로 떨어지면 초월파와 청룡이 겨루고 있는 곳과 직격하기에 난 능공천상제로 옆으로 이동한 뒤 하강하기 시작했다.

"하압!"

내가 하강을 시작하자 갑자기 여원이 기합을 내뱉었고 난 그것을 들을 수 있었다. 이거 불안한 예감이 드는데. 갑자기 왜 기합을… 아! 이런 젠장!

난 발견하고 말았다. 부풀어질 듯 움직이는 청룡을…….

저놈 진짜 날 죽이려는 거야!

쾅!

마침내 청룡은 거대한 폭발음과 함께 터져 나갔고 난 폭발 때문에 생긴 거대한 기파가 날 휩쓰는 것을 느꼈다. 젠장!

'좋아!'

상호, 여원은 자신의 계획대로 일이 진행되자 속으로 쾌재를 불렀다. 아무리 자신이 최선을 다한다 하더라도 효민, 사예는 그것들 모두를 무력화시킬 수 있었다.

그만큼 사예는 강했다. 그런 사예니 방금 그 폭발에도 죽지 않을 것이고 비록 살아 나온다 할지라도 적잖은 타격을 입었으리라.

하지만 시야를 가렸던 먼지바람을 잠재우고 들려오는 목소리에 여원은 인상이 찡그려질 수밖에 없었다.

"쿨럭! 크으… 죽을 뻔했군."

사예였다. 먼지를 뚫고 나타난 사예는 별다른 충격을 받지 않은 것 같았다. 그런 사예의 모습에 인상을 찡그렸던 여원도 어느새 입가가 살짝 올라가고 있었다.

'그래, 이 정도에 당한다면 무황이란 이름이 아깝다.'

그런 여원의 생각과는 달리 사예는 죽을맛이었다.

'젠장! 한순간의 방심 때문에 이게 또 무슨 꼴이냐. 체력은 체력대로 깎이고 스타일은 스타일대로 구겨지고, 그리고 그 기파에는 승룡갑이 아니었다면 버티지 못할 뻔했잖아. 그나마 이 정도로 끝난 게 다행이로군.'

자책의 한숨과 안도의 한숨을 번갈아 내쉬던 사예는 정면에서 자신을 보며 미소 짓고 있는 여원을 보자 단숨에 인상을 찡그렸다. 자신을 죽일 뻔해 놓고는 비웃는 듯한 표정을 짓다니…….

'그래, 어디 한번 아주 죽어보자고.'

사예는 폭기로 엄청난 힘을 간직한 용연지기를 무작정 끌어 모으기 시작했다. 그를 중심으로 휘몰아쳐 가는 용연지기의 기파는 얼마 전 정오가 보여주었던 기파를 능가하는 그것이었다.

고오오오오오오오—!

"큭!"

사예의 강력한 기파에 여원은 충격을 받았는지 뒤로 주춤주춤 물러섰고 무슨 일인지 내공을 급격하게 모으는 사예의 모습에 긴장하기 시작했다. 지금까지와는 비교도 안 될 공격이 펼쳐지리라.

"잘 막아봐라."

짧게 한마디를 한 사예는 한월에 용연지기를 집어넣기 시작했다. 곧 풀어졌던 도기가 생성되었고 그 도기는 공중에서 초월파를 생성했던 도기보다 더욱더 강력한 파괴력을 지니고 있었다.

'도강은 나도 아직 주체를 못하지만 도기라면 조절쯤이야……. 그리고 지천신공의 지천기공과 용린갑이라면 한 방쯤은 견딜 수 있을 거고.'

생각을 마친 사예는 원주미보를 밟아 둥글게 원을 그리며 앞으로 뻗어 나갔다.

여원은 사예가 자신에게 접근하자 도기로 압축된 기파를 상기하며 급히 신기를 끌어올려 뿜어내기 시작했다.

"지룡파탄(地龍破綻)!"

콰드드드드득!

사예와의 거리를 측정 후 여원은 모든 진기를 주먹에 담아 땅으로 내려쳤고 강한 진동과 함께 땅에서 지룡이 진격하듯 사예를 노려갔다.

쿠르르르르르!

'이 정도쯤이야.'

사예는 공중으로 뛰어올랐고 그에 조금 부족하여 능공천상제를 사용하여 공중에서 또다시 뛰어올랐다. 그리고 허공을 밟아 아래로 하강하는 속도를 높였고 발의 날을 새운 채, 즉 발의 측면의 날카로운 부분으로 돌린 채 여원에게로 직격했다.

쾅!

사예가 품고 있는 용연지기는 그 파괴력이 대단했기에 비무대 바닥은 산산조각이 나버렸고 여원은 사예의 발차기를 피하며 나머지 여파도 피하기 위해 뒤로 뛰어올랐다. 사예가 노린 것이 바로 그 순간이었다.

"섬월명!"

도기로 펼칠 수 있는 사예의 최절초. 섬월명이 펼쳐지고 말았다.

작고 검은 달. 섬월(纖月). 그 달이 빛을 뿜어내기 시작했다. 처음에는 미약했지만 곧 세상을 집어삼킬 정도로 밝고 강렬해지는 묵광. 한 줄기 섬전이 되어 여원을 덮쳐 버렸다.

"크아아아아악!"

작고 검은 달에는 용서란 있을 수 없었다.

"하아, 하아."

전력을 쏟아내지 못했기에, 억지로 나가려는 힘을 억제했기에 더욱 힘든 사예는 고개를 들어 섬월명이 쓸고 지나간 자리를 보았다. 아무것도 남아 있지 않았다. 섬월명이 지나간 것을 증명이라도 하듯 비무대가 깊게 파여 끝까지 뻗어 있었지만 그 위로 남아 있는 것은 아무것도 없었다.

'설마 죽은 건 아니겠지?

사예는 문득 불길한 예감이 들기 시작했다. 어느 정도 버틸 것이라 예상을 하고 섬월명을 펼쳤지만 확실하지 않았다. 혹, 여원의 내공이 바닥을 보이는 상태였다면? 정말 죽었을 수도 있는 상황이었다.

그러나 사예가 간과하고 있었던 것이 하나 있었는데 섬월명은 묵빛의 한줄기 섬전을 뽑아 뻗어내기는 하지만 결코 시체까지 쓸어버리지는 않는다는 것이다. 오직 적에게 죽음의 상처만을 안겨줄 뿐.

"크윽!"

비무대 아래, 정확히 말해 비무대를 이루고 있는 대리석을 벗어난 땅바닥에서 신음 소리가 들려왔다. 여원의 목소리. 섬월명의 섬전을 간신히 피한 모양이지만 이미 장외 패였다.

"……."

"……."

사위에는 침묵만이 감돌았다. 사예가 처음 분위기를 잡았을 때부터 응원이 없기는 하였지만 지금처럼 완전한 침묵은 아니었다. 도저히 도기만으로 만들어냈다고는 믿을 수 없는 엄청난 신위.

저벅저벅.

비무대의 푹 파여진 곳을 지나 사예는 신음이 들리는 곳으로 걸어갔다. 그리고 비무대의 대리석에 기대어 쓰러지듯 앉아 있는 여원을 발견할 수 있었다. 곳곳에 제법 깊은 혈선들이 그어져 있었고 줄기차게 피가 나오는 것으로 보아 중상이었다.

하지만 여원 역시 생명력을 믿고 사는 무사였기에 단번에 게임 오버가 될 정도의 파괴력이 아닌 이상 치료받을 때까지는 충분히 견딜 수 있었고 전력을 다하지 않은 섬월명에 죽을 정도는 아니었다.

'내가 너무 심했나?'

사예는 순간 열이 뻗쳐 섬월명을 전개했다지만 순전 파괴력만으로는 강기보다 아주 약간 떨어지는 수준의 섬월명을 친구에게 펼쳤다는 게 마음에 걸렸다. 그런데 그런 사예의 눈에 힐끔힐끔 사예를 바라보고 더욱 애달프게 신음을 지르는 여원이 들어왔다.

'그렇군.'

사예는 깨달을 수 있었다. 상처가 생길 경우 어느 정도 선을 넘어가면 감도가 떨어져 아무런 느낌도 받을 수 없다는 것을… 그리고 지금 여원이 사예에게 장난을 치고 있다는 것을…….

저벅저벅.

사예는 한월을 집어넣지 않은 채 여원에게로 걸어갔다. 은은한 살기와 한기, 귀기를 동반한 채였다.

"어? 어?"

'왜 저러지?'

사예의 섬월명에 하마터면 죽을 뻔한 여원은 사예가 미안해하도록 일부러 신음을 지르며 아픈 척을 했는데 사예가 미안해하기는커녕 마지막 끝을 보려는 듯 은근히 살기를 뿌리며 다가오자 뭔가 잘못되어 가고 있다는 것을 깨달았다. 그리고 그런 눈치로 하여금 여원은 신음을 그치고 재빨리 소리를 쳤다.

"이봐요! 나 기권! 아니, 장외니까 졌어요! 빨리 끝내요!"

"네?"

"나 졌잖아요! 빨리 끝내라고요!"

"아, 네, 네. 이번 비무는 무황 대협의 승리이십니다!"

"우와아아아아아!"

"무황! 무황!"

"최고다!"

여원이 사회자를 향해 소리치자 멍해 있던 사회자가 여원의 말을 알아듣고는 사예의 승리를 알렸고 사람들의 환호 속에 여원은 의원들에게 실려갈 수 있었다.

'약삭빠른 자식.'

사예는 멀어져 가는 여원을 바라보며 여원을 씹는 것을 잊지 않았다. 조금 겁이나 주려고 했는데 여원의 재빠른 대처로 위기를 벗어나는 것이 마음에 들지 않았던 것이다. 지금이라도 쫓아가면 다시 겁을 줄 수도 있겠지만 지금 이 상황에서 그랬다간 관중 전체를 적으로 돌릴 수도 있을 것이기에 멀어져 가는 여원을 바라볼 수밖에 없었다.

씁쓸한 마음이 없진 않았지만 백면귀탈의 가면 안으로 사예의 입은 미소를 짓고 있었다. 사람들이 환호하며 시끄럽게 했지만 신경 쓰지 않았다. 시끄럽게 구는 관중들에게 무게를 잡는 것보다는 친구와의 진정한 비무를 다시 생각하는 것이 더욱 재미있었으니…….

'기분 좋다.'

사예는 기분이 들뜨는 것을 느꼈고 다시 한 번 비상이란 세계를 지켜야겠다고 마음먹었다. 인공지능의 손아귀에서 놀아나기에는 너무나 좋은 곳이다. 친구들과의 추억도 만들었고 새로운 애인도 생겼으며 새로운 인연이 많이 생기고 티껍지만 그래도 애완용 곰까지 생겼다.

이런 세상은 다시 찾아보려 해도 없을 터, 사예는 이런 비상을 꼭 지키고 싶었다.

'내가 얼마만큼 하느냐가 아니라 모두가 얼마만큼 단결되느냐인가?'

사예 혼자서 인공지능을 막을 순 없다. 아니, 사예 혼자가 아니라 아무리 영호충이 본신 능력을 모두 발휘하고 사예도 그를 도와 모든 힘을 개방한 뒤 싸운다 하더라도 인공지능을 막기에는 턱없이 부족했다. 인공지능을 보기 전에 그 부하들에게 죽으리라. 아무리 사예가 내공이 많아도 무한한 것은 아니니까.

그만큼 자신을 도와줄 이들의 힘이 중요했다.

사람은 원래 약한 동물이다. 호랑이처럼 날카로운 발톱도 없고 그렇다고 외피가 강철같이 두텁고 단단한 것도 아니며 그다지 코끼리처럼 덩치가 크지도 않고 다른 힘이 강한 생물체처럼 힘이 강하지도 않았다.

그런 그들이 이렇게 지구에 살아남으며 전성기를 맞는 것은 모두 혼자가 아니라 가족이, 친구가, 동료가, 이웃이 있었기 때문이다.

설사 아무리 나무젓가락이 약해도 여러 개가 모이면 쉽게 꺾을 수 없는 법이니까.

사예는 생각을 접고는 사람들의 환호를 받으며 퇴장했다. 이렇게 생각할 시간에 차라리 조금이라도 무예를 쌓아놓는 게 좋으리라…….

상호와의 결전 뒤, 2차전에서는 별로 어려운 상대를 만나지 않았다. 대전 운이 좋아서 그런지 우승 후보자들이 아닌, 경험 삼아 출전한 선수들과 맞붙었기에 어렵지 않게 이길 수 있었다.

어느덧 2차전이 지나가고 1, 2조 중 나를 포함하여 남은 선수들 열다섯 명이 하나의 조로 통합이 될 상태. 대충 살펴보자면 작년에 나를 귀찮게 했던 무당삼검(武當三劍) 청운과 무림의 신녀(神女) 초은설, 광혈(狂血)이란 별호였으나 승급을 했다 하여 혈존(血尊)으로 불리는 비마 형님, 역시 천자(天子)라는 별호였으나 승급 후 천군(天君)으로 불리는 진랑 형님, 검성(劍星) 장염 형 등 이외도 구신들과 나머지 알려지지 않은 사람들이 남았다.

대전표도 아직 알려주지 않은 상태라 내 다음 상대가 누구인지 알 수는 없었지만 웬만하면 아는 사람과는 맞붙지 않았으면 하는 게 솔직한 심정이다. 상호도 내게 패하고 나서 별로 부담없이 바로 치료되었지만 그래도 미안한 건 미안한 거다. 아아, 너무 어이없는 생각인가?

"광뢰폭장(狂雷暴掌), 폭룡풍권(暴龍風拳), 운영각(雲影脚), 일섬지(一閃指). 우선 이 정도인가?"

다음 비무까지는 앞으로 이틀의 시간이 더 있기에 난 무단히 수련을 할 수 있었고 또한 혼자만의 시간도 가질 수 있었다. 그러다가 한 가지 떠오른 생각.

내게 부족한 게 뭘까? 그리고 그 답은 어렵지 않게 내릴 수 있었다.

상대를 쉽게 제압하지 못한다.

순전히 도법만으로 상대를 제압할 수도 있지만 정말 자칫 잘못하다가는 상대를 죽일 수도 있었기에 난 해결책을 찾기 시작했고 그 해결책 역시 어렵지 않게 발견할 수 있었다.

내 버그는 나를 게임 속의 인물이 아니라 실제 하나의 무인(武人)으로 만들어주었다. 레벨이라는 단어도 무의미하고 힘 같은 능력치도 수련하는 만큼 늘었다. 거기에 남들은 주 무기 외에 상성이 안 되어 쉽게 배우지 못하는 보조 무기들이나 속성들도 아무 문제 없이 배울 수 있다.

정말 무협의 시대에 살았던 무인들처럼 여러 무공에 능통할 수 있다는 말이다.

물론 한 우물만 파라는 말도 있지만 새로운 것을 배운다 해서 도법 수련을 게을리 할 것도 아니고 비단 도법만이 아니라 비상의 많은 무공을 견식하고 익히고 싶었기에 난 결국 결정을 내렸다. 도법만이 아닌 도법과 함께 펼칠 수 있는 다른 무공들을 배우기로…….

"음… 이것들을 팔면 꽤나 돈이 될 텐데……."

난 예전에 사냥을 하며 모아둔 비급들을 꺼낸 뒤 우선 익히기 적당한 것들을 간추려 앞에 놓아둔 상태다. 바로 광뢰폭장, 폭룡풍권, 운영각, 일섬지가 바로 그것이다. 이외에도 몇 가지 비급이 더 있었지만 내 마음에 들지 않거나 도법을 펼치는 데 방해가 되는 그런 무공이 대부분이었기에 우선 이것들만 익히기로 했다.

광뢰폭장은 말 그대로 미친 번개가 사납게 달려든다는 의미인데 속도면 속도, 파괴력이면 파괴력, 어느 것 하나 뛰어나지 않은 게 없을 정도로 일류장법 중에서도 최상승의 장법이었다.

다만 한 가지 부작용이 있으니 극성에 이른다면 내공이 폭주를 해서 주인을 주화입마로 빠지게 한다는 건데, 나야 아무런 문제가 없다. 이미 용연지기를 받아들이며 주화입마 따윈 잊은 지 오래다. 주화입마는 커녕 내공의 폭주도 없을 거다. 내공이 폭주를 하려면 용연지기부터 제압을 해야 할 텐데 과연 용연지기를 이길 수 있는 내공이 세상에 존재할까?

다음으로 폭룡풍권. 폭룡풍권은 일류무공이긴 했지만 내공이 웬만한 외 3등급 무공보다 더 많이 소모되어서 그렇지 순전한 파괴력만을 따지고 본다면 광뢰폭장과 함께 최상승 일류무공의 반열에 충분히 들고도 남을 무공이었다. 폭룡이 일으키는 바람의 모습을 닮은 권법. 그게 폭룡풍권이었으며 내공무적(內功無敵)인 내게 역시 적합한 무공이었다.

운영각. 일류각법으로 구름의 그림자같이 참 묘한 변화를 담고 있는 각법이다. 별로 특이한 점은 없지만 오히려 그 점이 마음에 들었다. 특이하진 않지만 뛰어난 각법. 물론 각법답게 파괴력도 남달리 아주 강했다.

다음으로 일섬지. 이류지법인데 파괴력이나 변화는 그다지 뛰어나지 않지만 정말 섬전이라고 해도 좋을 만한 속도가 마음에 들었다. 변화는 어쩔 수 없다지만 파괴력은 내공을 쏟아 부으면 강해질 테니 내게는 역시 일류무공과도 맞먹는 무공이다.

"쩝, 나중에 팔아먹으려고 놔두긴 했지만 설마 이렇게 쓰일 줄이야……."

이 무공들은 내가 한 모든 사냥의 정화(精華)라고 해도 과언이 아니다. 나중에 팔려고 놔두었다가 왠지 팔기엔 아까워져서 그냥 가지고 있었던 것이 이렇게 쓰일 줄이야…….

현재 내가 빨리 이 무공들을 익히지 않고 그냥 보고만 있는 것도 다 이유가 있다.

한 가지 고민.

과연 익힐 것이냐, 팔 것이냐.

새로운 무공을 익히겠다고 마음은 먹었지만 내가 고른 이 무공들은 정말 비싸다. 외 3등급 무공도 희귀한 이 시점에 일류무공은 사람들이 가장 선호하고 있는 무공 등급이라 그 가격 역시 만만치 않다. 그중에서도 몇몇 조건만 갖추어진다면 가장 뛰어나다고 할 수 있는 이 돈덩어리들을 익히자니 아깝기 그지없는 것이다. 크윽! 이게 돈이 얼만데!

"익혀? 말어? 익히자니 돈이 아깝고 그렇다고 익히지 말자니 아쉽고……."

고민이 이만저만이 아니다. 돈이냐, 무공이냐. 보통 사람이 이 모든 무공을 다 익힐 수 있다면 망설임없이 익히겠지만 난 무공으로는 최고 반열에 들어섰으니 돈이 아까울 만도 하다.

"으아아아악! 몰라! 돈은… 다시 벌자! 익히자!"

결국 과감한 결단을 내렸으니 익히고 보자다. 그래, 결심했다.

우선 광뢰폭장과 운영각을 집어 든 나는 두 무공을 읽어들이기 시작했다. 필살기! 동시에 읽어들이기! 이렇게 하면 시간은 하나씩 읽어들이는 것보다 오래 걸리지만 그래도 아까운 마음을 길게 끄는 것보다 이렇게 한꺼번에 터뜨리는 게 좋잖아!

그렇게 시간을 투자해서 모든 무공을 익힌 나는 밖으로 나갔다. 광뢰폭장이나 폭룡풍권은 주변 대나무를 완전히 쓸어버릴 수도 있으니 펼치지 못하겠지만 운영각이나 일섬지는 충분히 펼칠 수 있기에 연습이나 해보려는 것이다. 형식도 익혀야 하고…….

아아, 형식만 익히는 거라면 광뢰폭장이나 폭룡풍권을 써도 괜찮겠군. 배움 모드를 사용하면 내 몸이 무공을 펼친다지만 나 혼자에게만 보이고 주변에는 피해가 안 가는 거니까.

사사삭!

바람이 대나무들을 스치며 소리를 내었다. 이미 날은 저물어 어둠만이 남은 상태이지만 내공을 사용한다면 그것 역시 방해가 될 리 없었고 배움 모드를 펼친다는 데 뭐 상관이 없다. 음, 분위기가 제법 나는데?

"좋아! 내공도 충분하겠다, 그럼 시작해 볼까?"

난 광뢰폭장, 폭룡풍권, 운영각, 일섬지를 차례대로 펼치기로 했다.

앞으로 이틀.

이틀 만에 이 무공들을 제법 수준에 오를 때까지 익히리라고는 생각하지 않는다. 다만 몸에 익을 때까지 연습해서 실전에 써먹을 수 있도록 하는 것이 내 과제다. 체력도 많겠다, 잠 걱정은 하지 말고 한 번 죽도록 연습해 보자! 물론 현월광도의 수련도 빼먹지 않고!

팡!

공기를 강하게 때리며 시작하는 광뢰폭장은 사납고 매섭기 그지없었다. 아직 1성의 단계에도 못 오른 터라 그렇지만 5성부터는 펼칠 때 양팔 전체에 뇌전(雷電)이 덮히고 내공을 돋우면 우렁찬 우렛소리까지 들린다고 한다. 음, 왠지 예전에 용연지기로 대체되기 전의 축뢰공을 쓸 때랑 비슷한데?

폭룡풍권은 풍(風) 속성의 무공으로 보통 부드럽고 유유히 상대를 제압하는 여타 풍 속성과는 달리 사납고 매서운 거라면 광뢰폭장과 비견될 정도였다. 다만 광뢰폭장과 다른 점이라면 광뢰폭장은 뇌(雷) 속성의 무공답게 거의 대부분이 일직선을 그리며 상대를 공격하지만 폭룡풍권은 공격의 흐름이 자연스럽게 여러 방향으로 흘러간다는 것이다.

폭룡풍권의 형식을 마치고 바로 이어지는 운영각.

운영각은 아까 말했다시피 묘한 데가 있었다. 구름 속을 거닌다고 할까? 내 발이 곧 구름이 되고 내 그림자가 구름의 그림자가 되니 그 각법 역시 신랄하고 묘하게 움직이는 구석이 있었다. 하지만 펼쳐지는 각법 하나하나에는 감히 무시 못할 힘이 들어 있어 내가 이 운영각을 적으로 맞았다면 가슴이 섬뜩했을 것 같았다.

화려한 구름 속, 발의 재간이 끝나고 이번엔 손가락이 움직이기 시작했다.

오직 섬(閃). 열 손가락 모두에서 뻗어 나가는 섬전은 그 속도가 가히 빛의 속도라 할 만했다. 아차, 빛의 속도라면 내가 볼 수 있을 턱이 없지. 어쨌든 무지하게 빠른 것은 사실이다.

안 그래도 빠른 일섬지를 쾌의 묘리를 온몸으로 익힌 내가 펼쳤으니 그 빠르기야 두말하면 잔소리였고 은근히 내공을 돋워주자 투공력(透孔力)도 대단했다.

다만 역시 변화가 없어서 뛰어난 동체 시력을 가지고 몸놀림도 빠른 자라면 한줄기의 섬전을 피해낼 수도 있겠지만 전력을 다한 열 줄기의 섬전을 피해내기란 여간 힘든 일이 아닐 거다.

"후우… 정말 대단하군."

일류의 무공이라면 도제도결이 있고 절정의 현월광도도 익힌 나지만 솔직히 도제도결이야 도법이라 보기보단 도를 다루는 요결(要訣)이라 말하는 게 더 정확할 테고, 현월광도야 너무 대단하다 보니 오히려 실감이 가지 않는다. 그런 내게 이렇게 멋진 무공들이 생겼으니 아까 돈 타령했을 때가 바보 같았다는 기분이 든다.

"음, 그래도 역시 돈은 아까워."

그래, 돈은 아깝다. 내 돈!

"음……."

비무대 위로 올라가기 바로 직전의 상황을 앞두고 있는 상태다. 이번 나의 비무 상대는 무당삼검 청운. 다른 구신들보다는 확실히 상대하기 쉽기는 하지만 결코 만만히 볼 수 있는 상대는 아니다.

작년에 비록 초절정고수들이 천하제일 비무대회에 출전하지 않았다 하더라도 다른 막강한 고수들을 제치고 천하제일 비무대회의 우승을 거머쥔 상대다.

1년이다, 1년.

내가 그 1년이란 시간 동안 무황으로 올랐고 초고수의 반열에 올랐듯 청운 역시 가만히 있지는 않았을 거다. 아니, 괄목상대해서 어쩌면 구신들과 맞먹는 무위를 가졌을 수도 있겠지.

"이제 무당삼검 청운 대협과 무황 대협의 비무가 있겠습니다!"

"우와아아아아아!"

이젠 저 함성을 잠재우는 것도 포기다. 매번 하려니 내공은 내공대로 소모되고 힘만 든다. 쩝.

난 천천히 비무대 위로 걸어갔다. 반대편에선 푸른색 도포를 입고 왼쪽 옆구리에는 송문검(松紋劍)을 차고 마치 한가로운 한량의 그것인 듯 너털너털하게 걸어오고 있었다. 여자들을 꽤나 울릴 만큼 매끄럽고 준수한 얼굴. 청운이었다.

음, 1년 동안 겉모습은 변한 게 없구만. 하지만 은근히 느껴지는 저 기파. 깊은 수련을 쌓았나 보군.

우린 비무대 위로 올라가 서로를 보며 마주 섰고 그런 우리의 귓가로 사회자의 음성이 울렸다.

"그럼 비무대회 시작합니다!"

징!

마침내 비무의 시작을 알리는 징이 울렸다. 시작이군.

한월을 뽑으려는 나를 보며 청운이 양손을 모아 포권을 하며 입을 열었다.

"하하하, 전 청운이라고 합니다. 무황 대협 같은 높은 명성의 분과 이렇게 비무를 하게 돼서 얼마나 영광인지 모르겠습니다. 하하하, 최선을 다해보죠."

"무황."

하여간 저 넉살도 변한 게 없군. 난 청운의 인사에 내 별호를 말해주는 것으로 인사를 대신했다. 흐흐흐, 그럼 1년 전에 나를 귀찮게 한

대가는 지금 받아볼까?

척!

내가 한월의 손잡이에 손을 얹고 빼질 않자 청운도 자신의 송문검의 손잡이에 손을 얹었고 그와 동시에 그는 송문검을 빼 들었다. 그러나 난 아직도 한월을 빼 들지 않은 상황이다.

그렇다고 청운을 봐주고자 이러는 것도 아니다. 내가 가진 모든 공격 수단 중 가장 빠른 공격. 발도식(拔刀式)의 준비 자세일 뿐.

난 오른쪽 다리를 앞으로 뻗고 왼쪽 다리를 약간 굽혀서 중심을 낮추었다. 가장 기본적인 발도의 자세.

"오라."

내가 청운에게 말을 함과 동시에 청운은 이미 내게로 내달리고 있었다. 좋군.

"합!"

중원무림 검의 총본산지 무당. 그 역사는 소림에 비해 턱없이 얕았으나 소림과 함께 무림의 양대산맥이라 불릴 정도로 무림의 최고 문파 중 하나이다. 구파일방의 하나로 장삼봉 조사가 무당의 무공을 정립함으로써 급격한 발전을 이루어냈다는 문파. 도가의 문파이지만 도(道)보다는 검(劍)으로 유명한 문파.

그런 대문파의 제자답게 청운의 검은 빠르기 그지없었다.

창!

급격히 찔러 들어오는 청운의 검을 몸을 살짝 비틀어 승룡갑의 어깨 부분으로 빗겨내고는 청운의 품으로 급격히 접근했다. 그리고 한월의 도갑에서 빛이 뿜어졌다.

"으헉!"

샤악!

급하게 뒤로 물러서는 청운. 그리고 그 빠른 대처 덕분에 청운은 도포의 앞섶만 베이는 것으로 나의 발도술을 피할 수 있었다. 칫! 실패인가? 그렇다면 이어지는 연속 공격이다!

"찻!"

발도술의 힘을 담고 있는 한월을 멈추지 않고 오히려 그 힘과 같은 방향으로 몸을 돌리며 한월을 다시 한 번 청운에게로 날렸고 동시에 왼쪽 손바닥에 내공을 집중시켰다.

카캉!

"크!"

"폭격뇌장(爆擊雷掌)!"

송문검으로 한월의 투로를 간신히 막아선 청운은 침음성을 지르며 뒤로 서너 발자국 물러섰고 그런 그에게로 광뢰폭장의 초식 폭격뇌장이 펼쳐졌다.

순식간에 하나의 손바닥이 십수 개의 손바닥으로 나뉘어 강력한 힘을 머금으며 뻗어갔고 그 속도 역시 쾌속하여 가히 절기라 할 수 있는 공격이었다.

"흡!"

청운은 어디서 힘이 났는지 신속하게 뒤로 물러서며 간신히 폭격뇌장의 공격을 피해 버리고 말았다. 용연지기를 담은 폭격뇌장의 초식을 저리도 쉽게 피하다니… 저 움직임은 대체?

"제운종(梯雲縱)이다!"

"무당의 절세신법!"

역시 제운종이었군. 그래, 그것이라면 피할 만도 하지.

청운은 제운종을 밟으며 폭격뇌장의 잔재를 피했고 마침내 폭격뇌장이 모조리 사라지자 입을 열었다.

"대단하군요. 단순히 도법만이 아니라 이런 엄청난 장법까지 익혔을 줄이야……."

내가 그의 제운종에 놀란 만큼 그 역시 내 광뢰폭장에 놀란 것 같았다. 하지만 이 정도에 놀라선 안 되지.

난 청운의 말이 다 끝나기도 전에 원주미보를 밟아 그에게로 신형을 폭사시켰고 내 갑작스러운 반응에 청운도 움찔했지만 이내 송문검을 조금 높게 세우는 것이 내 도법과 장법을 경계하는 것 같았다. 정말 미안한 이야기지만 그게 끝이 아닌데…….

"운영초각(雲影超脚)!"

마치 짙은 구름이 생기는 듯 기파는 하단의 시야를 가려 버렸고 총 세 번의 발길질이 그 구름을 뚫고 지나가 청운을 공격했다. 운영각의 초식 중 상대의 다리를 제압하는 초식으로 제운종이란 신법을 익혔지만 아직도 조금 자신감이 넘치는 청운에게는 즉효였다.

파파팡!

구름을 뚫고 지나간 다리는 공기에 부딪치며 소리를 내었고 곧 청운의 양다리를 공략해 들어갔다. 그런 내 모습을 보고 급히 검을 아래로 내려 다리를 보호하려 했지만 구름 속에 숨겨진 다리는 쉽게 드러나지 않았다.

"큭!"

비록 세 방의 발차기이긴 했지만 청운이 전부 막기란 쉽지 않은 일이라 한 방을 다리에 스쳐 맞고는 신음을 내뱉었다. 쩝, 다 빗나간 건가? 마지막의 공격은 그래도 스치기라도 했으니 다행이군.

심각한 중상이 아니라서 더욱 걱정된다. 이로써 청운은 내 공격이 단지 상체 공격만이 아니라는 것을 알게 되었고 그만큼 공격에 성공하기란 쉽지 않을 테니 어설픈 공격으로 청운을 혼란시키려 해선 안 된다. 그렇다면… 정면 대결이다!

애초에 겨우 이틀 연습한 무공이 통하리라고는 생각지 않았다. 다만 효과를 발휘할 수 있는지 그 가능성을 예측해 볼 뿐. 결과는 대만족이다. 아직 일섬지나 폭룡풍권은 시험해 보지 못했다지만 그것들도 별문제는 없을 것 같다.

"……."

난 한월의 손잡이를 양손으로 쥐었다. 지금까지 대부분의 싸움을 난 한월을 한 손으로 잡고 현월광도를 펼침으로 싸웠다. 그런데 요 며칠 동안 현월광도에 대해 다시 생각해 본 결과 현월광도는 일수도법이 아닌 쌍수도법인 것을 깨달을 수 있었다.

현월광도는 변화를 거의 배제한 도법. 그런 도법을 한 손으로 펼쳐 억지로 변화를 이끌어내려고 했으니 제대로 될 리가 없었다. 이번 비무에서는 제대로 된 현월광도가 펼쳐질 것이다.

"잔월향."

총 여덟 방위로 뻗어가 상대를 베어버리는 초식. 느리긴 하지만 그 묘한 변화가 있어 상대를 압박하던 초식이었다. 하지만 양손으로 펼친 잔월향은 그 속도부터 달랐다. 멈추지 않는 도세가 상대를 죽일 듯 달려들었고 총 여덟 방위로 쾌속하게 뻗어갔다.

막을 테면 막아봐라. 난 그것을 뚫겠다는 식의 초식. 단지 한 손에서 양손으로 바꿨을 뿐인데도 현월광도는 능력부터 확연히 달라져 있었다.

쐐에에엥!

공기를 찢어버리며 짓쳐 드는 한월의 도세(刀勢)가 부담스러웠을까. 청운은 그 즉시 한월과 맞서는 것을 포기하고 보법을 밟아 잔월향의 잔상들을 피해갔으며 동시에 반격의 기회를 노리고 있었다. 역시 대단해. 하지만 내가 반격을 하게 내버려 둘 것 같냐고!

"삭월령!"

낙하하는 도의 잔상. 이미 한월에는 묵빛의 도기가 맺혀 있었고 그 도기가 초식의 흐름을 타고 삭월령의 초식대로 움직이기 시작했다. 한월에 도기가 맺혔듯 청운의 송문검에도 역시 푸른색 검기가 맺혀 있었다.

사사사삭!

삭월령의 잔상들은 청운을 향해 짓쳐 들어갔고 양손으로 펼친 삭월령은 파괴력이나 패도적인 기세에서부터 한 손의 삭월령과 차이를 보이고 있었다. 사방을 짓누르는 압도적인 기세. 이번 공격은 쉽게 피할 수 없을 거다!

"차앗!"

힘이 담겨 있는 기합과 함께 청운의 송문검이 움직이기 시작했다. 도저히 힘이나 패기, 빠른 속력 같은 것은 찾아볼 수 없으리만치 천천히, 그리고 평범히 움직이는 검.

하지만 그런 검에서 퍼져 나오는 기파가 삭월령의 잔상들을 모두 파훼하고 있었다. 분명 같은 움직임이었지만 삭월령의 잔상들이 파훼되면서부터 내 눈에 달라 보이기 시작했다. 부드럽지만 무시 못할 무언가가 담겨져 있는 그런 움직임. 대단하다!

삭월령을 완벽히 막아낸 그는 내가 그의 검술에 놀라 미처 공격을 하지 않은 사이 뒤로 훌쩍 뛰어올라 사정거리에서 벗어났다.

"휴우… 간신히 벗어났군요. 정말 그러다가 제대로 된 공격도 못해 보고 당하는 줄 알았습니다."

청운은 있지도 않은 땀을 훔치는 시늉을 하며 너스레를 떨었다.

"방금 전의 그 검법은?"

"아, 그 무시무시한 잔상들을 물리친 검법 말이죠? 태청검법(太淸劍法)입니다. 제가 익히고 있는 최고의 검법이죠."

그렇군. 소림의 강맹한 무공과는 달리 부드러움을 위주로 하고 대부분이 발경(發勁)의 뜻을 담고 있는 무당 진산의 검법인 태청검법이라면 충분히 삭월령의 잔상을 막을 만하다. 아니, 오히려 의도만 있었다면 반격까지 가능했을 수도…….

"그나저나 정말 대단하십니다. 그 강맹하면서도 화려한 도법이야 무황 대협의 대표적 무공이니 그렇다 쳐도 패도적인 장법에, 기이한 각법까지……. 이거 도무지 따라갈 수가 없겠는데요?"

"……."

손사래를 치며 말하는 청운의 모습은 지금 비무를 하고 있는 사람 같지 않게 매우 평온해 보였다. 정말 저 뻔뻔스러움이라니…….

그런데 저 혼자 북 치고, 장구 치고 다 하던 청운의 기도가 갑자기 뒤바뀌었다. 음?

"하지만… 저도 쉽게 져드릴 마음은 없습니다."

입가에 살짝 미소를 지으며 말하는 청운의 모습은 지금까지 내가 알던 청운의 모습이 아니었다. 항상 여유만만이던 그가 이렇게 투기를 뿜다니… 후후, 재미있겠어.

"저, 저건 검강이다!"

"진짜 거, 검강이다!"

관중들은 청운의 송문검에서 한 자 가까이 뻗어 나오는 새파랗고 광대한 빛무리를 보며 환호성을 질러댔다. 검강인가? 하지만 왜?

난 잠시 의문에 빠졌다.

강기는 비상에서 최고의 기술이다. 다른 무협 소설을 보면 검환(劍環)의 기술도 있다는데 비상에서 검환은 단지 검강을 둥글게 압축시킨 것에 지나지 않다.

내공 소모는 검강을 열댓 번 뿌린 것과 맞먹고 파괴력은 겨우 세 방 정도의 검강을 뿌린 것에 지나지 않는데 무엇 때문에 검환을 쓸까. 내공 무적인 나조차도 도환(刀環)을 쓰기엔 영 꺼림칙한데 말이야.

어쨌거나 비상에서 강기는 최고의 기술이다. 하지만 그 최고의 기술이 쓰는 때에 따라서는 최악의 기술이 될 수 있다.

검강을 만들어내기에는 그럭저럭 봐줄 만한 내공이라도 전력을 다해 검강을 만들기에는 턱없이 부족한 내공. 그런 내공으로 전력을 다해 검강을 만드는 청운의 모습이 바로 최악의 기술이 되는 예다. 물론 속전속결로 빠르게 상대를 제압한다면 모를까, 그렇지 않다면 오히려 자신이 먼저 지쳐 쓰러져 버리고 말 것이다.

내가 보기에 청운의 내공은 정통 도가 계열의 내공을 익혀서 그런지 매우 정순했지만 그다지 많지는 않은 내공이다. 그냥 평범히 검강을 만들어도 10분을 만들 수 있을까? 그런 내공으로 저렇게 무리를 해대니 그 시간은 급격히 단축되어서 겨우 1분 남짓할 거다.

"왜?"

"하하하, 전력을 다해 싸워보죠."

그 한마디에 난 청운의 의도를 짐작할 수 있었다. 최고의 능력으로 싸워보고 싶은 거다. 무황이란 이름을 뛰어넘고 싶은 거다. 모든 능력을 개방해서 그렇게 싸워보고 싶은 거다.

투지(鬪志). 이 하나의 단어 앞에 청운은 모든 걸 내던지고 있는 거다.

"좋군."

웅웅웅!

잔잔한 바다에 갑자기 거대한 해일이 닥치듯 엄청난 내공을 한월에 쏟아 부었고 한월이 거대한 용연지기와 반응해 공명음을 내기 시작했다.

"폭기."

순간적인 압축 후 거세게 몰아치는 진기. 그 모든 진기를 전부 한월에 몰아넣기 시작했다.

상대는 전력을 다한다. 그렇기에 내가 전력을 다해야 한다는 것에는 현재 상황으로 무리가 있다. 나마저 전력을 다한다면 우리 둘 중 누군가는 다치거나 최악의 경우 게임 오버를 당할 테고 그만큼 내가 예상했던 전력에 차질이 생길 거다. 그렇기에 최대한 여유를 가질 수 있도록 해야 한다.

얼마 전에 폭기를 써서 약간 진기의 흐름이 불안정하기는 했지만 능력의 급격한 증폭을 위해선 폭기는 필수였고 난 폭기를 펼친 것이다. 본신지력(本身之力)의 네 배에 달하는 힘. 그런 힘을 가진 폭기의 용연지기가 한월에 하나의 힘으로 압축되고 있었다.

좋아! 최고의 힘으로 싸워주마!

"도강이다!"

"검강과 도강의 맞부딪침!"

용연지기를 가득 머금은 한월은 어느새 심연의 그것과도 같은, 하지만 그 어느 것보다 맑고 힘이 가득한 묵빛의 도강을 뿜어내고 있었다. 도강을 발견한 관중들은 환호성을 질러댔으며 난 지그시 청운을 바라보았다.

"어, 엄청나군요. 순식간에 조금 전과는 비교도 안 될 정도로 광포한 기운을 뿜어내다니! 도대체 그 기술은 뭐죠?"

"폭기."

"기를 폭발시킨다. 그럼으로써 더욱더 강한 파괴력을 이끌어낸다. 굉장하군요!"

청운은 내가 가진 독특한 기술에 잔뜩 흥분한 것 같았다.

"저도 제법 재주가 있으니 보시죠."

청운의 말이 끝남과 동시에 그의 전신을 비롯한 주변으로 내가 끓게 만들었던 기파들이 가라앉기 시작했다. 그리고 동시에 청운에게는 맑은 기운이 뒤덮이기 시작했다.

"태청강기(太淸罡氣)입니다."

도가비전의 기공이자 무당파의 최고 기공 태청강기. 과연 무당의 검답다! 태청강기를 뿜어대며 투기를 발산하는 청운을 보자 나 역시 투기가 끓어오르는 것을 느꼈다. 좋아, 한번 제대로 싸워보자!

선공을 취한 것은 이번에도 청운이었다. 비무 시작 직후 어설프게 선공을 감행했다가 오히려 반격당해 공격다운 공격 한 번 제대로 해보지도 못한 채 당할 뻔했으면서도 선공을 취하는 데 일말의 망설임이 없다.

저런 검강을 형성한 상태이니 시간 제약도 제약인지라 빠르게 승부를 내야 할 거고, 또 내가 다시 공격에 나서면 공격 한 번 해보지 못하고 방어만 하는 조금 전과 같은 상황에 처할 수도 있다는 부담감 때문에 과감히 결단을 내린 것일 것이다. 이도저도 아니면 공격에 자신이 있다는 거겠지.

"핫!"

청운의 송문검은 마치 물결을 탄 것처럼 부드럽게 뻗어왔다. 태청검법의 정기(精氣)를 받은 것이리라. 청운의 검은 부드러웠으나 그 속에 담긴 힘은 무시할 바가 아니었다. 초식 이름을 외치지 않은 것으로 봐서 일정한 검로를 가진 유형초식(有形招式)은 아닐 테고 무형초식(無形招式)인가? 그런데 이 정도의 위력을……?

탓!

우선 청운의 검에 담긴 힘이 어느 정도인지 정확히 알 수 없기에 그의 검력(劍力)을 보려는 속셈으로 난 원주미보를 밟아 청운의 검로에서 벗어났다. 아니, 벗어났다고 생각했다.

"……!"

청운의 검로에서 벗어났다고 생각하는 순간 처음부터 그랬다는 듯이 자연스럽게 송문검의 검봉은 나를 향해 돌려졌고 나는 순간 당황할 수밖에 없었다. 하지만 그대로 당할 수는 없기에 계속해서 원주미보를 밟으며 청운의 송문검을 피했고 그럴수록 송문검의 검로도 유연히 휘어져 나를 노렸다.

원주미보가 이렇게 쉽게 따라잡히다니!

원주미보는 둥글게 원을 밟아 움직이는 보법으로 끊임없이 이어지는 작고 큰 원이 상대로 하여금 내가 어디로 움직일지 짐작조차 하지 못하게 한다. 속도가 느려 빠른 공격에는 적당하지 않지만 그와 반대로 방어로는 그 누구도 쉽게 뚫지 못하는 묘용이 숨겨져 있었다.

그런데 그런 원주미보를 간단히 따라와? 그것도 검력을 그대로 유지한 채?

내 투결과 같은 스킬이라도 가지지 않고서는 도저히 생각할 수 없는 일이었다.

크윽! 이게 유(柔)의 극(極) 무당진산의 검법 태청검법의 능력인가?

"망월막."

내 입에서 처음으로 방어의 초식이 튀어나옴과 동시에 묵빛의 둥근 막이 나를 덮었다.

도강으로 펼쳐진 완벽한 망월막은 그 누구도 쉽게 뚫을 수 있을 만한 성질의 것이 아니라 청운의 송문검 역시 망월막에 별다른 충격을 주지 못하고 튕겨나고 말았다.

젠장, 결국 검력을 알아보려는 것은 실패하고 괜히 힘만 들였잖아.

망월막에 튕긴 송문검은 다시 회선을 그리며 자연스럽게 청운에게로 돌아갔지만 그 순간 내 눈에 청운의 빈틈이 보였다. 기회다!

"잔월향."

여덟 방위를 접하며 상대를 베어가는 잔월향. 하지만 이번 잔월향은 지금까지의 잔월향과는 달리 여덟 개의 공격 중 여섯 개는 허초(虛招)요, 나머지 두 개의 공격이 각각 빈틈과 급소를 노려가는 실초(實招)였다.

아직 익숙지 않은 양손보다 한 손이 더 다루기가 쉽고 정확도도 높았기에 한 손으로 펼친 잔월향은 광포한 파괴력은 없었지만 노린 곳을 향해 묘한 변화를 일으키며 정확히 노리고 들어가고 있었다.

"흡!"

청운의 검봉이 둥그런 원을, 아니 태극을 그리기 시작했다. 태극은 모든 것을 포용하는 듯 청운을 향해 뻗어가던 전 방위의 공격을 막기 시작했다. 빠르지 않지만 유연히 공격을 막아내는 태극은 망월막을 떠올리게 할 만큼 비슷한 방어법이었다.

잔월향을 막아냄과 동시에 청운은 제운종을 밟아 뒤로 물러서려 했다. 이어질 공격의 흐름을 끊기 위함이리라. 하지만 어림없지!

"초월파!"

웅웅웅!

도명(刀鳴)과 함께 한월에 한껏 맺힌 도강이 한데 뭉쳤고 난 한월을 휘둘러 초승달 모양의 묵빛 도강을 뿌려냈다. 비도강(飛刀罡)의 초식. 초월파였다.

쐐에에엥!

"헉!"

초승달 모양의 도강은 공기를 가르며 뻗어 나가 뒤로 물러서는 청운에게로 사납게 달려들었다. 그와 함께 청운은 급히 전 내공을 끌어올리는지 지금까지 그의 주변에서 잔잔하던 기파가 요동을 쳤고 곧 송문검에서 검강이 다시 빛무리를 이루며 초월파를 막아갔다.

초월파는 일직선의 공격이라 빠르긴 하지만 저렇게 검강을 최고로 끌어올려 직접 막는 것보다 차라리 제운종을 극성으로 끌어올려 피하는 게 남는 장사이건만 예상치 못한 공격에 당황해서일까, 청운은 정면대결을 택했다.

콰드득!

"크!"

비록 초월파는 청운의 검강에 의해 사라졌지만 청운은 손해 본 기색이 역력했다.

현재 비강기(飛罡氣)를 쓸 수 있는 유저는 예상컨대 나를 포함해 세 손가락으로 꼽을 수 있을 것이다. 천하제일인이며 정파의 희망 성군(聖君) 단엽(單葉)이 그 첫 번째요, 아직 정확히 무위를 비교한 적은 없지만 결코 단엽에 비해 떨어지지 않을 것이라는 마교(魔敎)의 교주(敎主)이자 마도인(魔道人)들의 우상 마존(魔尊) 천마(天魔)가 두 번째이며 정체가 분명하지 못하고 정확한 무위 역시 알려지지 않은 나, 무황(武皇) 사예(四藝)가 그 세 번째 자리를 차지하고 있다.

억지로 꼽자면 더 꼽을 수는 있겠지만 실전에서 사용 가능한 사람은 이렇게 될 거다. 아무도 비강기를 시전하지 못했던 얼마 전에 비해 상당한 발전이었다.

하지만 성군 단엽이나 마존 천마라도 나처럼 자유자재로 비강기를 시전할 수는 없을 거다. 나야 현월광도에 붙은 스킬이 비강기이니 두 말할 필요가 없지.

어쨌든 그런 비강기라는 보통으로선 생각지도 못할 수를 썼으니 당황할 만도 하지.

쾅!

난 이대로 다시 세 번 초월파를 날렸고 한 발이 약간 빗나가며 비무대 바닥에 직격하여 다시 먼지를 피워 올려 시야를 차단했다. 에잇! 무슨 놈의 비무대가 이렇게 먼지를 자주 피워! 이 비무대 좀 바꿔!

결국 어찌 됐든 난 먼지가 가라앉길 기다리는 수밖에 없었다. 어떻게 밤도 낮같이 보면서 이런 먼지를 뚫지 못하는 건지…….

"휴우……."

먼지를 뚫고 작은 한숨 소리가 들렸다. 그렇다면?

쇄아아아아!

강한 바람이 일어 먼지를 쓸어간다. 음, 운영자 측에서 배려를 한 건가?

먼지가 사라지는 부분에 나타나는 것은 태극을 형성하며 버티고 서 있는 청운. 견뎌냈군. 하지만 그의 송문검에 맺혀 있는 검강의 기세는 한껏 약해져 있었다.

한계가 온 거다. 안 그래도 얼마 남지 않은 시간. 그 짧은 시간을 태극을 형성하여 초월파를 막아내면서 많이 소진해 이젠 간신히 검강을 유지하는 것조차 힘들 것이다.

아쉽지만 이미 승부는 끝났다.

"하아, 하아. 대단하시군요. 설마 비강기까지 쓸 수 있을 줄은 몰랐습니다. 전력의 진기를 다 끌어올려 막기는 했지만 여기까지가 제 한계인 것 같군요."

"……."

말은 단념했다시피 하지만 난 아직도 보고 있다. 불타는 투지가 느껴지는 청운의 눈동자를. 그는 아직 포기를 하지 않았다.

이젠 과연 저 사람이 내가 알던 그 넉살 좋은 청운이 맞나 의심스러울 지경이다.

"하지만… 저와 최후의 절초를 펼칠 기회를 주시겠습니까? 단 일 수의 겨룸. 부탁드립니다."

역시 청운은 포기하지 않았다. 마지막으로 최후 절초를 겨루자? 미친 소리다. 이미 거의 모든 기력을 소비하고도 그런 조건을 하는 쪽이나 이미 다 끝난 싸움에 괜히 힘을 더 소모하는 쪽이나 미친 건 마찬가지다.

그렇지만 저 불타는 투지를 꺾을 수는 없잖아! 그래, 청운이고 나고,

다 미쳤다! 하지만 난 오히려 미친 게 더 마음에 든단 말이야!

"섬월명."

내 짧은 한마디에 청운의 얼굴이 밝아졌다. 내 의도를 알아챈 것이다.

"저에겐 일정한 초식이 없습니다. 아니, 태청검법에 일정한 초식이 없다는 게 정확하죠. 단지 태청검법에는 검을 휘두르는 의의(意義)나 마음가짐 정도만 나와 있으니 말이죠. 하지만 그걸 익히게 된다면 그 의의를 검에 담을 수 있습니다. 그리고 탄생하는 게 태청검법입니다."

무슨 말이지? 설마 게임에서도 무언가를 깨달아야 한다든지 그런 건 아니겠지?

"저도 처음엔 무슨 말인지 몰랐으니 그렇게 보시지 않아도 됩니다. 직접 익혀야지만 그 진정한 의미를 알 수 있거든요. 어쨌든 이번에 제가 펼칠 초식은 제 모든 의지를 담은 최고의 공격입니다."

말을 마친 청운의 송문검에서 지금까지 중에서 가장 강한 빛이 뿜어지기 시작했다. 사람으로 치면 회광반조(廻光返照)랄까? 빛을 뿌려 마지막을 장식하려는 검강. 그 검강이 하나의 검로를 따라 뻗어지기 시작했다. 아차, 나도 이렇게 보고만 있어서는 안 되겠군.

내가 가진 최고 공격의 초식. 섬월명이다!

"하아압!"

"섬월명!"

작고 검은 달.

흐린 달.

그러나 빛을 뿜기 시작하자 작고 검은 달은 세상을 밝힐 듯 빛났고 그 작은 달에서 세상을 비출 섬광이 뿜어져 나갔다.

콰아아아아아!

도강으로 펼친 만큼 섬월명의 파괴력은 상상 이상이었다. 비무대의 바닥을 그대로 쓸어버리며 돌진하는 섬월명의 섬광은 무시무시했다.

이거 잘못하다가 청운이 죽는 거 아냐?

"자아아아압!"

청운은 섬광에서 일말의 두려움도 느낄 수 없었는지 기합성을 내지르며 송문검을 들고 섬월명의 섬광으로 돌진했다. 일체의 요행도 부리지 않은 순수한 힘의 격돌. 그걸 바라는 건가?

청운은 섬광과의 한 치 앞 거리. 그리고 청운이 전력을 다한 검을 내뻗었다. 평범한 찌르기였지만 그 속에 담긴 힘은 지금까지 청운이 사용했던 그 어느 공격보다 패도적이었고 강력한 파괴력이 담겨 있었다. 그리고 그 속에 숨어 있는 유연성.

콰과과과과!

마침내 격돌하는 송문검과 섬광. 단순히 청운이 밀릴 것이라 생각한 것과는 달리 강력한 파공음을 내며 기파가 사방으로 비산하는 것을 느낄 수 있었다. 그리고 그 기파 덕분에 날리는 작은 돌멩이 조각 사이로 청운이 송문검을 뻗어 섬월명의 섬광을 밀어붙이고 있는 모습이 보였다. 멋지다!

"하아아압!"

청운은 자신의 최후 공격이 섬월명을 밀어붙이기 시작하자 더욱더 자신감을 얻었는지 힘을 내기 시작했다. 하지만 나 역시 밀릴 수 없지!

난 한월이 그린 검고 작은 달에 내공을 집중시키기 시작했다. 단순한 일회용 공격과는 달리 섬월명은 시전자의 내공에 따라 그 능력이 계속 변화를 일으키는 기술이기에 가능한 일이었다.

"크윽! 질 수 없다!"

청운은 갑자기 섬월명의 기운이 증폭되자 밀리는 자신의 송문검을 꽉 쥐며 외쳤지만 더 이상 청운에게 낼 수 있는 힘이 있을 리 없었다. 점점 밀리던 청운은 다시 전세를 뒤집어보려는지 힘을 집중시켜 보내기도 했지만 섬월명은 그런 청운의 노력을 가차없이 짓밟아 버렸다.

"이만 끝내지!"

파앗!

섬월(纖月)에서 더욱더 강한 빛을 내뿜었고 그 빛은 섬광과 하나가 되어 송문검에 맺힌 검강의 방어를 뚫고 청운을 완전히 덮어버렸다.

콰과과과과!

난 섬월명에 쏟아 부었던 내공을 거두었다. 더 이상 유지했다가는 청운이 게임 오버가 될지도 모른다. 아니, 현재 상태로도 장담할 수가 없다.

섬월명의 섬광은 그 밝기가 점점 희미해져 갔고 이내 완전히 사라져 버렸다. 그리고 다시 먼지가 시야를 가리고 있었다. 정말 짜증나.

"승월풍."

난 내가 직접 움직이지 않고 승월풍의 기운을 빌려 먼지를 전부 날려 버렸고 그제야 그곳의 모습이 내 시야에 들어왔다.

"휴우……."

살아 있었다, 청운이. 송문검은 반으로 동강이 나버렸고 검에 맺혀 있던 검강 역시 사라져 버렸지만 그 투지를 뿜어내는 두 눈빛만은 남아 있었다.

그때 청운의 입이 열렸다.

"과, 과연 무황의 이름은 거짓이 아니었습니다. 커억! 쿨럭!"

퓨슛! 퓨슛!

각혈과 함께 청운의 전신으로 하나하나씩 생겨나는 혈선. 섬월명에 당한 이상 무사할 리가 없었다. 그래도 완전히 당하지는 않았는지 혈선에서 뿜어지는 피는 소량이었고 생명에는 지장이 없어 보였다.

휘청.

힘이 빠져서일까. 휘청거리는 청운을 보고 부축을 해주려 했지만 청운은 다시 중심을 잡아 간신히 신형을 유지할 수 있었고 내 의도는 시도조차 해보지도 못한 채 필요없게 되어버렸다. 쩝, 괜히 무안하네.

"크윽! 검강이 사라지자 태청강기로 모든 전력을 다 쏟아 부었는데도 완전히 막지 못했습니다. 아니, 검강이 사라지자 그 섬광이 약해지지 않았더라면, 섬광이 도중에 거두어지지 않았더라면 꼼짝없을 것입니다. 이번 비무, 제가 졌습니다."

청운은 순순히 패배를 인정했고 난 고개를 끄덕이며 사회자를 바라보았다.

"이번 비무의 승자는 무황 대협!"

"우와아아아아!"

"최고다!"

"무황은 무적이다!"

사회자의 말이 떨어지자마자 비무장은 함성으로 가득 메워졌고 난 그 중심에 서 있었다. 음, 이 기분도 나쁘지 않은데……?

잠시 함성을 즐기고 있는 내 귓가에 청운의 목소리가 들려왔다.

"으윽! 이제 비무도 끝났으니 그만… 쓰러져도 될까요?"

청운의 어투는 물음이었지만 이미 그는 기절한 채로 쓰러져 있었다. 그렇게 그가 쓰러지자 곧 들것이 비무대 위로 올라왔고 난 들것에 실려가는 청운과 반대 반향으로 퇴장했다.

청운에게 상처를 입혀서 미안하긴 하지만 지금까지 겪은 비무 중에서 가장 재미있고 흥분된 비무 같아 괜히 기분이 좋았다. 상호에게 미안하긴 하지만 아직 상호보다는 청운이 더 강했고 조금이라도 힘을 더 펼쳐 볼 수 있는 상태이니 재미있는 건 어쩔 수 없잖아.

"4차전에는 앞으로 일곱 명만이 더 출전 가능한 건가?"

다시 말하자면 2회전을 마친 끝에 남은 사람은 나를 포함하여 열다섯 명. 하지만 나는 3차전에 청운을 이겨서 4차전으로 진출한 상태이고 다른 한 명은 부전승으로 올라갈 것이며 남은 열두 명 중에서 반이 떨어져 결국 다음 회에 진출할 사람은 앞으로 나까지 포함하여 여덟 명이다. 4차전에서 여덟 명 중 반이 떨어져 나가 네 명으로 압축될 거고 5차전, 즉 준결승전에선 그중 반인 두 명, 마지막 결승전을 치른 후 한 명만을 남겨둘 거다. 물론 내가 그때까지 이겨 이 모든 대회를 거칠 수 있다는 가정 하에서이지만 말이다. 비강기를 쓴다고 해서 무조건 이기는 건 아니니……

"좋아! 해보자고!"

개인 대기실로 들어가며 나는 전의를 불태웠다.

반드시 이긴다!

잊고 있었긴 하지만 그래서 인공지능의 음모도 막겠다!

아아, 난 왜 이렇게 할 일이 많은 거야! 정말 미치고 팔딱 뛰겠네! 누가 내 할 일 좀 덜어가라고!

"제발!"

광무제(光武帝).

청운과의 비무가 끝난 뒤 사람들이 나를 부르는 명칭이다. 상호, 청운과의 비무 결과를 마무리한 게 섬월명이라는 절대 광격기(光擊技)이기 때문인지 내 전 직업인 무제의 앞에 광(光)자를 붙여 광무제라 부르고 있었다. 정확히 하자면 광무제가 아닌 광무황(光武皇)이 되어야겠지만 아직 무황이란 이름보다 무제란 이름이 사람들의 뇌리 속에 깊이 박혀 있기 때문에 쉽게 고쳐지지 않았을 것이다.

어쨌든 나도 드디어 직업의 별호가 아닌 사람들이 지어준 별호를 가지게 되었다. 직업의 별호에 광자가 붙은 것뿐이지만 이게 어디야! 흐흐흐.

그렇게 나 혼자 망상에 빠져 허우적대는 사이 다음 비무가 시작되었다. 이번 비무는 검성 장염 형님과 소림권정 정오의 대결. 백호 비무대회에서 우승한 정오는 과연 레벨만이 전부가 아니라는 것을 알려주는 듯 무차별전, 즉 천하제일 비무대회에도 출전해서 2차전을 돌파, 열다섯 명 중에 들었고 현재 장염 형과 대치 상태 중이다.

"비무 시작!"

징!

"아미타불."

"멋진 비무해 봅시다."

정오는 불호를 외우며 합장을 한 채 고개 숙여 인사했고 장염 형도 포권을 취하며 인사를 했다. 도저히 그 성격과 매치가 안 되긴 하지만 장염 형은 정파의 인물. 그것도 정파만으로 따졌을 때 다섯 손가락 안에 들 수 있는 무력을 가진 검성이란 인물이다.

그런 인물과 소림의 떠오르는 샛별인 정오가 마주쳤으니 원래라면 온갖 예의를 다 갖추어도 모자랄 지경이다. 그러나 역시 장염 형이나 정오도 허례허식을 싫어하는지라 곧바로 공격 자세로 들어갔다.

"자자, 저 둘이 싸우는 거야. 알아서들 싸우라 하고 이제 낮잠이나 자볼까?"

땅에 등을 붙이고 돌아 누워버린 나는 그대로 눈을 감았다. 가끔씩 뭔가 부딪치는 소리가 들려오긴 했지만 그렇다고 내 낮잠 시간을 허비할 수는 없지.

"하움."

쾅!

"음? 윽?!"

난 갑자기 엄청난 폭발음과 함께 내 위로 떨어져 내리는 돌 부스러기 때문에 잠에서 깨고 말았다. 그리고 하늘을 봤다. 붉게 물든 하늘. 노을이었다.

내가 잠을 잤을 때가 아직 정오를 넘지 않은 시간으로 기억하는데… 도대체 얼마나 잔 거야? 지금 비상은 여름. 여름에는 낮이 긴 것이 보통이다. 그런데도 저렇게 노을이 질 정도면 꽤나 시간이 지난 것 같았다.

"아차, 그보다도 방금 그 폭발음은?"

난 내가 깨어난 이유를 생각하다 곧 폭발음을 떠올렸고 그 폭발음과 관련지어 생각한 것은 바로 비무. 난 즉시 비무장을 쳐다보았다.

"……!"

비무대의 수난 시대라고 해도 좋을 만큼 비무대는 이곳저곳이 박살나 있었고 그 비무대의 중심에서 막강한 기파가 모이고 있었다. 그리고 그 중심에는 2미터는 될 것 같은 패도(覇刀)를 잡고 내려치려고 하는 한 중년 사내와 무릎을 꿇은 채 앉아 있는 한 여인이 있었다.

저, 저 여인은……?

"초매잖아!"

그렇다. 무릎을 꿇고 있는 여인은 바로 초은설, 초매였던 것이다. 그러나 그녀의 정체를 깨달을 무렵 중년 사내의 패도에 모이던 내공은 그 극을 향해 달려가고 있었다.

"젠장! 안 돼!"

난 급히 비무대로 몸을 날렸다. 그동안 말은 안 했지만 내가 숨어 있는 곳은 비무대의 대들보 격에 위치한 곳으로 매우 높아서 보통 사람이라면 밑의 상황이 잘 안 보일 테지만 내겐 걱정없는 곳이었다. 또한 덕분에 다른 사람이 나를 발견하지 못하니 이보다 더 좋을 수야.

만유인력의 법칙에 따라 내 몸은 급하강했지만 이대로 자유낙하를 하기엔 상황이 너무나 급박해 보였다. 그래서 난 능공천상제로 허공을 박차며 더욱더 속도를 높였고 동시에 힘을 모으기 시작했다.

"폭기!"

요즘 폭기를 너무 남발하는 것 같지만 저 패도에 맺힌 거대한 내공을 막기엔 폭기가 꼭 불가피한 것일 것 같았다. 그만큼 패도에 맺힌 내공은 대단한 것이었다.

쾅!

"크……!"

"흠……!"

초매가 패도에 의해 두 동강 나기 전에 간신히 도착한 나는 급히 있는 대로 내공을 끌어 모아 패도를 쳐냈고 한월과 패도가 부딪치며 굉음을 내었다. 그와 동시에 중년 사내는 한 발자국을, 난 두 발자국을 물러서며 주춤거렸다. 아무리 폭기를 썼다 하지만 역시 급히 모은 내공이라 내가 조금 더 뒤로 물러설 수밖에 없었다.

큭! 이 파괴력은 장난이 아니잖아!

"넌 무엇이냐."

서글서글한 목소리. 중년 사내에게서 나온 목소리였다. 아마 내가 비무에 끼어들어 기분 나쁘다는 것일 테지만 난 물러설 수 없었다.

난 방금 전 부딪침 때문에 끓어오르는 내공을 가라앉히며 입을 열었다.

"승부는 이미 났다."

"난 아직 끝나지 않았다. 물러서라. 물러서지 않으면 벤다."

사내는 당장이라도 패도를 휘둘러 날 베어버릴 듯했지만 그렇다고 겁낼 내가 아니다. 이제 나는 약하지 않단 말이다!

웅성웅성.

"어떻게 된 거지?"

"글쎄? 신녀가 저 남자의 손에 쓰러져서 남자가 마무리를 지으려고 도를 내려치는 모습까진 보였는데……."

"근데 저 사람 무황 아냐?"

"어라? 맞잖아! 광무제 무황!"

그제야 나를 발견한 사람들도 웅성거리기 시작했다.

난 슬쩍 뒤를 돌아 초매를 바라보았다. 내상을 입었는지 입가에는 피를 머금고 있었고 말하기조차 힘겨워 보였다. 아니, 자세히 보니 눈을 감고 있는 게 기절한 것 같았다. 젠장, 도대체 뭐가 어떻게 된 거지?

"경고는 한 번뿐이다."

사앙!

서글서글한 목소리와 함께 공기를 베는 풍압이 느껴지자 난 급히 다시 사내를 보았고 그 사내가 패도를 휘둘러 나를 베려는 것을 볼 수 있었다. 그러나 조금 전과는 달리 지금 내 한월에는 용연지기가 가득 들어가 있는 상태, 이젠 밀리지 않는다고!

쾅!

다시 울리는 괴성과 함께 한월과 패도는 부딪쳤고 난 한 발자국도 움직이지 않았지만 사내는 무려 다섯 발자국이나 뒤로 물러서고 말았다. 누가 보나 나의 완벽한 압승. 그러나 난 사내가 그다지 충격을 입지 않았다는 것을 알 수 있었다. 젠장, 교묘히 내공을 흘리다니… 대체 누구지?

“그렇군. 네가 무황인지 뭔지 하는 무지렁이였군.”

“…….”

사내는 뒤로 다섯 발자국 물러선 뒤 내가 전혀 물러서지 않은 것을 발견하고는 눈에 이채를 띠며 말했다. 마치 이제야 알아봤다는 어투였다.

“그렇다고 해도 남의 비무에 함부로 끼어들 수는 없을 텐데.”

“이미 승부는 났다. 네 승리다. 그러니 내려가라.”

대충 예상한 바로 이 사내와 초매는 비무를 했을 테고 초매가 지고 말았을 거다. 그의 강력한 공격에 초매는 정신을 잃었지만 사내는 그에 멈추지 않고 확실히 끝장을 보기 위해 초매를 죽이려 했을 거다.

다만 내가 나타난 것이 유일한 변수였군.

어쨌든 간에 초매가 진 것에는 두말할 필요가 없다. 아니, 하고 싶지도 않다. 하지만 초매를 죽게 내버려 둘 수는 없다. 비록 게임 속에서라 해도!

"저기 비무에 개입하시면 신녀님의 반칙패가 됩니다."

사회자는 우리의 분위기가 안 좋다는 것을 눈치 챘지만 직업 정신을 발휘해서 내게 그렇게 말을 걸었다. 반칙패? 마다할 리가 없지.

"선언하시오."

"네?"

"반칙패. 신녀 초은설은 반칙패로 패하였소."

난 그렇게 말하고는 초매를 안아 비무대를 내려갔다. 뒤에는 아직 그 사내가 있었지만 잔뜩 신경을 곤두세우고 있었기에 그가 공격을 한다 하더라도 충분히 피할 수 있었다.

"잠깐."

난 걸어가던 중 사내의 목소리에 가던 길을 잠시 멈추고 뒤를 돌아 그를 바라보았다. 그는 무표정이었지만 아직도 거두지 않은 패도의 엄청난 내공이 느껴져 나를 긴장하게 했다.

"오늘은 보내주마. 하지만 다음에 볼 때에는 네 목을 가져가겠다."

웃기지도 않는 소리!

"좋을 대로. 그전에 네 사지를 비롯한 네 목이 그 자리 그대로 붙어 있다면……."

난 진득한 살기를 뿜으며 그렇게 말했고 살기는 한기, 귀기와 섞여 지금까지 내가 뿜어내었던 기운 중에서 가장 섬뜩하고 이질적인 기운이 되어 사방을 메웠다. 넌 내가 용서하지 않는다.

난 비무장에서 빠져나와 내가 거주하는 소림사의 죽림 속으로 들어갔다. 들어가는 도중 혹시나 있을지 모를 불상사를 방지하기 위해 죽림을 지키는 소림사의 무승들이 눈에 들어왔지만 한껏 기분이 나빠진 나는 또다시 방해받고 싶지 않아 능공천상제를 밟아 그들에게 보이지 않게 하늘을 통해 죽림 안으로 들어섰다.

"젠장."

내가 거주하는 곳에 도착한 나는 침대에 초매를 앉히고 그녀의 등에 손을 댄 채 용연지기를 흘려넣었다. 외상이야 금창약을 바른 후는 별달리 어쩔 수가 없다지만 내상이라면 이렇게 운기를 해주는 것만으로도 많이 나아지기에 택한 방법이었다.

물론 같은 속성의 내공이 아니라면 십 중 십은 시전자나 피시전자나 죽을 테지만 내 용연지기가 어떤 내공인가. 유일무이한 그런 최강의 내공.

그녀의 내공과 간단히 화합하여 그녀의 운기 방식대로 운기를 하기 시작했다. 내가 그녀의 운기 방식을 알 리는 없지만 용연지기로 인해 그 뜻을 전해받은 그녀의 내공이 스스로 움직여 운기를 하기 시작했고 내가 할 일은 내공이 다른 곳으로 번지지 않게 막는 것과 진기를 계속해서 주입시켜 주는 일뿐이었다.

그렇게 난 그녀와 함께 운공삼매경에 빠져들었다.

대회는 예상과는 달리 진행되었다. 열다섯 명에서 여덟 명을 뽑아야 하는데 그중 상당히 기대주였던 구신의 선(仙)과 마(魔)의 직업을 가진 사람이 무슨 이유에서인지 비무대에 나타나지 않아 기권패 처리되었고 그 외에도 두 명의 사람이 기권하고 사라지는 등 이상한 일이 발생했다. 그리고 비마 형님도 '마'의 직업을 가진 사람이 빠지자 흥을 잃었다며 기권해 버렸고 그건 진랑 형님도 마찬가지였다.

결국 제대로 싸운 사람은 나와 청운, 장염 형과 정오, 초매와 패왕뿐이었다. 나머지는 모두 부전승이지 뭐. 이렇게 되다 보니 남은 사람은 여덟 명이 아닌 여섯 명밖에 되지 않았고, 아무리 사람이 부족하다고 해도 진 사람을 올릴 수는 없는 노릇이라 결국 이 여섯 명만이 다음 시합을 치르게 된 것이었다.

어쨌든 현재 남은 사람들을 대충 훑어보자면 이렇다.

천하제일인으로 칭송받는 성군(聖君) 단엽(單葉).

더 강해져서 되돌아온 싸움에 미친 녀석 투황(鬪皇) 투귀(鬪鬼).

정파 자존심의 검 검성(劍星) 장염(腸炎).

초은설을 가볍게 눌렀던 패왕(霸王).

아무것도 알려지지 않은 비왕(飛王).

마지막으로 나 광무제(光武帝) 무황(武皇).

결국 이렇게 여섯 명이 남게 되었다.

근데 나를 빼고 나머지 사람들은 자신들의 무공을 뽐낼 상대를 만나지 못해서인지 그들에 대한 정보를 수집하지 못하고 있다. 다들 자신의 무공을 펼치지 않고 그냥 싸워도 가볍게 상대를 제압하는 데 도대체 정보 수집을 어떻게 하라는 건지…….

처음에 나는 내가 대전 운이 좋은 줄 알았더니 그게 아니었다. 어떻게 저들은 요리조리 강한 사람들을 피해가는지 결국 난 내 무공만 알려주고는 비무를 하게 된 것이다.

그래도 단 한 가지, 누구나 다 알고 있는 게 있다면 남은 사람들은 가히 최고라 불러도 좋을 만큼 강한 사람들뿐이라는 것이다. 쩝, 당연한 건가?

어쨌든 간에 남은 천하제일 비무대회는 나를 포함한 이 여섯 명으로 치러지게 되었다. 우선 두 명씩 짝을 이뤄 비무를 치르고 남은 세 명 중 한 명은 부전승, 그리고 두 명이 준결승전을 치른 뒤 마지막 결승전을 치르게 되는 것이다. 부전승은 랜덤으로 돌린다고 했기 때문에 누가 될지는 모르지만 지금은 그것보다 우선 내가 붙을 상대를 이기는 게 먼저.

난 내 상대를 찾기 위해 비무대 반대편을 바라보았다. 많은 사람이 기권을 해서인지 당황한 운영 측은 나머지 여섯 명에게 그 상대를 알려주지 않고 시합 당일 비무대에서 처음 보게 만들었기에 나도 아직 내 상대가 누가 될지 모른다. 제발 투귀만 아니었으면 하는 소망이…….

"지금부터 광무제 무황 대협과 검성 장염 대협의 비무가 있겠습니다!"

장염 형이 내 상대로군. 이걸 기뻐해야 하나, 아님 슬퍼해야 하나?

난 비무장으로 나가며 반대쪽을 바라보았다. 반대쪽에서는 청의무복을 입고 등에는 예의 그 중검(重劍)을 비스듬히 매달고 있는 장염 형이 보였다. 장염 형 역시 나를 바라보고 있었고 우린 그 상태로 비무대 위로 올랐다.

"그럼 비무대회를 시작합니다!"

징!

언제나 징 소리를 시작으로 비무를 시작하듯 이번에도 마찬가지였다.

나는 한월을, 장염 형은 중검을 빼내어 들었다.

"이렇게 붙게 되는군."

"……."

장염 형은 내게 말을 걸어왔지만 대외적으로 난 함부로 떠들어선 안 되는 위치에 있기에 그냥 입을 다물고 있었다. 그걸 아는지 장염 형도 다른 말은 하지 않았다. 다만 내공을 끌어올려 기세를 피울 뿐.

고오오오오—

공기가 끓는 느낌.

기파가 들끓고 있다.

팽팽한 긴장감이 나를 짓누른다.

"간다!"

잠시간의 대치 상태를 깨고 선공을 취한 것은 장염 형이었다.

중검은 보통 장검과는 달리 검신의 길이는 장검보다 조금 더 긴 정도이며 폭은 장검의 두 배 정도 되는 크기의 검으로 그 무게가 제법 나갈 것임에도 장염 형은 무리없이 거머쥐고는 내게로 신형을 날렸다.

나 역시 질 수 없지!

"차앗!"

사선을 그리며 베어오는 중검. 중검이 날아오는 각도가 기이하여 나로 하여금 잠시 고민에 빠지게 했다.

안으로 피하며 반격하자니 조금 무리일 듯싶고 그렇다고 완전히 피하자니 기회가 아까웠다. 에라, 피하기 어정쩡하다면 막으면 되지!

"찻!"

캉!

난 한월에 힘을 주어 사선으로 내리긋는 중검을 쳐내었다. 그런데 너무나도 쉽게 물러서는 중검. 젠장, 당했다!

내가 아차 할 때는 이미 중검이 그 궤도를 벗어나 새로운 궤도를 만들어 나를 노리는 순간이었다. 한월을 되돌리기에는 이미 늦은 상황.

애초에 이걸 노렸구나!

별수없이 난 발을 살짝 돌려 중검의 궤도에 승룡갑의 중간 부분을 넣었다. 승룡갑을 믿기로 한 것이다.

카캉!

"큭!"

"……!"

역시 최고의 갑옷답게 승룡갑은 문제없이 중검을 막아내었지만 안으로 퍼지는 충격까지 막아낼 수는 없었던지 제법 강한 충격이 내게 직격했다. 젠장, 처음부터 이게 무슨 꼴이냐.

난 내공을 끌어올리기 시작했다. 내공 완전 개방이다!

파스스스스스!

내공이 사방으로 분출됨에 모래들은 기파에 의해 날려갔고 장염 형은 기파에 의해 뒤로 물러서진 않았지만 그래도 잠시 움직임을 멎었다.

난 그런 장염 형의 시야를 가리며 원주미보를 밟아 안쪽으로 깊이 파고들었고 동시에 강력한 내공을 담은 일장(一掌)을 뻗어내었다. 광뢰폭장이다!

쾅!

"큭!"

광포한 기운을 뿌리며 뻗어 나간 내 일장은 장염 형의 가슴을 노리고 있었다. 하지만 어느새 검면을 횡으로 돌려 내 일장을 막아내었는데 갑자기 생각해 낸 것치고는 상당히 좋은 방어법이었다. 그 짧은 시간에 중검을 횡으로 회전시켜 내 일장을 막아내다니… 대단한데?

하지만 내 공격은 그걸로 끝나지 않았다. 장염 형이 중검으로 간신히 일장을 막아내어 뒤로 주춤 물러서는 사이 한월이 빛을 뿜었다.

"잔월향!"

순식간에 여덟 방위를 제압하며 들어가는 한월. 한 손으로 펼쳤기에 강력한 힘은 없었지만 정교하고 또한 교묘했다. 잔상은 그렇게 뻗어갔다.

"칫! 금강삼검(金剛三劍)!"

부웅!

양손으로 중검을 쥐고 크게 휘둘러 총 세 번의 공격을 자아냈는데 공기를 가르는 풍압성이 장난이 아니었다. 역시 중검술! 장염 형이 펼친 공격은 하나의 공격당 총 세 개의 잔상을 노리고 있었다. 그 검력에 담긴 힘이 대단하기 이를 데 없어 난 급히 한월의 손잡이를 양손으로 바꾸어 잡았고 중검과 한월은 격돌했다.

쾅!

"큭!"

"윽!"

금속과 금속이 부딪쳤건만 그 소리는 금속성의 그것이 아니었다. 난 손바닥이 찢어지는 충격을 받으며 뒤로 한 발자국 물러섰고 그것은 장염 형도 마찬가지였다.

큭! 이 파워 장난이 아니잖아.

"좋아! 해보자고!"

"마찬가지!"

난 있는 내공 없는 내공을 전부 끌어 모아 한월에 집어넣기 시작했다. 그러자 나타나는 묵빛의 도강. 완전한 묵빛이 아닌 황금색을 약간 띠고 있었지만 특별히 눈에 띌 정도는 아니었다. 도강은 약 1미터까지 늘어나 있었고 광포한 기세를 뿌리기에 여념이 없었다.

강기를 생성한 것은 나만이 아니었다. 장염 형 역시 1미터의 검강을 생성하고 있었는데 그 새하얀 검강은 패도적인 기세로 과연 무엇이든 다 파괴할 듯 넘실거리고 있었다.

"간다!"

"하아압!"

1미터나 되는 두 개의 강기가 맞붙었다.

쾅!

"큭!"

"컥!"

충격이 장난이 아니다. 젠장, 내공 추가다!

쾅!

다시 한 번 엄청난 충격이 손끝으로 시작해 전신을 감싸 안았지만 장염 형이나 나나 뒤로 물러서지 않았다. 오직 충격을 참아내며 다시 한 번 검과 도를 휘두를 뿐.

쾅!

얼마나 휘둘렀을까. 어느새 장염 형과 내 손바닥은 찢어져 피범벅이 되어 있었고 검과 도를 한 번씩 떨칠 때마다 피는 사방으로 비산하며 격렬한 싸움을 나타내었다. 피가 흘러 뚝뚝 떨어짐에도 나와 장염 형은 검과 도를 멈출 생각을 하지 않았다.

오직 더 강한 힘으로, 더 빠르게, 더 강력하게 맞부딪칠 뿐. 파워 싸움! 먼저 물러서는 자가 패한다!

쾅!

"큭!"

"윽!"

"젠장! 질 수 없다!"

"차앗!"

쾅!

묵광(墨光)과 백광(白光)이 만들어낸 묘한 조화는 사방을 짓누르고 또한 서로를 불구대천의 원수라도 되는 양 거세게 밀어붙였다.

비무대는 강기의 여파로 이미 반경 5미터로는 둥그런 원을 그리며 박살나 있었고 사방으로 돌들이 튕기며 점점 더 거세어지는 비무를 나타내었다.

이거 이대로 가다가는 끝이 없겠는데?

내 예상대로라면 장염 형의 내공이 이미 바닥이 나도 한참 전에 났어야 했다. 지금 펼치는 장염 형의 검강은 청운과 마찬가지로 전력을 다해 끌어올린 검강.

비록 장염 형이 청운보다 더 심후하고 정순한 내공을 가지고 있다손 치더라도 나조차 내공이 많이 줄어든 판에 장염 형이 아직까지 버티고 있는 것은 예상치 못한 결과이다.

쳇! 폭기만 쓸 수 있었더라면 조금 더 쉬울 수도 있었겠지만 어제 그 패왕의 일격을 막느라 써버린 폭기의 기운이 아직 가라앉지 않았기에 함부로 쓸 수는 없었다.

고오오오오—

불타는 묵광과 백광이 시간이 지날수록 쇠퇴하지 않고 점점 더 그 기세를 더해갈 때 난 마지막 일격을 노렸다.

"차아앗!"

"흐아앗!"

쾅!

다시 울리는 굉음. 하지만 이번에는 그 소리가 한 번으로 그치지 않았다. 충돌 후 물러서지 않고 더욱 거세게 백광을 밀어붙이는 묵광. 그러나 백광도 묵광의 의도를 알았는지 쉽게 물러서지 않았다.

콰카카카카카카!

귀청을 찢을 듯한 소리가 사방으로 울려 퍼졌고 서로의 강기를 맞댄 채 장염 형과 나의 거리는 점점 줄어들었다.

"크윽! 대단해. 설마 나한테 파워로 맞설 줄이야……."

"읍! 무거운 무공을 익힌 것은 형만이 아니거든."

도와 검을 서로 맞댄 장염 형과 나는 가까이 붙어 있었기에 아주 작은 소리라도 귀만 기울이면 들을 수 있을 정도가 되었고, 남들이 듣지 못하도록 낮게 한마디씩 말을 나눈 후에 난 강기에 내공을 더 불어넣기 시작했다. 그건 장염 형도 마찬가지인지 묵광의 도강과 백광의 검강이 맞물려 환상적인 모습을 자아내고 있었다.

하지만 장염 형은 잘못 선택했어. 지금은 파워 싸움이 아니라 내공 싸움이라고!

"차압!"

장염 형은 확실하지는 않아도 내공이 거의 바닥일 것이다. 지금까지는 어떻게 견뎠는지 몰라도 나보다 내공이 많지 않은 이상 내 예상은 빗나가지 않을 것이다.

난 아직까지 어느 정도의 여유분이 남아 있었다. 그리고 그 여유분의 내공을 고도로 압축한 뒤 한월에 전부 쏟아 부었다. 이렇게 하면 도강을 유지할 수 있는 시간이 확연히 줄어들겠지만 그래도 순간적인 파워에서는 결코 밀리지 않을 것이다!

"크억!"

콰카카카카카!

1미터의 도강이 순간적이지만 3미터에 육박할 정도로 자라났고 거침없이 검강을 밀어붙였다. 장염 형도 내공을 쏟아 부었는지 1미터의 검강은 약 2미터에 조금 못 미칠 정도로 자라나긴 했지만 검강과 도강은 이미 그 파워를 비교할 수 없으리만치 차이가 나버렸다.

"가라!"

콰앙!

난 마지막 모든 힘을 담은 도강을 내려쳤다. 아니, 눌러 버렸다는 것이 정확할 거다. 그런 묵광의 도강은 검강을 베어버리고 그대로 비무대와 직격했다. 장염 형을 베어버린지도 몰랐다. 지금 순간에는 그런 것을 생각할 여유가 없었다. 다만 이긴다는 생각뿐.

"하아… 하아… 하아……."

숨소리가 거칠다. 요즘 들어 계속된 긴장의 연속이 나를 지치게 만들었다. 전력을 다한 비무. 그런 비무가 계속해서 나를 끌어당기지만 난 힘들다.

거친 숨소리는 그런 내 마음을 대변하듯 그칠 줄 몰랐다. 뿌옇게 먼지가 피어오른다. 젠장, 정말 이 망할 비무대는 비무 때마다 금방 고치기만 할 뿐 이렇게 피어오르는 먼지는 제거하지 않는다. 일부러 노린 연출일까? 그렇다면 이 연출을 제작한 사람을 부숴 버리고 싶을 지경이다.

기력이 남아 있다면 승월풍을 사용해서 먼지를 날려 버리고 싶지만 지금은 움직이기도 힘든 상황이다. 장염 형의 무위를 예측했던 나 자신이 바보같이 느껴졌다. 정파의 다섯 손가락 안에 드는 장염 형을 너무나 얕보았다. 덕분에 기진맥진. 아이고, 죽겠다!

절정에 다다른 긴장감을 뚫고 먼지 사이로 누군가의 음성이 들렸다.
"쿨럭! 쿨럭!"
기침 소리. 젠장, 살아 있는 것에 기뻐해야 할지 아니면 더 이상 공격을 할 수 없는 내 자신에 증오를 퍼부어야 할지…….
"살아 있다!"
"와아아아아!"
"장염! 장염!"
"무황! 무황!"
"검성! 검성!"
"광무제! 광무제!"
저놈의 환호 소리도 시끄럽다. 내 몸만 멀쩡했으면 만월회를 수십 방 날려 버릴까 보다. 나를 응원하는 소리도 들리지만 하나도 기쁘지 않다. 정말 다만 쉬고 싶을 뿐.
샤아아아아—
또다시 바람이 불어와 먼지를 쓸어간다. 그리고 나타나는 광경. 어느새 환호를 외치던 관중들도 모두 조용해졌다.
장염 형이 나타났다. 검을 들고 있던 오른쪽 팔이 완전히 잘려 버린 채로.
"쿨럭! 크흠. 이… 거 완전히 당해 버렸는데……."
장염 형은 감도가 줄어들었을 것임에도 고통스러운 표정을 지으며 중얼거렸다.
또 괜히 미안해진다. 비무를 하다 보면 이렇게 사고도 나는 법인데 아는 사람을 다치게 하면 왠지 미안해진다. 아무리 비상이 리얼리티를 강조한다 해도 한쪽 팔을 붙이는 건 힘든 일이 아니지만 그래도 팔이 통째로 잘리는 느낌을 주었으니…….

미안한 점도 있지만 다행인 것은 장염 형에게도 더 이상 움직일 힘이 없어 보인다는 것이다. 들끓던 기파는 어느새 유유히 흘러갔고 비무대 위는 정적만이 모습을 드러내고 있었다.

지금 생각하면 내가 생각해도 너무 무모한 짓이다. 아무리 내가 도제도결의 무공 중에서 '강능파천도' 라는 강(强)의 무공을 익혔다지만 기본적으로 무게있고 힘있는 검법을 구사하는 장염 형에게 함부로 파워를 사용하여 맞선 것은 정말 멍청한 짓이었다.

아무리 봐도 내가 요즘 연승 행진을 거듭하다 보니 상대의 주특기로 상대를 이길 수 있다는 자만심에 휩싸였나 보다. 그나마 이긴 것도 막강한 내공 덕분이지 파워만으로 겨뤘다면 내가 패하고 말았을 거다.

"승자는 광무제 무황 대협!"

"무황! 무황!"

"와아아아아!"

사회자가 승자의 이름을 말하자 관중들이 환호했다. 이겼지만 기쁘지 않았다. 실려 나가는 장염 형을 보며 마음이 씁쓸해졌다. 실력으로 이긴 게 아니다. 단지 운이 좋아 남보다 많은 내공으로, 무식하게 밀어붙여 따낸 승리다. 현월광도를 사용해서 싸웠다면 훨씬 빨리 끝낼 수도 있었을 비무다. 내 자만심이 불러낸 화다.

난 발길을 돌려 비무장을 벗어나려다 문득 고개를 돌려 장염 형을 바라보았다. 장염 형은 실려 나가는 도중에도 잘려 나간 오른쪽 팔이 아닌 왼쪽 팔의 주먹을 쥐고 엄지손가락을 세우고 있었다.

"하… 하하하."

괜히 웃음이 나왔다. 주변 사람들이 눈치 채지 못할 아주 작은 웃음이지만 웃음이 나왔다. 장염 형이 나를 위로해 주는 거다. 그래, 이미 지난 일을 후회해서 뭘 하겠어. 앞으로 자만심과 벽을 쌓으면 되는 거잖아.

난 비무대에서 내려와 대기실로 향했다. 가슴이 약간 무거운 느낌도 없진 않았지만 잘못을 깨달았다는 것은 잘못을 하고도 모르는 것보다 나은 것이란 생각에 어느새 가벼워지는 느낌이 들었다. 드디어 이제 비무는 그 마지막을 향해 달리고 있었다.

◆비상(飛翔) 서른세 번째 날개

음모 그리고…….

비상(飛翔) 서른세 번째 날개 음모 그리고…….

거처에 돌아왔을 땐 초매는 운공 중이었다. 패왕에게 내상을 입은 것이 아직 완치되지 않았기에 저렇게 하루빨리 내상을 치유하려는 것이었다. 덕분에 난 거처를 잃고 죽림의 어느 한구석에서 수면을 취할 수밖에 없었다.

그동안 말은 안 했지만 비상의 시스템 중 일부분의 것은 만 19세 이상 등급으로 판정을 받은 게 있다. 예를 들면 잔인한 장면은 아이들의 정서에 안 좋아서 카툰으로 나오게 한다던가 뭐 그런 것이다.

그런 시스템 중 사람들의 가장 많은 환호와 비평을 받은 것이 있었으니 바로 합방, 음… 그러니까 음양의 조화라고도 하는 남녀 간의 성행위였다.

나참, 아무리 리얼리티를 강조한다지만 게임에 왜 그런 것까지 도입시키는지 정말 황당할 따름이다. 어쨌든 초매와 한 방에서 지내다 보면 나 자신이 언제 늑대로 변할지 모르는 터라 솔선수범해 밖에서 밤을 지새우는 중이었다.

초매의 상태는 생각보다 심각하지 않았다. 초매의 내공심법이 자체적으로 내상을 억제하는 묘용을 가지고 있는 데다 정말 의도치 않게 녹아들어 간 내 용연지기가 내상의 치료를 도와 더욱 빠른 속도로 내상이 치료되고 있었다. 비록 내상을 다 치료하면 사라져 버릴 테지만 용연지기에 그런 능력까지 있다는 것은 새로운 발견이었다.

난 주변의 기파를 살펴 아무도 없는 것을 확인한 후 백면귀탈을 벗고 짐에서 몇 개 남지 않은 벽곡단을 한 개 꺼내 먹으며 휴식을 취했다. 그렇게 조금의 시간이 지나자 곧 초매가 눈을 떴다.

"휴우……."

"깨어났구나."

"아아, 언제 돌아오셨어요?"

"응, 방금 왔어."

아직 내상이 완벽히 낫지 않아 조금 창백한 얼굴을 한 초매는 그래도 아름다웠다.

"이제 몸은 좀 괜찮아?"

"네, 많이 나아졌어요. 이제 이틀 정도만 더 요상을 취하면 완치될 것 같아요."

"흠… 그렇군."

"아, 근데 나가셨던 시합은 어떻게 되었어요?"

초매의 물음에 난 잠시 말문이 막히는 것을 느꼈다.

쩝, 뭘 그런 걸 물어보나. 그다지 좋은 내용의 비무도 아니었는데. 그렇다고 아무 말도 안 할 수도 없고… 어휴~

"응, 상대는 장염 형이었는데 간신히 이길 수 있었어."

"아! 그랬군요. 어디 다치신 데는 없죠?"

"물론이지. 내가 누구야. 광무제 무황이라고."

"후후, 제가 괜한 질문을 했네요."

아아, 저 살포시 짓는 웃음이 어떠한가. 가히 선녀의 귀싸대기를 후려치기에도 부족하지 않은 그런 미소구나. 으흐흐흐.

잠시 초매와 대화를 나누던 나는 곧 운기조식을 취했다. 장염 형과의 비무로 써먹은 내공의 양이 장난이 아니기 때문에 내일 있을 비무를 대비해서라도 이렇게 운기조식을 취해야 하는 것이다.

운기조식을 하는 것에 따라 진기가 천천히 순환되었고 진기가 내 의지에 따라 전신 세맥을 돌아다니며 커다란 원을 그리듯 회전하기 시작했다.

그렇게 진기가 순환됨에 따라 전신이 진기로 충만해져 감을 느끼며 난 눈을 떴다. 눈을 뜨니 초매는 날 기다리다 지쳐 잠이 들었는지 의자에 앉아 침상에 엎드린 채 자고 있었다. 크윽! 나 같은 늑대를 어찌 믿고 이런 무방비 상태를 유지하는 거야! 안 돼! 최효민! 아니, 사예! 넌 이러면 안 돼!

난 순식간에 늑대로 변하려는 본능을 이성으로 간신히 억누르며 급히 오두막을 빠져나왔다. 그러면서 백면귀탈을 가지고 나오는 것도 잊지 않았다. 안이야 밖에서 잘 안 보인다지만 혹시 누군가 내 모습을 봤다가는 지금껏 숨겨왔던 정체가 모두 탄로날 수도 있기 때문이었다.

밖으로 나오자 새파란 하늘에 붉은 물감을 부어놓은 것처럼 새빨갛게 물들어 있었다. 노을이다.

흠, 내가 그렇게 운기조식을 오랫동안 했나? 오두막에 들어왔을 때만 해도 아직 정오를 조금 넘긴 시간이었는데 벌써 노을이 지다니…….

그러다가 문득 떠오르는 잠자는 초매의 모습.

"아아악! 안 돼! 너 왜 이러는 거야! 아아아악! 수련! 수련이나 하자!"

내공을 보충하려 운기조식을 취한 지 채 10분도 안 됐지만 이미 전신엔 내공이 충만해서 힘이 넘쳐흘렀고 무의미하게 시간을 때울 바엔 현월광도의 수련이나 하는 게 낫다는 생각에 한월을 뽑아 들었다. 음, 사실은 잡생각(?)을 잊기 위한 노력이기도 하다. 크흠.

여섯 명이 남은 시점부터는 서로의 비무를 관전하는 것조차 허용되지 않았다. 그래서 다른 사람들에게 듣기 전에는 그 비무의 결과조차 알기 어렵다는데 내가 누군가. 광무제 무황 아닌가. 그런 방식에 따를 리가 없단 말씀. 나만 내 실력을 보여주고 비무를 하는 건 너무 억울하잖아!

난 내 전용 자리인 대들보에 올라섰다. 여기라면 운영자를 제외한 누구도 내 정체를 알지 못할 테니 조심해야 할 건 운영자뿐인데 들켜 봤자 그들이 어쩔 텐가? 운영자가 마음대로 못하는 게임인데 내 아이디를 삭제도 못하잖아. 음핫핫핫!

물론 이 말을 강민 형에게 해줬다가는 딱 죽기 두 대 전까지 맞고 한 대 더 맞겠지만 이 자리엔 강민 형도 없다고! 크하하하하.

"……."

자중하자.

내가 비무장에 도착한 시기는 오늘 펼쳐지기로 한 두 번의 비무 중

첫 번째 비무가 시작된 뒤였다. 비무의 선수는 바로 광투제(狂鬪帝) 투황(鬪皇) 투귀(鬪鬼)와 초매에게 내상을 입힌 패왕이었다.

투귀는 비무마다 미친 듯 싸우는 모습을 보여줘 빛 광 자를 받은 나와는 달리 미치다 광 자를 받아 광투제라는 별호를 얻게 되었다. 으윽! 난 어째 저놈과 이렇게 많이 얽히는지…….

비무가 시작된 뒤 제법 시간이 지났는지 투귀와 패왕은 서로 옷까지 이곳저곳 찢어지고 몇몇 군데에선 피를 흘리고 있었다. 호오, 투귀를 상대로 저렇게까지 하다니…….

초매를 상대할 때부터 알아봤지만 강하긴 정말 강하군! 그리고 투귀! 1년 전에 봤을 때완 비교도 안 될 정도의 기파를 내뿜고 있다.

"그래, 나만 발전한 게 아니라는 거군."

나도 모르게 주먹이 쥐어지는 것을 느끼며 비무대를 주시했다. 투귀와 패왕은 내공을 점점 더 끌어올리고 있었고 서로를 향해 투기를 내뿜고 있었다.

그런 둘이 맞붙었다.

"타하!"

"크아압!"

투귀는 녹빛의 팔 보호대와 각반을 찬 상태로 패왕에게 강한 일권을 내뻗었다. 그 기세가 가히 비무대 전체를 진동시킬 정도로 대단하기 이를 데 없었고 그런 투귀의 일권을 맞아가는 패도의 기세도 전혀 밀리지 않는 그런 기운이었다.

카캉!

일권을 살짝 틀어버리며 팔 보호대로 도의 기세를 넘겨 버린 투귀는 팔꿈치로 패왕의 명치를 노려갔다. 투귀의 보법은 일보일보(一步一步)

안정되고 또한 쾌속했다.

순식간에 거리를 좁혀 들어가는 투귀의 보법에 패왕이 당황할 만도 하지만 내가 못 본 짧은 비무 시간 동안 겪었던 바가 있는지 도세를 틀어 그 반동을 이용해 몸을 튕겨 뒤로 빠졌고 덕분에 팔꿈치 공격을 피할 수 있었다. 그러면서 틀어진 도세를 다시 이동시켜 투귀를 노려가는 패왕.

화려한 느낌은 없었지만 무엇이든 파괴시킬 수 있는 강력한 힘이 느껴지는 도법을 구사하고 있었다. 음, 굳이 비교하자면… 그래, 장염 형의 중검법과 비슷한 도법.

그러나 장염 형의 중검법이 일타를 노리는 일격필살의 검법이라면 패왕의 도법은 중검법보다는 약하지만 끊이지 않는 도세를 가진 도법이었다.

내가 도법에 대해 해설하는 중간에도 둘은 맞붙어서 서로에게 공세를 퍼붓고 있었다. 그러나 둘 다 하나의 치명타도 허락하지 않은 채 계속해서 공방을 섞고 있었다.

패왕에게 갚아야 할 일도 있고 투귀보다는 패왕 녀석이 나을 것 같으니! 패왕 이겨라!

고오오오오!

어느새 둘의 권과 도에는 각각 강기가 피어오르고 있었다. 점점 더 고조되어 가는 분위기. 그 속에서 미친 듯이 움직이는 두 사람의 모습은 진정 전투를 위해 존재하는 사람들의 모습이었다.

쾅! 카쾅!

투귀의 팔다리와 패왕의 도가 부딪칠 때마다 굉음을 내며 터뜨려 갔고 서로의 공격 속도 역시 점점 더 빨라져만 갔다.

콰앙!

거대한 맞부딪침.

그것을 마지막으로 둘은 거리를 두며 떨어졌다. 그리고 서로를 노려보며 점점 더 살기와 투기를 피워갔다.

언제까지나 계속될 것 같은 긴장의 순간, 갑자기 패왕은 피워 올리던 살기와 투기를 거두어갔고 마침내 한마디를 내뱉었다.

"기권이다."

에? 기권? 무슨 소리야? 기권이라니!

나를 비롯한 모든 사람이 놀라든 말든 패왕은 그 한마디를 내뱉고는 홀연히 비무대를 벗어났고 곧 비무장에서 그 신형을 감추었다. 투귀는 자신이 무시당한 기분이 들었는지 전신에서 기운을 뿜어내며 투기를 발산했지만 상대가 없는 차원에서 그렇게 힘을 써봤자 소용이 없었다.

사회자는 투귀의 승리라는 단어를 내뱉었지만 투귀는 뭐가 그리도 불만인지 크게 화를 내며 비무장을 벗어났다.

음, 패왕이 이기길 바랐건만……. 젠장, 복수도 못하고 내가 제일 싫어하는 놈이랑 붙게 생겼잖아.

물론 다음 시합에서 누가 이기고 또 랜덤에서 누가 결승으로 올라가느냐에 따라 달라지겠지만 그래도 왠지 모르는 이 불길함은 무엇인지…….

하느님, 부처님, 알라신이여! 제발 투귀를 막아주소서!

마지막 비무는 성군 단엽과 비왕이란 사람의 비무였다. 그런데 이게 웬 말인가. 비왕도 다른 사람과 마찬가지로 비무장에 나타나지 않았다. 마치 처음부터 없었던 사람처럼.

관중들을 비롯한 모든 사람은 이런 의외의 상황에 고개를 갸웃거릴 수밖에 없었다. 하긴 최고를 가리는 비무대회에서 거의 막바지에 달했는데 갑자기 사라질 이유가 없잖아. 정말 이해 못할 상황이군. 패왕은 갑자기 시합 도중 기권을 하더니 이젠 그냥 사라져 버리기까지? 정말 무슨 일이 있나?

어쨌거나 라스트 3인은 나와 투귀, 그리고 단엽으로 좁혀졌다. 결승으로 가는 직행 버스를 타기 위해선 랜덤이라는 미확인 물체에 기대를 걸어야 하는 건가?

난 다시 죽림으로 돌아와 현재 초매가 있는 오두막으로 왔다. 결승전은 내일 치러지기 때문에 시간적으로 여유가 생긴다. 그 시간 동안 무얼 하며 지내리. 무공 수련이나 해야지.

초매는 로그아웃을 했는지 아니면 정말 깊은 잠이 들었는지 내가 왔음에도 깨어날 생각을 하지 않았다. 난 그녀에게 싱긋 미소를 지어주고는 땅바닥에 가부좌를 틀고 앉았다.

내공심법을 연성하는데 이런 가부좌만한 자세가 또 없지. 잘은 모르지만 기 순환이 더 활발해진다던가?

가부좌를 튼 나는 서서히 진기를 끌어올렸고 곧 몸 곳곳 세맥까지 진기의 흐름이 느껴지며 나 자신을 잊는 지경, 무아지경에 빠져들었다.

칠흑 같은 어둠의 공간에 난 서 있다. 음, 어둠의 공간인가? 이곳도 오랜만이군. 근데 내가 왜?

내가 의문에 고개를 갸웃하는 사이 누군가의 말소리가 들렸다.

"효민아!"

"아, 강민 형."

"그래, 임마. 왜 이렇게 만나기가 힘드냐?"

목소리의 주인공은 강민 형이었다. 하긴 NPC였던 초매도 사라졌으니 날 이곳에 부를 사람이라곤 강민 형밖에 없지.

"무슨 일 있어?"

"그래, 아주 심각한 일이다."

심각한 일이라… 대충 짐작이 가는군.

"비무대회의 일이군."

"그래, 이번 비무대회에 인공지능의 창조물, 일명 창조주의 파편이 개입했다."

"뭐?!"

이번 비무에 창조주의 파편이 개입했다고? 그럼 이 모든 게 조작된 거란 말이야?

"네 표정을 보니 무슨 말을 하려 하는지 다 알겠다. 이 비무대회가 짜고 치는 고스톱이 아닌가 이 말이지? 전혀 관계가 없다고는 할 수 없어. 인공지능의 진로를 조사하던 중 우연히 비무대회에 대한 단서를 찾아냈어. 그래서 우리도 우리 측 요원을 급히 파견했지."

"그래서?"

"어느 정도 올라갈 것을 예상한 것과는 달리 유저들의 수준이 너무 높아져서 어이없이 본선 초반에서 탈락하고 말았어. 정말 운영자 팀의 요원들의 수준이 이래서 어떻게 되려고 하는지……."

한심하긴 하다. 운영자 팀에서 이것저것 여러 가지를 도와주며 키웠을 텐데 고작 유저들을 이기지 못하다니……. 하긴 아무리 그런 사람들이라 해도 대한민국 폐인 정신이 골수 깊숙이 박혀 있는 우리나라 사람들을 따라잡기엔 힘들겠지.

이런, 말이 딴 데로 빠졌군. 강민 형도 그것을 눈치 챘는지 괜히 헛기침을 해대며 말을 이었다.

"그런데 우리 측에서 창조주의 파편이라고 예상했던 자들이 기권을 해버리는 사태가 발생했어. 예상치 못한 결과지. 그 말은 그들이 노린 게 비무대회의 우승은 아니라는 건데 그렇다면 남은 게 뭘까?"

강민 형은 말을 하던 중 잠시 말을 끊고 입술에 침을 묻혔다. 그럴수록 내 궁금증은 증폭되어만 갔다. 빨리 좀 말하지.

"우린 그 이유를 알기 위해 인공지능의 깊숙한 곳까지 찾아 들어가느라 애 좀 먹었지. 그리고 발견했다. 소림사 장경각(藏經閣)을 주시하는 인공지능의 흔적을."

"장경각?"

"전 강호 무림 무공의 집합소라 해도 좋을 만큼 수많은 무공이 보관되고 있는 소림사의 비고야. 극도로 사악한 마공부터 절대적으로 정순한 정공을 거쳐 저잣거리에서도 구할 수 있는 무공까지 전부 보관되어 있지. 그곳을 인공지능이 노리고 있다 이 말이야."

강민 형의 말을 들은 나는 몇 가지 의문이 생겼다.

어째서? 인공지능이 뭐가 아쉽다고 무공들을 노리는 건가? 구하려고 한다면 얼마든지 구할 수 있을 텐데? 굳이 정파무림의 태산북두라고 할 수 있는 소림사를 건드릴 필요가 있는 건가?

그리고 그 모든 물음의 답은 하나의 단어에서 찾을 수 있었다.

초절정무공!

초절정무공이 장경각에 있거나 아니면 그 힌트라 할 수 있는 무언가가 장경각 속에 있는 거다!

그렇다면 큰일이잖아. 우리 측에서는 아직 하나의 비밀도 풀지 못했는데 인공지능 측에서는 또 다른 초절정무공을 노리고 있다는 거라면…….

막으려고 해도 녀석들이 노리는 게 무엇인지를 알아야 막을 거 아닌가.

"하지만 그걸 안다고 해서 별로 달라지는 건 없잖아. 장경각을 지키는 거야 내가 나서지 않더라도 소림사 측에서는 눈에 불을 켜고 지킬 텐데 내가 돕는다고 해서 별로 달라질 게 있겠어? 거기다 녀석들이 노리는 것이 뭔지도 모르는데 무작정 나설 수는 없잖아."

"걱정 마. 인공지능의 시선을 따라가 본 결과 녀석들이 노리는 것은 네 가지로 압축되었으니까."

네 가지? 장경각은 무공을 보관하는 곳이라고 했으니까 네 가지 모두 무공이겠고 소림의 절학 역근경이나 뭐 그런 건가?

"역근경(易筋經), 세수경(洗髓經) 같은 거 말이야?"

"아니, 아니야. 역근경과 세수경은 소림에 없어서는 안 될 중요한 절학이지만 비상에서는 그것들을 무공으로 취급하지 않아. 그냥 경서로 취급하는 정도이지. 그리고 인공지능의 시야에서는 벗어나 있어."

"그럼?"

"분영보(分影步)라는 보법과 낙뢰검법(落雷劍法)이라는 검법, 환염장(煥炎掌)이라는 장법, 금강진공(金剛眞功)이라는 기공술이 그 네 가지야. 모두 외 3등급 이상의 무공들로 가히 최고라 불려도 좋을 만한 무공들이야. 하지만 인공지능이 소림사에 숨어들면서까지 노릴 만한 건 아니지. 인공지능이 구하려고 생각만 한다면 비상의 곳곳에 퍼진 무공들은 금방 그 위치를 알 수 있을 테니까. 아마 이 네 가지 무공 중에서 초절정무공에 대한 비밀이 숨겨져 있지 않을까 추측되고 있어."

내가 아는 무공이라고는 하나도 없지만 전부 외 3등급 이상의 무공이라니 확실히 대단한 무공들이라는 소리다.

보통 사람들 같으면 그런 무공이 있다는 말에 탐욕이 잔뜩 깃들겠지만 인공지능은 이 세계의 지배자라 해도 좋은 존재. 그런 존재가 겨우 그런 무공을 노리는 것은 말이 되지 않는다.

역시 그 무공들에 무언가 숨겨진 게 있어.

"어쨌든 지금 네가 그들을 막아줘야겠다. 간신히 추적하고 예상한 결과 그들은 이틀 후 장경각을 노릴 거야. 그걸 네가 막아야 해."

"소림사에 알리는 게 낫지 않을까?"

"아니, 그렇게 한다면 경비는 강화되겠지만 만약에 창조주의 파편이 그들을 유유히 따돌리고 무공을 탈취할 경우, 네가 그들을 뒤쫓는 데 방해가 될 수도 있고 또 더욱 혼란만 가중시킬 수도 있어."

그런가? 하지만 그것만으로는 이해가 되지 않는다.

"그리고 또 한 가지. 이번 일로 현재 우리 운영 측에 대한 권한이 비상 유저들 측에 퍼질 수도 있어. 그렇게 될 경우 최악의 결과로 비상의 모든 데이터를 삭제해서 다시 되돌릴 수 없을지도 몰라. 이건 내가 일자리를 잃고 말고의 문제가 아닌 비상을 플레이하는 모든 유저가 피해를 입을 수도 있다는 거야. 비상의 계획은 전면 무효에 앞으로도 이런 계획은 꿈도 못 꾸게 되어버린다고."

역시 그렇군. 젠장, 이거 일이 점점 커져 가는데?

"근데 잘못하다가는 비무 결승전이랑 겹쳐서 우리 쪽 전력이 감소되지 않을까? 비무를 이대로 기권해야 해?"

"아니, 그랬다가는 괜히 혼란만 가중될 거야. 비무대회에 나가. 비무대회는 내일 아침에 준결승, 그리고 오후에 결승전이 있으니까 이틀 후에 쳐들어오는 것에는 그다지 영향을 받지 않을 거야."

"좋아, 내가 막지."

"그래, 정말 고맙다. 만약 그들이 무공서 탈취에 성공할 경우 단순한 도둑으로 치부해서 그들의 추적에 대한 제재가 조금 줄어들 거야. 마음 놓고 행동하도록. 네 모든 힘을 다 보여주라고!"

"좋아!"

그렇게 강민 형과 몇 마디를 더 나누다 어둠의 세계를 빠져나왔다. 이미 내공은 충만해질 대로 충만해져 있었다. 난 가부좌를 풀지 않고 그대로 생각에 잠겼다.

인공지능의 개입이라…….

애초에 그 노인이 나를 비무대회에 초대할 때부터 어느 정도 예상했던 일이지만 이 정도로 큰일을 치다니……. 이건 내게 내는 도전장인가? 막아볼 테면 막아봐라는? 그렇지 않고서야 날 초대할 리가 없잖아. 물론 그렇지 않다 해도 왔을 테지만.

머리가 지끈거린다.

갑자기 할 일이 많아진 느낌이다. 요 며칠간에 느낀 긴장감과는 비교도 안 될 정도의 무언가. 긴장감이 아니다. 흥분감. 심장을 찌르는 듯한 흥분감.

"이틀 후라……."

너무나 갑작스러운 일이라 내겐 시간이 부족했다. 그리고 그 시간을 채우기 위해서는 조금이라도 더 빨리, 그리고 열심히 움직여야 한다. 한다! 해보자!

우선 내게 닥친 일은 비무대회에서 우승하는 것이다.

랜덤.

비상 측에서는 제비뽑기라는 절대적인 방법을 내세워 부전승을 결정했다. 검은 공 하나와 흰색 공을 상자에 넣어두고 한 명씩 뽑는 방법이라는 제비뽑기.

이 엄청나고 확실한, 공평한 결과에 난 준결승전을 거쳐야 결승전으로 진출할 수 있게 된 영광을 맞이했다. 젠장!

그리고 준결승전의 상대는 천하제일인 성군 단엽이다.

내가 부전승으로 결승에 진출하고 투귀와 단엽 중 단엽이 투귀를 간신히 이기고 초죽음이 된 채 결승에 올라온다는 아주 멋진 꿈을 잠깐 꾸었으나 신은 나를 버리고 투귀를 택하는 부정적인 결과를 돌출했다.

한마디로 요약하자면 '빌어먹을' 이다.

"아아, 싸우기 싫어하는 나를 부전승으로 올리고 싸움에 미친 투귀 녀석을 여기에 데려다 놓을 것이지 왜 나를……."

평소에 선행을 베푸는 내게 왜 이런 시련을 주냔 말이야. 이대로 가다간 아무리 최고의 컨디션으로 간다 해도 인공지능 패거리가 쳐들어올 때쯤이면 난 초죽음이 되어 있을 거다. 크윽!

어휴, 어차피 정해진 건 이미 정해진 거고 별수없지. 우선 성군 단엽에 대해 살펴볼까?

천하제일인(天下第一人) 성군(聖君) 단엽(單葉).

구신(九神)의 정삼신(正三神) 중 가장 상석(上席)이라는 성(聖)의 직업을 가지고 있으며 일차 직업인 성자(聖子)라는 직업을 가지고 있을 때부터 강력한 무위와 정의로운 행동으로 공공연히 천하제일인으로 불리우는 인물이다.

구신 중 가장 빨리 승급했다고 알려져 있는데 승급 후 성군(聖君)이라는 직업을 가지게 되었다. 애호하는 무기는 검(劍)이며 절정의 검법을 수련한 것으로 추측된다.

하나 사람들에게 알려진 것과는 달리 그의 무위는 아직 정확히 판단되지 않았다고 한다. 몇몇 사람의 말로는 비상 내에서 따라올 자가 없고 굳이 비교하자면 마교(魔敎) 교주 마존(魔尊) 천마(天魔)가 그 비교 대상에 오른 인물이다.

문제는 이 이상, 검법의 특징에 대한 것이라든가 그런 걸 모른다는 거다.

"크윽! 결국 아는 건 검을 사용한다는 것을 빼곤 아무것도 없는 거잖아!"

한차례 절규는 쓰린 마음을 달래주는 데 좋다던가. 크윽! 근데 별로 도움되는 것 같지는 않다.

"아무것도 모르는 상태에서 어쩌면 나보다 더욱 강할지도 모르는 상대와의 비무라? 이거 정말 큰일이 뭔지를 단적으로 보여주는 예로군."

아아, 혼자 중얼거리는 것도 이젠 신물이 난다. 강민 형과의 대화를 알려주려고 상처가 거의 완치된 초매를 친구들에게 보냈고 덕분에 난 다시 혼자가 됐다. 옛날부터 혼자가 익숙했지만 방금 전까지 누군가 옆에 있다가 갑자기 사라지면 고독감이 밀려오는 것은 어쩔 수 없잖아!

"아! 드디어 시간이 다 되어가는군!"

드디어 비무 시간이다. 힘은 들망정 이렇게 혼자 궁상 떠는 것보다는 비무를 하는 게 백배 천 배 낫지. 암, 그렇고말고.

난 백면귀탈과 죽립, 승룡갑, 한월의 상태를 확인한 후 대기실을 나섰다. 죽림의 내가 머무르는 오두막도 아니고 대기실에서 주접을 떤 게 조금 쪽팔리긴 하지만 어차피 누가 보지도 않았을 텐데 뭐 어떠리.

만약 봤다가는 한껏 올려놨던 무황의 이미지 극감이지 뭐.

내게 주어진 개인 대기실과 비무장을 이어주는 긴 복도가 눈앞에 보였다. 오늘따라 유난히도 짧으면서 길어 보이는 복도. 그 복도 너머로 사람들의 환호 소리가 들려오기 시작했다.

"곧 천하제일 비무대회 준결승이 시작되겠습니다!"

사회자의 목소리. 원래 이 목소리를 듣고 대기실에 나와도 별 상관은 없다. 다만 오늘은 내가 좀 부지런하게 행동한 것뿐이지. 쩝, 사실은 혼자 심심해서 그런 거지만.

잠시 복도의 마지막 부분에 서서 내가 호명되기를 기다렸다.

"성군 단엽 대협과 광무제 무황 대협의 준결승이 시작되겠습니다!"

"우와아아아아!"

좋아, 나갈 때로군. 아, 바로 등장하면 기다린 티가 나니까 조금 기다렸다가 나가야겠군.

내가 그렇게 뜸 들이는 사이 반대쪽에선 한 남자가 비무대로 오르기 시작했다.

굵직굵직한 얼굴 선이 강직해 보이고 깊은 눈동자는 '나 착한 남자요' 라고 표를 내는 듯이 아주 맑았다. 그리고 깊숙하게 숨기고는 있지만 아주 조금씩 피어나는 기세. 정파의 표본이랄까? 어쨌든 누구나 한 번 보면 호감이 갈 정도로 아주 잘생기기까지 해서 여러모로 마음에 들지 않았다. 쳇! 나 빼놓고 잘생긴 남자는 다 죽어야 한다니까.

어느새 나도 복도를 빠져나와 비무대 앞으로 발걸음을 내딛는 중이었다. 비무대에 올라서서 정면으로 바라본 단엽의 인상은 뭐랄까… 성격까지 좋은 것 같아 더욱더 마음에 들지 않는다. 정말.

"비무 시작합니다!"

징!

징 소리가 울렸고 난 서서히 한월을 뽑아 들었다. 한월을 뽑지 않고 상대할 만한 수준의 상대가 아니다. 결코.

그런데 단엽은 검은 뽑지 않고 포권을 취하며 입을 열었다.

"반갑습니다. 단엽이라고 합니다."

"……."

"무황 대협이시군요. 과연 듣던 대로 굉장한 기세를 뿜고 계시군요. 좋은 비무 가졌으면 좋겠습니다."

스르릉—

단엽은 자신의 할 말을 다하고 검을 뽑았는데 원래 나 같으면 포권을 취하는 동안 바로 공격했겠지만 단엽이 은연중에 내뿜고 있는 기파가 내 그런 의지를 막아서고 있었다. 떨치려면 충분히 떨칠 수 있겠지만 상대에게 흥미가 가기도 하고 괜히 공격했다가 나만 나쁜 놈으로 몰릴 것 같아서 그냥 기다려 준 것이다.

맑은 소리를 내며 뽑힌 단엽의 검은 결코 아무 데서나 볼 수 있는 검도, 비싸지만 그래도 구할 수 있는 보검(寶劍)도 아닌, 최상급의 보검 같았다. 흠, 천하제일인이 아무런 검을 지니고 다닌다는 게 우선 말이 안 되지.

무협 소설을 보면 천하제일인 같은 고수는 아무 데서나 파는 철검을 지니고 다닌다던데 비상에서 그건 미친 짓이다. 그 무협 소설에는 아무 데나 굴러다니는 철검이 비상에선 뛰어난 보검 정도의 능력이지 않는다면 말이다.

고수라면 자신에게 맞는 무기가 필요하다. 무기가 내공을 견디지 못하고 터져 버린다면 고수는 자신의 전력도 다해보지 못한 채 패하고 말 것이다. 실력의 엄청난 차이가 있다면 모르지만 자신과 비슷한 무위를 가진 상대와 싸울 때 어설픈 무기로 깝죽대다가는 백이면 백 패배다.

그 고수가 내공을 밖으로 빠져나가지 않게 할 정도의 고수라더라와 같은 말을 하면 내가 더 이상 할 말은 없지만 어디까지나 난 내가 겪은 일을 말하는 거다.

예전 현마의 숲을 통과할 때 박도가 도기도 제대로 견디지 못하고 박살나 버린 일이 허다했기 때문에 말이다.

아아, 또 혼자서 웬 헛소리냐. 어쨌든 그건 그렇고 지금까지와의 상대와는 달리 단엽의 기파는 아주 고요했다. 검강을 펼치지 않아서 그런 것일지 몰라도, 아니, 단엽은 검강을 펼치더라도 이 고요한 기파가 변할 것 같지는 않았다. 왠지 그런 느낌이 들었다.

"그럼 갑니다."

그렇게 외치며 검을 찔러 들어오는 단엽. 빠르지도, 특별한 기운이 담기지도 않은 그냥 형식적인 공격이었다. 앗! 선공을 놓치다니! 젠장, 아깝다.

아까운 건 아까운 거고 아무리 형식적인 공격이지만 찔리면 피나고 피 많이 나면 비무에 지는 건 둘째 치고 죽을 테니 이대로 가만히 서 있을 수는 없잖아. 난 한월을 내리긋는 것으로 간단히 검을 튕겨내고 그대로 원주미보를 밟았다.

느리긴 하지만 기기묘묘한 보법으로 단엽을 현혹하며 앞으로 달려갔다. 음, 내가 생각하기에 그렇다는 거지 단엽은 어떨지 모르지만.

"하압!"

단엽은 튕겨난 검을 회수한 뒤 다시 검을 떨쳐 내었고 마치 내가 어디에서 올 것인지 눈치 챈 것처럼 정확히 내가 향하던 곳으로 찔러 넣어 한순간 내 보법은 멈추고 말았다. 그리고 그 즉시 덮쳐 오는 단엽의 검. 그다지 빠르지는 않은 공격이지만 묘하게 피하기 어려운 곳을 노리고 있었다.

"흡!"

아무리 당황하고 또 검로가 묘하다고는 하지만 천천히 덮쳐 오는 검을 못 피할 내가 아니고 그것은 단엽도 알고 있는 사실인지 내가 검을 간단히 피해 버리자 곧바로 검로를 바꾸어 나를 베어왔다. 젠장, 장난하나?

캉!

한월을 돌려 단엽의 검을 살짝 뒤로 빠지게 쳐내며 단엽의 품으로 짓쳐 들어갔고 그대로 왼손을 뻗었다. 이미 왼손에 진기를 모아둔 상태였다.

"광뢰충장(狂雷充掌)!"

파지지직!

광뢰폭장의 초식인 광뢰충장은 일격필살의 각오로 펼치는 초식인데 그 파괴력이 광뢰폭장에서도 제일로 꼽힐 만큼 대단한 것이다. 광뢰폭장은 화려한 기술은 없지만 일장일장(一掌一掌)이 다른 일류무공의 최고 기술의 파괴력과 비등한데 그중에서도 최고 파괴력을 자랑하는 광뢰충장의 정확한 파괴력은 말하지 않아도 짐작할 수 있으리라.

가득 몰아놓은 진기 덕분에 아직 광뢰폭장이 5성에 오르지 않았음에도 왼쪽 팔에는 은은히 뇌전(雷電)이 덮여서 그 광포한 기세를 자랑하고 있었고 그대로 단엽에게로 뻗어 들어갔다.

장난하는 것도 아니고 힘도 싣지 않고 그렇다고 속도도 빠르지 않은 공격으로 나와 놀자는 거야 뭐야? 해보려면 한 번 제대로 시작해 보자고!

파지지직!

광뢰충장의 단점이라면 공격 속도가 좀 느리다는 건데 이렇게 가까이 붙은 상태에서 그런 건 별로 문제가 되지 않는다. 근접 기술로는 최고라 꼽혀도 상관없을 기술. 그런 기술을 펼쳤는 데도 단엽은 여전히 묵묵부답이다. 좋아, 그렇게 나온다면 나야 좋지!

마침 광뢰충장이 단엽의 상체에 닿고 있었다. 아니, 닿았다고 생각했다.

"……!"

이럴 수가! 왼쪽 어깨에 닿은 광뢰충장의 파괴력을 어깨를 비틀어 버림으로써 그대로 흘려버리다니! 내가 지금까지 공격을 흘리는 건 많이 봤지만 저렇게 절묘한 건 처음이다.

쾅!

흘려버린 장력은 그대로 날아가 비무대 바닥에 꽂혔고 단엽은 다시 검봉을 내게로 돌려 찔러 넣고 있었다. 여전히 느리고 힘없는 공격. 하지만 이젠 가벼이 여길 수 있는 공격 같지 않았다.

단엽의 검은 빠르지도, 굉장한 힘을 가지고 있지도 않았다. 그렇다고 그 안에 무언가 다른 힘이 들어 있는 것도 아니었다. 다만 거대한 힘에 거스르지도, 대항하지도 않고 유유히 흘려버리는 자연스러움이 배어 나왔다. 그리고 그 자연스러움으로 너무도 간단히 내 도세를 흘려버리고는 나를 노렸다.

분명 같은 방식의 공격임에도 불구하고 조금 전과는 전혀 다른 위력을 내고 있었다. 칫! 과연 천하제일인이란 명성은 아무나 가질 수 없다 이거지? 우선 이 흐름부터 끊어야겠군.

"운하난각(雲霞亂脚)."

슈슈슛!

구름이 사방으로 퍼져 가듯 거침없이 다리를 뻗는다. 환상인지 실상인지 알 수 없을 정도의 수많은 변화를 담은 초식. 운영각의 초식이었다.

지금까지 지켜본 바로 단엽의 검은 간단하면서도 묘한 기술을 쓰며 날 공격해 왔는데 그 공격에 신경 쓰다 보니 정작 한눈에 드러나는 단점은 찾지 못했다. 아니, 찾았지만 무시해 버렸다.

많은 변화는 없지만 짧고 굵게 나가는 단엽의 보법은 확실히 싸구려 보법은 아닐 것으로 추정되나 왠지 조화가 이루어지지 않은 듯 곳곳에 검세와 어긋나고 있었으니 이것은 단엽이 아직 보법과 검법의 조화를 완전히 이루지 못한 것일 터!

수많은 변화를 담고 있는 운하난각으로 단엽의 보법을 혼란시킨다면 이 상황을 타계할 만한 찬스가 생길 것이다. 그리고 난 그 순간을 노려야 하는 거지.

"웃!"

화려한 발재간에 보법이 꼬인 단엽의 검세는 확실히 약해졌고 약해진 검세는 내 도세를 뚫고 들어오지 못했다. 약해진 검세에도 뚫릴 정도면 난 무황이란 이름을 반납해야 하는 거지.

흩어진 검세를 쳐내는 것쯤은 일도 아니지만 간단히 쳐내봤자 저 이해 못할 자연스러움으로 지금까지와 똑같은 상황이 연출될 것은 불 보듯 뻔한 일이고 방심을 타고 노린 운하난각이 만든 순간의 찬스가 다시 올지도 의문이다. 그러니 이번 수는 반드시 성공시켜야 한다.

우선 가볍게 가볼까?

"일섬탄지(一閃彈指)."

왼손 검지에서 번쩍 하는 섬광과 함께 일섬지의 초식 일섬탄지가 전개되었다. 섬전 같은 속도로 뻗어가는 일섬탄지의 지풍(指風)은 웬만한 고수도 막기 힘들 테지만 불행히도 단엽은 웬만한 고수를 아주 가볍게 제압할 수 있는 초고수!

과연 곧바로 단엽이 지풍을 막으려는 듯 흩어진 검세를 찾기 시작했다.

"자연유검(自然流劍)!"

일섬탄지의 지풍이 날아들자 단엽은 처음으로 초식을 펼쳤는데 검봉이 사르르 흔들리더니 지풍은 흔들리는 검봉을 타고 흘러갔다. 세상에…….

어떻게 보면 청운의 검법과도 유사했지만 청운의 검법은 극유(極柔)의 검에 웅후한 기세를 담은 것에 반해 단엽의 검법은 오직 자연스러움으로 공격을 타 넘겨 버리고 있었다. 입이 떡 벌어지게 만드는 고절한 수법.

하지만 이번에 펼친 일섬탄지는 나도 틈을 벌기 위해 펼친 것에 지나지 않다고.

난 곧 한월을 들고 있던 오른손에 집중시켜 놓았던 진기의 흐름을 풀어버렸다.

팡!

공기를 때리는 소리와 함께 한월을 든 오른손은 엄청난 속도로 뻗어가기 시작했다. 이건 내가 얼마 전에 발견한 공격법인데 내공을 사용해서 몸의 탄력을 최대로 높인 뒤 쳐내면 그 속도가 장난이 아닌 것이다.

도제도결 쾌 자결을 극성으로 펼쳐 내는 것과 비슷하다고나 할까?

그런 속도에 쾌 자결의 묘리까지 담겨 있으니 아마 내가 가진 공격법 중에서 가장 빠른 공격법일 것이다. 그렇다고 결코 파괴력이 약한 것도 아니다.

"……!"

단엽의 검이 다시금 앞을 가로막았으나 그보다 한월이 더 빨랐다. 좋았어!

설사 지진이 일어나더라도 막을 수 없을 것이라 예상했던 공격이었다. 그러나 내 예상은 보기 좋게 빗나가 버렸다.

카캉!

단엽의 몸통에 정확히 들이박은 한월. 그러나 한월이 그의 몸에 닿는 순간 무언가 단단한 게 닿는 느낌이 들었다.

이건 또 웬 쉿소리야?!

쾅!

뒤로 날아가서 땅에 처박히는 단엽.

먼지가 피어올라 시야를 가렸다. 씨름으로 치자면 내가 이긴 것이겠지만 복싱으로 치자면 이번이 첫 다운이고 비무로 치자면 어떻게 될 줄 모르는 그런 다운이었다. 분명 제대로 박혔다. 그런데 이 손의 느낌은 뭐지?

"쿨럭! 쿨럭!"

역시 살아 있었다. 먼지를 제치고 걸어나오는 단엽은 아무런 타격도 입은 것 같지 않았다. 연신 기침을 해대고는 있지만 먼지 때문일 거다. 도대체 어떻게?

그 순간 한월에 베인 앞섶 사이로 무언가 묵광을 내는 물체가 내 시야에 잡혔다. 그리고 쓰러지며 무복이 이리저리 찢겼는지 너덜너덜해져 있었는데 그 사이사이로도 묵광의 물체를 발견할 수 있었다. 저건?

"쿨럭! 크흠… 대단했습니다. 이 내갑(內鉀)이 아니었다면 이번 공격으로 제가 패했을 것입니다."

역시 내갑을 입고 있었어. 난 승룡갑을 입고 있으니 단엽이 방어구를 했다고 해서 욕할 처지는 못 되고 또한 운도 실력이라고 그런 장비 하나하나를 챙긴 사람이 나쁘다고는 할 수 없지.

단엽은 너덜너덜해진 무복이 거치적거렸는지 그냥 벗어버렸고 내갑을 입고 있는 모습이 훤히 드러났다. 전신이 묵광으로 덮힌 모습. 근데 저 내갑 어디선가 본 적이 있는 것 같은데.

"시부촌의 대장간에서 발견한 물건이 이렇게 도움이 될 줄 몰랐군요."

자, 잠깐. 시부촌? 그럼?

난 그의 내갑을 이모저모 뜯어보기 시작했고 곧 하나의 결론을 내릴 수 있었다.

젠장, 저거 내 거였던 내갑이다.

마왕충을 잡고 나왔던 내갑. 개조해 준다고 해놓고선 아르바이트생의 실수로 팔아버린 내갑. 그런 내갑을 이곳에서 보다니… 그리고 하필 단엽의 손에 들어갈 건 또 뭐냐고.

슈우우우우우!

갑자기 들끓는 기파. 이건? 단엽?

단엽의 전신에서 지금까지 느끼지 못했던 기파가 피어오르고 있었다. 지금까지 펼쳤던 검법과는 전혀 다른 성질의 기파. 하루 이틀 끌어올린 기파가 아니었다. 그리고 난 그가 처음에 펼친 검법이 왜 아직 어설펐는지, 왜 점점 더 나아졌는지 알 수 있었다.

"날 통해 무공 연습을 한 건가?"

"반드시 아니라고는 말할 수 없지만 꼭 그렇다고도 말할 수 없군요. 제가 처음 그 검법을 펼친 것은 당신을 상대하기 위해서 가장 알맞다고 생각했을 뿐입니다. 그러나 제 숙련도가 아직 낮은 것이 문제였고 별수없이 제가 주로 사용하는 검법으로 당신을 상대하게 되는 겁니다."

조용하면서도 뇌리 깊숙이 박히는 그런 목소리. 그 목소리가 묘하게 설득력있었다.

"말은 잘하는군."

"……."

말없이 검을 가슴 높이로 세우는 단엽. 분위기까지 바뀌어 버렸다.

"그럼 이제부터 진짜라는 건가?"

"그렇다고 봐도 무방할 겁니다."

"좋군."

단엽의 모습에 나 역시 천천히 도세를 피워 올렸다. 지금까지 놀았냐고 한다면 뭐라 할 말은 없지만 그래도 조금 더 집중력을 높였다고나 할까? 한번 제대로 해볼까?

고오오오오—

서로의 기세가 최고조에 달했고 주변의 기파가 들끓기 시작했다. 이제 맞붙어야 하는 거군.

콰아아앙!

"큭!"

"뭐, 뭐지?"

뭐야? 이 굉음은?

단엽과 맞붙으려고 하는 차에 갑자기 거대한 폭발음이 들려왔고, 폭발음이 들려온 곳을 쳐다보니 그곳에서 연기가 피어오르고 있었다. 방향을 가늠해 보니 소림사의 본사가 있는 방향이었고 난 갑자기 왜 폭발음이 울렸는가를 생각했다.

서, 설마? 장경각? 아니, 내일 쳐들어오는 게 아니었단 말이야?

아무리 딴 이유를 생각해 보려 했지만 따로 생각나는 게 없었다. 유일하게 생각나는 거라곤 인공지능이 장경각을 노리고 쳐들어오는 것뿐.

젠장! 이거 뭐 이 딴 식으로 전개되는 거야!

"한눈 팔지 마십시오."

잠시 폭발이 난 곳으로 신경을 돌렸던 나는 의외의 목소리에 단엽을 다시 바라보았다. 폭발에 신경이 분산되어 끌어올리던 내공이 주춤해진 나와는 달리 단엽은 한 치의 흐트러짐없이 나를 향해 집중하고 있었다. 마치 세상에 나와 자신밖에 없는 것처럼.

저놈 정파의 최고고수 격이면서 같은 정파인 소림사에 무슨 일이 생겼는지 걱정도 안 되나?

"넌 정파가 아니었나? 소림사는 같은 정파일 텐데?"

"괜찮습니다. 제가 정파에서 인정받듯 저 역시 무림의 태산북두 소림사를 믿습니다. 제가 할 일은 무황, 당신과 비무를 하는 것입니다."

보아하니 이대로 내뺐다가는 눈에 불을 켜고 나를 쫓을 상이다. 젠장, 무슨 정파 놈이 이래? 이건 사용 무기나 명분만 다르지 다른 건 투귀랑 하등 다를 바가 없잖아!

관중석 대부분의 사람들은 자리에 그대로 있었지만 몇몇 호기심이 강한 사람이 자리를 이탈하고 비무장 관중석을 나가는 것을 보니 더 초조해졌다. 막말로 저들 중에 인공지능이 있으면 어떻게 하냐고. 아니, 폭발음이 난 그 시점부터 이미 인공지능의 패거리가 일을 냈겠지.

하여간에 이놈을 어떻게든 따돌려야 할 텐데… 별수없군.

난 한월을 도갑 안으로 집어넣었다. 단엽이 이런 나의 행동에 의아해할 것이지만 나야 다 생각이 있어서 이러는 거다.

난 도갑을 멘 왼쪽 옆구리를 뒤쪽으로 가게 틀고 오른발을 앞으로 내밀었으며 시선을 단엽에게로 고정한 채 무게 중심을 낮췄다.

"아!"

단엽도 내 의도를 눈치 챘는지 나지막한 신음을 터뜨렸다.

도를 사용하는 도객(刀客)의 절대공격.

일격필살(一擊必殺)의 승부.

발도세(拔刀勢)의 자세를 취했다.

단엽과 나의 거리는 약 이 장(약 6미터). 한 번의 발도(拔刀)로 약 2미터는 이동한다 하더라도 공격을 적중시키기에는 턱없는 거리다. 하지만 난 더 이상 거리를 줄이지 않았다.

이미 내겐 충분한 거리다.

"차앗!"

크게 기합을 터뜨렸다. 하지만 공격은 들어가지 않았다. 내가 바라는 건 이 기합으로 인해 생길 순간의 긴장과 그 긴장 끝의 방심이니까.

"……!"

과연 단엽은 내 기합에 움찔했지만 곧 아무런 공격도 없자 자세가 약간 흐트러지는 것이 내 눈에 들어왔다. 내가 노린 게 바로 이 순간이라고!

"만월회!"

웅웅웅!

도갑에서 나온 한월엔 묵광의 도강이 맺혀 있었고 도명을 울리며 굉장한 속도로 펼치는 만월회의 초식에 따라 둥근 묵빛의 만월이 탄생되었다.

현월광도의 제오초 만월회의 초식이었다.

만월회를 펼치자 생성된 만월강기(滿月罡氣)는 단엽을 향해 폭사해 들어갔다.

쒜에에에엥!

"헛!"

만월강기가 단엽을 향해 달려들자 그는 신음성과 함께 기묘한 각도로 몸을 틀었다. 그러자 만월강기는 기묘한 각도로 꺾인 단엽의 몸을 살짝 스치고 지나갔는데 약간 힘들어 보였으나 그다지 독특할 것 없이 피해 버린 것이다.

칫! 방심했는데도 저런 움직임이라니…….

만월강기를 피한 단엽은 자세를 바로하며 입을 열었다.

"대단한 공격입니다. 순식간에 내공을 압축해서 도강을 만들어낸 것에다가 일정 모양을 갖춘 비도강을 쏘아내다니… 그리고 제 방심을 틈탄 것도 대단했습니다. 설마 그런 공격법으로 공격해 올 줄이야……. 분명 보통의 고수를 상대로 펼쳤다면 꼼짝없이 패했겠지만 저를 상대로 일격필살을 노리기엔 조금 부족하군요."

단엽의 말을 들으며 난 한월을 다시 도갑에 넣고는 살짝 오른쪽으로 발걸음을 이동했고 단엽도 나와 대치를 이루며 옆으로 이동했다. 그것뿐만이 아니라 난 왼손에 진기를 모았고 그렇게 몇 발자국을 더 이동하며 입을 열었다.

"예전에 솔로문이란 문파가 있었지."

"……?"

단엽은 갑작스러운 내 말에 의문을 표시했지만 난 계속 말을 이을 뿐이다.

"이류문파이긴 했지만 문도들의 전체적인 수준도 괜찮은 데다가 문파를 통솔하는 수뇌급 인물들은 제법 실력이 높았다. 당시의 나로서는 조금 힘들었을 수도 있는 싸움이었지. 하지만 그들도 방심 때문에 한 순간에 대부분의 수뇌들이 죽었고 결국 멸문하고 말았다."

"저도 그 사건은 익히 들어 알고 있습니다."

"그럼 그들이 왜 그리 쉽게 멸문했는지는 알고 있나?"

"당신이 그런 걸로 알고 있습니다만."

"내가 그러긴 내가 그랬지. 하지만 그건 그 결과일 뿐 원인은 아니야. 원인은 바로 방심이다. 그들은 방심을 했고 난 그 틈을 타서 노린 것이다. 바로 지금의 너처럼!"

말을 맺으며 단엽에게 달려든다. 보법이고 뭐고 간에 그냥 빠르게 접근하는 것이다. 그리고 녀석과 지척의 거리를 두고 손에 모아두었던 진기를 발출했다.

쾅!

어디서 일어난 폭발음일까. 거의 동시에 비무대 바닥과 저쪽 소림사에서 다시 폭발음을 내뱉었다. 젠장! 시간이 없잖아!

"큭! 이게 무슨!"

단엽의 당황한 목소리가 들린다. 내가 장력을 발출한 곳은 단엽 바로 앞의 비무대 바닥. 먼지가 자욱하게 피어올라 시야를 가렸고 난 그 즉시 뒤로 몸을 빼내었다. 항상 방해만 하던 먼지가 이럴 때 도움이 되는구나!

"이 정도로 피할 수 있을 거라 생각하십니까!"

먼지를 헤치며 나타난 단엽의 목소리는 격양되어 있었다. 내가 똑바로 자신을 상대하지 않고 계속 도망치려 하니까 그렇겠지.

물론 나는 이런 먼지 따위로 단엽에게서 도망갈 수 있으리라고는 생각지 않는다. 다만 그에게서 잠시 시야를 다른 쪽으로 돌리게만 만들면 되는 거다.

난 즉시 그의 뒤를 가리켰다.

쉐에에에엥!

정확한 타이밍으로 만월강기가 돌아와 단엽을 노렸고 그것을 본 단엽은 급히 검을 들었다.

웅웅웅!

그의 검에서 검명을 뿌리며 검강이 만들어졌고 그대로 만월강기와 충돌하며 괴성을 울렸다.

콰카카카카!

"크윽!"

좋아, 내 예상대로 정확히 맞아떨어졌군.

내가 노린 전법으로 말하자면 만월강기로 단엽을 공격한 뒤 급히 접근해서 장력을 일으켜 시야를 제거한다. 아니, 제거를 하는 척한다. 그러면서 몸을 뒤로 빼 도망가려는 시늉을 하면 단엽의 정신은 내게 쏠릴 것이고 그 틈을 타서 만월강기가 다시 단엽에게로 짓쳐 드는 것이다.

이건 단엽이 만월회의 초식을 모르기에 가능했고 그래서 내가 옆으로 이동하자 대치 상태를 이루며 자연스럽게 이동한 것이다.

음, 나도 머리를 제법 쓴단 말이야. 아차! 이러고 있을 때가 아니지.

"이 비무는 다음에 계속하도록 하지. 우선 형식적으로는 이번 시합, 기권한다."

"큭! 잠깐!"

단엽은 나를 불렀지만 내가 미쳤나? 바쁜 상황에 나랑 싸우려고 하는 놈이 멈추란다고 멈추게? 어지간히 정신 나간 놈이 아니라면 나처럼 현명한 선택을 할 거다.

난 재빨리 몸을 띄웠고 능공천상제를 사용하여 허공을 박차고 비무장을 완전히 넘어버리며 소림사로 향했다.

계속해서 소림사 쪽에서 폭발음이 울리자 이제 꽤 많은 사람이 관중석을 벗어나 소림사로 향하고 있는 것이 아래로 보였다. 비무도 엉뚱하게 끝났겠다, 소림사의 일이 더욱 궁금하기도 할 거다.

난 능공천상제로 허공을 박차며, 때론 높이 자란 나무를 밟아 다시 몸을 띄우며 전력을 다해 소림사로 내달렸다. 아니, 이럴 때는 날아갔다라고 하는 게 옳은 건가? 아아, 완전히 날아간 것도 아니니 그냥 내달렸다가 맞겠군.

쾅!

다시 들려오는 폭발음. 역시 소림사 쪽이었다.

"젠장! 도대체 뭐가 어떻게 되어가는 거야!"

괜히 욕설만 튀어나왔다.

분명 강민 형의 말대로라면 적어도 아직 열두 시간은 더 남아 있어야 하거늘, 어째서 벌써부터 일이 터지냐고.

"응?! 강민 형! 대답해 봐!"

그러나 하늘에 대고 외쳐 봤자 소리없는 아우성, 까막눈에게 편지 보내기일 뿐이다.

하여간에 제대로 되는 일이라고는 하나도 없잖아!

소림사에 도착하자 가장 먼저 느낄 수 있었던 것은 코끝을 아리는 매캐한 화약 냄새였다. 불꽃놀이할 때나 맡을 수 있었던 화약 냄새보다 훨씬 진한 화약 냄새였다. 그리고 다시 폭발음이 울렸는데 방향을 재어보니 장경각 쪽이 아닌 손님을 맞이하기 위한 지객당(知客堂) 쪽이었다. 인공지능이 아닌가? 그럼 누구지?

장경각으로 가야 하나, 아님 지객당으로 가야 하나……. 고민되는 찰나 비명 소리가 내 귓가에 메아리쳤다. 그곳은 바로 지객당. 젠장! 별수없잖아!

난 급히 땅을 박차고 지객당으로 향했다.

쾅!

"크악!"

"막아!"

도착한 곳은 완전 난장판이었다.

매캐한 화약 냄새가 코를 찌르고 바닥이 군데군데 움푹움푹 터져 버린 듯 파여 있는 게 꼭 무슨 폭격을 맞은 것 같았다. 그리고 그 주변으로 즐비한 시체들. 적인지 아군인지 구분은 되지 않지만 많은 수의 사람이 시체 놀이를 즐기고 있었다.

그리고 사람들은 이리저리 무언가를 피해 도망 다녔는데 그들의 시선을 좇아본 바에 따르면 어떤 노인이 시야에 잡혔다. 노인은 검은색

구 같은 것을 손에 들고 있었는데 사람들은 그것에 기겁을 하며 피하고 있었다. 음, 내가 알기로 검은색 구에 이상한 줄이 매달아져 있어 그곳에서 불꽃이 나온다면 단 하나밖에 없는데… 벽력탄(霹靂彈)!

쾅!

노인이 던진 검은 구는 다른 곳에 부딪치며 커다란 폭음과 함께 터져 버렸고 곧 사상자가 속출됐다… 고 말할 때가 아니잖아!

즉시 손가락 끝에 기를 집중시켜 일섬지의 힘으로 노인을 향해 쏘아 내었다.

피융!

"응? 훙!"

일섬지는 상당한 속도였으나 노인은 어렵지 않게 피해냈다. 하지만 내가 하려던 것은 이 한 수로 상대를 제압하려는 게 아닌 맥을 끊는 것이었으니 충격받을 건 없다.

노인은 자신을 공격한 게 나라는 사실을 눈치 채고는 잠시 사방으로 뛰어다니던 발걸음과 이리저리 놀리던 벽력탄을 멈추었다.

"당신은 누구인가."

"백색의 찬란한 갑옷을 걸쳤으며 서늘함마저 느껴지는 푸른색 도를 차고 죽립에 계집애 같은 가면을 쓰고 있는 자! 호오~ 네가 무황이로구나!"

노인은 내 정체를 알고 있었다. 노인의 머리카락은 은백색으로 빛나고 있었고 눈썹이라든지 수염 색깔까지 은백색이었다. 음, 무협 지향인 비상에서 어떻게 저런 색의 머리카락이 나올 수 있는지 의문이군. 아, 그게 중요한 게 아니지.

"당신은 누구인가."

"나? 잔왕(殘王)이라 한다네. 근데 어떻게 벌써 왔지? 한참 그 천하 제일 애송이랑 붙고 있어야 하지 않았나?"

음? 비무 상대는 나도 오늘 시합 직전에야 알 수 있었는데 저자는 어떻게 알고 있지? 역시 창조주의 파편인가?

"누군가의 방해 때문에 결과를 낼 수 없었다. 내게 또다시 말하지 말게 하라. 당신은 누구인가."

"아, 거참. 어른의 말을 발등으로 들어먹는가? 잔왕이라 하지 않았나!"

"내가 묻는 건 그게 아니라는 것을 알 텐데? 좋아, 쉽게 풀이해서 물어주지. 왜 이런 짓을 하는 거지?"

"거참 쉽구먼. 앞으로 그렇게 물어보도록 하게. 원 참, 전자의 물음은 어려워서. 아참, 질문에 대한 답은 해야겠지? 난 이 세계를 더럽히는 기생충들을 없애기 위해서 나타난 신의 사자라고 한다. 어때? 이 정도면 답이 되지 않았나?"

스스로를 잔왕이라 소개한 노인은 어려울 거라 예상했는지 만면에 웃음을 가득 지었지만 난 대충 짐작할 수 있었다.

창조주의 파편이 확실하군. 이 세계를 더럽히는 기생충이란 건 유저를 말하는 걸 테고 신은 창조주, 즉 인공지능 그리고 그의 사자인 창조주의 파편.

"신의 사자가 악인을 찾아 회개시키지는 않고 다른 사람의 이목이 돌려짐을 틈타 이렇게 불문의 성지를 파괴시키는 비겁자인지는 정말 몰랐군."

난 말을 맺으며 양손에 기를 집중시켜 나갔다. 그리고 내 말이 끝나자 잔왕은 미처 생각지 못했다는 듯 당했다는 표정을 짓더니 곧 입을 열었다.

"허어, 이거 참. 무황이란 애송이가 이렇게 말을 잘할 줄은 몰랐군. 말하는 횟수가 적어 여태껏 벙어리 병신인 줄 알고 있었는데 말이야."

"필요한 말만 할 뿐이다."

"어찌 되었든 오늘 이렇게 만난 것도 인연인데 어디 정답게 식사나 나눠보겠나? 내 사랑스러운 벽력탄의 맛을 보여주고 싶구먼."

"맛은 없어 보이는군."

잔왕은 손 안에서 벽력탄을 놀리며 웃었는데 그 웃음이 소름 끼치기 이를 데가 없었다.

"흘흘흘! 어찌 겉모양을 보고서만 나머지를 결정한단 말인가. 이래 보여도 꽤나 맛이 좋다네."

"말장난은 여기까지 하지."

"안 그래도 그럴 셈이었네!"

난 제자리에서 몸을 띄운 뒤 능공천상제로 공기를 박차며 앞으로 튀어 나갔고 잔왕은 예의 그 폴짝폴짝 뛰는 모습으로 내게 다가왔다.

쉽게 봐선 안 된다. 아무리 무공이 아닌 벽력탄을 사용한다 하더라도 소림의 태산북두 소림사를 이렇게 초토화시키다니… 비무대회로 인해 소림사가 조금 방심하긴 했다지만 썩어도 준치라고 결코 이렇게 쉽게 당할 순 없는 곳이다. 그만큼 잔왕의 무위가 가볍지 않다는 말일 터.

양손에 모은 장력을 떨쳐 낸다. 미친 번개의 사나운 울부짖음, 광뢰포효(狂雷咆哮)의 초식!

"광뢰포효!"

콰르르릉!

장력을 쳐내는 것과 함께 우렛소리가 사방을 울렸고 강력한 힘을 담은 쌍장은 마치 번개가 내려치듯 잔왕을 향해 뻗어간다. 사방을 아우르는 파괴력!

그때 잔왕이 품에서 어린아이 주먹만한 벽력탄 두 개를 더 꺼내더니 원래 양손에 들고 있던 두 개의 벽력탄과 합쳐 네 개의 벽력탄을 뿌렸다.

"벽력광폭(霹靂狂爆)!"

벽력탄을 뿌리는 것에도 초식이 있나? 칫!

쾅!

잔왕이 뿌린 벽력탄은 마치 처음부터 의도한 것처럼 뻗어가는 장력을 둘러싼 채로 터져 버렸고 그 폭발에 말려든 장력은 산산조각이 나서 사라져 버렸다.

윽! 여기까지 그 폭발이 전해진다. 대단한 파괴력이야.

내가 잠시 주춤하는 사이 잔왕은 품속에 다시 양손을 넣었고 밖으로 꺼낸 양손에는 눈알만한 검은색 구슬이 손가락 사이당 각각 네 개씩, 즉 서른두 개가 끼워져 있었다. 저것도 벽력탄인가? 아차! 이럴 때가 아니지!

"벽력난탄(霹靂亂彈)!"

잔왕의 손에서 벗어나 나를 둘러싸는 작은 구슬들. 젠장!

난 능공천상제를 극성으로 끌어올려 연속해서 허공을 박차고 위로 솟구쳤다. 누가 보면 어기충소(御氣沖霄)라고 말할 수도 있는 기술인데 능공천상제의 특성 덕분에 가능한 것이지 아직 어기충소를 펼쳤다는 사람은 보지 못했다.

어쨌든 간에 내가 급히 그 장소를 벗어나자 작은 구슬들이 흔들리기 시작했다.

콰콰콰콰앙!

"……!"

헉! 엄청난 파괴력이다. 만약 내가 그 자리에 있었다면 그대로 조각조각이 났을 거다. 한참을 위로 떴건만 그래도 폭발의 위력이 미쳐 날 더욱 높은 곳으로 띄웠다.

휘우우웅!

몰아치는 바람. 아직 폭발의 여운이 끝난 게 아니었다. 큭! 폭발이 폭발을 부르는 두 번째 폭발인가? 이대로 가면 당한다!

난 급히 도기를 일으켰다. 도강을 일으키려면 시간이 조금 필요하지만 도기라면 즉시 펼칠 수 있는 경지에 올랐기에 펼치려 하자 금방 묵광의 도기가 피어올랐다.

"망월막!"

망월막은 시전자의 전체를 덮는 기술이지만 난 내 아래쪽으로 그 변화를 집중시켜서 기망(氣網)이 아닌 거의 기막(氣膜)을 펼쳐 냈다. 이렇게 하면 막을 수 있는 범위는 좁아지지만 방어력은 도강으로 펼치는 망월막과 크게 차이가 나지 않을 것이다.

콰콰가가가가가쾅!

"크윽!"

망월막으로 막았지만 그 파괴력은 엄청났다. 곧 붉게 물드는 폭발력이 망월막에 부딪쳤고 나를 덮어왔다.

"크악!"

콰앙!

지축을 뒤흔드는 거대한 폭발이 주위를 뒤덮었다. 폭발에 직격을 당하지 않더라도 그 여파만으로 사람을 죽일 수 있을 정도의 폭발. 그리고 그 폭발에서 조금 떨어진 곳에 백발백미(白髮白眉), 아니, 정확히 말해서 은백발, 은백미의 노인이 폭발을 보며 서 있었다.

"흘흘흘흘."

괴소를 흘리는 노인. 사예에게 벽력탄 세례를 퍼붓던 잔왕이었다.

"흘흘흘, 거 무황이란 애송이도 이름만 거창했지 별거 아니구먼. 하긴 이 잔왕에게 걸리고 살아남는다는 게 말이 안 되지. 암, 그렇고말고. 흘흘흘."

괴소를 흘리던 잔왕은 하늘의 태양을 바라보고는 시간을 가늠했고 거대한 폭발이 일어나 먼지구름이 뒤덮인 곳을 바라보고는 고개를 끄덕였다.

"이 폭발에서 살아남을 수 있을 린 없을 테고 제법 난동도 부렸으니 이 정도면 되겠지. 흘흘흘."

잔왕은 그렇게 중얼거리다 곧 땅을 박차 신형을 날렸고 펄쩍펄쩍 뛰어다니며 모습을 감추었다. 그가 떠나간 자리에 남은 것은 즐비한 시체들과 매캐한 화약 냄새, 그리고 폭발의 잔재들뿐이었다.

아니, 그 말고도 하나가 더 있었으니,

"쿨럭! 쿨럭!"

먼지구름을 뚫고 나타난 것은 잔왕의 벽력탄에 꼼짝없이 당했다고 생각했던 사예였다. 먼지구름 때문에 숨 쉬기가 힘겨운지 연신 기침을 해대며 나타난 그는 마치 전쟁터 피난민의 그것처럼 이곳저곳이 그슬려 있었다.

"콜록! 콜록! 큭! 죽을 뻔했군. 아니, 죽는 줄만 알았어. 콜록!"

사예는 그렇게 기침을 해대다 무심코 자신의 모습을 내려다보고는 어이없는 표정을 지었다.

"이거 꼴이 말이 아닌데? 그래도 보패 아이템은 뭐가 다르긴 다르군. 먼지만 끼였을 뿐 하나도 손상 가지 않았어."

사예의 중얼거림처럼 승룡갑의 그슬림도 살짝 닦아내자 새로운 빛을 발하고 있었고 그건 한월이나 백면귀탈 역시 마찬가지였다.

"젠장, 화 속성에 저항이 있는 죽립조차 재 하나 남기지 않고 타서 사라져 버리다니 도대체 얼마만큼의 화력이었던 거야? 옷도 걸레가 다 되었고. 미치겠구만."

죽립은 완전히 소멸되었고 끝이 바짝 타버린 그의 장발이 바람에 나부끼고 있었으며 옷은 곳곳이 타버린 게 더 이상 본래의 기능으로 사용할 수 없을 것 같았다.

"아차! 잔왕은?"

이제야 잔왕이 생각난 사예는 사방을 둘러보며 잔왕을 찾았으나 떠나도 훨씬 전에 떠난 그를 찾을 수 있을 리가 만무했다.

"제기랄! 사라졌구나. 하긴 이런 곳에 아직까지 남아 있을 리가 없지. 그나저나 정말 위험했어."

사예는 한바탕 욕설을 내뱉은 후 조금 전의 일을 회상했다.

덮쳐 오는 폭발. 사예는 망월막에 목숨을 걸 수밖에 없었다.

능공천상제도 이제 극으로 펼쳐 더 이상 높이 뛰어오를 수도 없었고 결국 도기로 펼친 망월막의 기망을 고도로 압축시켜 기막을 만든 것이 전부였다. 그것이 그의 생명줄이었다.

마침내 폭발의 여파가 올라와 사예를 덮쳤다.

쿵!

느낌을 소리로 표현하자면 이 정도일까? 마치 거대한 무언가가 돌진해 와 부딪치는 것 같은 충격을 사예는 느꼈다. 그 단 한 번의 충격으로 망월막으로 펼친 그물의 막은 서서히 풀리기 시작했고 그 기망의 사이사이로 불꽃이 넘실거리며 사예를 덮쳤다.

화르륵!

"큭!"

죽립이 날아가 버린다. 솔로문의 문주 솔로검객의 화염 공격에도 버텼던 죽립이 일순간에 재도 남기지 않고 타버리고 말았다. 그뿐만이 아니라 승룡갑으로 보호받던 그의 옷에도 불이 붙기 시작했다.

"젠장! 차앗!"

다시 한 번 힘을 끌어올린 사예는 망월막을 더욱 다지기 시작했고 풀려지던 망월막도 다시 작지만 막의 형상을 갖췄다. 그때 또다시 폭발음이 울리며 충격이 느껴졌다.

쾅!

"크윽!"

다행히 이번엔 막이 풀리지 않았지만 충격은 고스란히 사예에게로 전해졌다.

'이번엔 간신히 버텼다지만 이것도 한두 번이야. 이대로는 죽는다!'

"폭… 기."

막히듯 흐르듯 압축되었던 진기는 흐름을 타고 세차게 움직이기 시작했고 사예는 그 흐름의 끝 자락을 잡고 망월막을 다시 전개했다. 그리고 때에 맞춰 처음의 망월막이 폭발의 화염에 깨져 버렸고 불꽃은 새로 생성된 망월막에 부딪쳤다.

쾅!

"큭!"

'폭기를 사용했다지만 이것도 부족해.'

연속적으로 터지는 폭발의 여파로 아래에서 바람이 불어와 사예는 만유인력의 법칙을 가볍게 무시하고 공중에 떠 있는 상태였고 그것은 추락하니만 못한 상황을 만들었다.

'차라리 추락해서 땅에 떨어진다면 위험하지만 순간적으로 피할 수 있는 가능성이 있을 텐데…….'

콰앙!

마침내 모든 폭발을 아우르는 마지막 폭발이 터졌고 사예는 최대로 진기를 모아 몸을 보호하는 한편 다시 한 번 망월막을 펼쳤다.

그때 마지막으로 펼친 망월막이 뜻밖의 일을 벌였다. 미처 도강을 펼칠 시간이 없어 도기로 펼쳤던 망월막의 기망. 고도로 압축해서 기막과 비슷하게 만들었지만 그 능력이나 크기는 비교도 안 될 기망의 기막이 그 성질을 달리하고 불꽃을 가르기 시작한 것이다.

'대체 이게……?'

사예는 의아한 생각이 들었지만 지금은 그렇게 의아해하는 것보다 빠져나가는 것이 급선무라 판단을 내렸고 마지막 남은 힘을 모두 끌어올려 망월막에 쏟아 부었다.

쿵!

마침내 사예는 땅에 도착할 수 있었으나 너무 기진맥진하여 제대로 된 착지를 하지 못했다. 그러나 살아난 게 어딘가.

그는 어느새 자신을 뒤덮은 망월막에 의지한 채 운기를 시작했다. 이대로 빠져나갔다가는 간신히 살아난 노력도 짓밟아 버리며 잔왕에게 죽고 말 것이다.

사예가 운기를 시작하자 진기는 그의 의지대로 움직였고 천천히… 아니, 빠르게… 아니, '느리게 빠르게'를 반복하며 전신을 돌아다니기 시작했다.

운기는 했지만 상황이 상황이다 보니 마음 편히 오랫동안은 할 수 없었기에 체력만 대충 채우고선 운기를 거두고 먼지구름 밖으로 나왔고 그게 지금 상황이었다.

비록 체력이 완전하지 않다지만 그건 사예의 입장에서 봐서 그렇다는 거고 웬만한 고수들에게는 자신의 체력보다 훨씬 많은 엄청난 양의 체력이 남아 있었다. 또 폭기의 사용으로 인해 전신에 진기가 충만한 상태이기에 잔왕과 싸워도 밀리지 않을 것 같았다.

그런데 잔왕이 없으니 사예로선 시원섭섭한 기분이었다.

"진기의 흐름도 이상하군."

문제는 진기의 흐름에서도 찾을 수 있었다. 탄력받은 것처럼 세차게 전신을 활보하는 용연지기. 폭기를 사용했다지만 최고로 진기를 일으켰을 때도 이 정도는 아니었다.

"아! 혹시?"

사예는 급히 무공창을 열어보았다. 그리고 찾을 수 있었다. 12성, 대성의 경지를. 그것도 두 개나.

"하아… 현월광도와 축뢰공이 동시에 극성으로 올라서다니……. 이걸 악운이 강하다고 해야 할지 아니면 세상이 요지경이라 해야 할지 모르겠구만."

11성의 경지에서 벽에 막힌 것처럼 진전이 없던 현월광도였다. 그리고 축뢰공 역시 마공인지라 극으로 익히는 것 또한 힘들었다. 그런 두 가지 무공이 한 번에 대성을 이루다니. 이것으로 진기의 흐름과 갑자기 강해진 현월광도의 이유를 모두 설명할 수 있었다.

11성과 12성의 차이는 불과 1성뿐이지만 그 1성이 지금까지 올렸던 11성의 경지보다 더욱 힘들었다. 그것도 삼류무공이 아닌 절정무공이니 더 이상 말할 가치가 없는 것이었다. 그리고 힘든 만큼 그로 인해 얻어지는 능력 또한 거대했다.

그렇게 잠시 감탄하던 사예는 잔왕에 생각이 미쳤다.

'왜 아무것도 없는 이곳을 노렸을까? 유저들을 죽이기 위해서? 아냐, 이곳엔 유저보다는 구파일방 오대세가의 NPC들이 더욱 많이 거주하는 지객당이야. 노리려면 유저들의 숙소를 노리지 이곳은 아니야. 그렇다면… 이런! 성동격서(聲東擊西)! 큰일이다!'

무언가를 깨달은 사예는 전신에 충만한 진기를 이용해서 능공천상제를 밟았고 곧 그는 한줄기 비상하는 빛줄기가 되어 한쪽으로 사라져 갔다. 그가 사라진 곳에 남은 것은 침묵뿐.

축뢰공이 극성에 이르자 그 능력은 능공천상제에까지 미친 듯 전과는 비할 데 없는 엄청난 속도가 나오고 있다. 어쨌든 빨라진 능공천상제 덕분에 예상보다 일찍 장경각이 보이고 있었다.

그런데 보이는 것은 장경각뿐만이 아니었다. 장경각을 포위하다시피 하고 있는 사람들, 소림사의 무승들이었다.

저렇게 포위를 하고 있다면 다행히 아직 빠져나간 건 아니겠지만 그래도 목적으로 했던 무공들은 입수했겠군.

괜히 무승들의 눈에 띄어서 좋을 게 없기에 우선 한쪽 나무에 올라섰다. 소림사 안에는 드높이 치솟은 나무들이 곳곳에 있어 숨기에 좋았다. 나 같은 신법을 익히지 않고는 누가 이 위에까지 올라올 수 있겠나만…….

어쨌든 한쪽 나무에 내려선 나는 조심스레 청력을 높였다.

"도대체 어떻게 된 것인가. 침입자라니! 그것도 장경각에 말이네. 도대체 장경각을 지키는 것이 임무인 나한승들은 무얼 한 겐가!"

"드릴 말씀이 없습니다."

"허어!"

빛나는 머리에 웬 심술궂게 생긴 노승(老僧)이 분을 삭이며 젊은 중에게 호통을 치고 있었다. 젊은 중도 노승에 비해 젊다는 거지 흘깃 봐도 30대 정도밖에 안 되어 보였다. 그건 그렇고 그럼 여기의 이 무승들이 전부 나한승이라는 건가? 다들 보통내기가 아닌 것 같은데. 아! 저기 정오도 있군.

"여섯째 사제, 진정하게나."

"방장 사형, 이건 진정해서 될 문제가 아니지 않습니까! 소림의 명예가 달린 일이란 말입니다!"

심술궂게 생긴 노승의 바로 옆에 아주 점잖게 생긴 또 다른 노승이 있어 심술궂은 노승을 제지했다. 방장 사형? 그럼 저 점잖게 생긴 노승이 소림 방장인가? 그리고 그런 소림 방장의 여섯째 사제라면 소림사에선 거의 최고 배분이잖아. 근데 왜 저렇게 성격은 더러운 거야?

"사제, 중요한 것은 소림의 명예가 아니라네."

"그게 무슨 말씀이십니까? 소림의 명예가 중요치 않다니요! 소림의 명예를 지키기 위해 힘쓰신 수많은 조사님이 부처님 곁에서 한탄하실 일입니다."

"갈!"

"……!"

얌전히 있는 방장을 제치고 고함친 것은 또 다른 노승이었는데 나이가 많아 보임에도 덩치는 산처럼 거대했고 또 얼굴은 험상궂었다. 음, 왜 소림사에 저렇게 무섭게 생긴 사람들밖에 없지? 그것도 최고 배분들이 말이야.

"지금 중요한 것이 무엇인가! 소림의 명예를 따져 우리 잇속이나 채워야 하는 것인가, 아니면 중원의 각종 무공들, 사악한 사공과 마공을 봉인시켜 두다시피 한 장경각의 안위가 중요한 것인가! 무엇 하나 빠져나가면 중원이 피로 물들 그런 무공들을 지키지 못했다는 것을 부끄러워해야 하거늘, 명예가 훼손되었다고 지금 고함치는 것인가! 우리가 생각해야 할 것은 소림의 명예가 아니라 중원의 안정이란 말이세!"

"……."

오오, 저 중 말 잘한다. 한 방에 보내 버리네. 암, 그렇고말고. 중이란 작자가 명예나 돌보고 앉아 있어선 안 되지.

"나무아미타불. 셋째 사제, 사제도 이제 그만 하게나. 그 정도면 알아들었을 것이네."

"예, 방장 사형."

셋째 사제라 불린 노승은 그렇게 뒤로 물러섰고 심술궂게 생긴 노승도 방장의 뒤로 물러섰다. 기강이 제대로 잡혔군. 그때 내 느낌에 무언가 잡혔다.

"허허, 이젠 빈승도 부처님의 품으로 떠나야 하는가 봅니다."

"에잉! 땡중! 아직도 안 죽고 살아 있었나?"

장경각의 지붕에서 갑자기 나타난 노인. 나도 순간 흔들리는 기파를 느끼지 못했다면 미처 느끼지 못했을 정도였다. 그가 나타난 것도 모르고 있던 나한승들은 깜짝 놀라며 장경각 지붕을 바라보았다.

그런데 나도 놓칠 뻔했는데 아무리 소림 방장이라지만 저렇게 쉽게 알아채다니…….

"오랜만입니다, 투영(偸影) 시주."

"클클! 네놈의 그 심안도 틀리는 날이 있구나! 잘못 봤다. 난 투영이 아니다. 비왕이야."

비왕!

기권을 하고 사라진 그가 왜 이곳에 있는 거지? 그리고 투영이라니……. 아! 소림 방장의 심안은 또 뭐야? 온갖 궁금한 것투성이다. 그러나 그렇다고 지금 모습을 드러낼 수도 없는 노릇이고 얌전히 들어보자.

"저도 놀랐습니다. 투영 시주께서 비왕이란 이름을 쓰고 계시다니 말입니다."

"클클클. 어쨌든 네놈의 그 심안을 속였다니 기분은 좋군. 그리고 투영은 죽었다. 이젠 비왕만 있을 뿐. 그런데 땡중 네놈은 방장실에서 출입도 삼가더니 왜 하필 지금 나온 거냐?"

"아미타불. 투영, 아니, 비왕 시주께서 오셨는데 가만히 있을 수가 있습니까. 근데 비왕 시주께선 본사에 어인 일로 방문하셨는지요."

소림 방장이 계속 존댓말을 하는 걸로 봐서 비왕의 배분도 결코 낮지는 않을 것 같다만 내가 언제 그런 거 따지고 행동한 것도 아니고 상대가 창조주의 파편이 유력한 상황에서 그걸 따지기도 싫다.

"클클클. 도둑놈이 하는 짓이 뭐 있겠냐. 장경각에 필요한 게 있어 인사차 들렀다. 클클클."

"아미타불. 죄송하지만 장경각은 출입이 금지된 곳입니다. 필요한 게 있으시면 빈승에게 직접 요청하시는 것이 좋을 뻔했습니다."

"클클클, 그런 방법도 있었나? 하지만 이미 지나간 거 어떡하겠냐. 그냥 가지고 가겠다."

"아미타불. 그건 빈승으로서도 결정할 수 없는 문제입니다. 다음에 다시 방문하시죠."

"그렇게 못하겠다면?"

"막겠습니다."

소림 방장은 합장을 취하며 말을 맺었고 그에 비왕은 재미있다는 듯이 킬킬 웃었다. 그리고 둘 사이에 피어오르는 기파. 내공을 끌어올리고 있다는 증거다.

"어떻게 하실는지요."

"지금껏 이 비왕이 물러서 본 적은 한 번도 없다."

"왜 쉬운 길을 돌아가시려 합니까."

"내 적성에 안 맞거든. 클클."

음… 저 말 멋지다. 비록 창조주의 파편이 확실하다지만 배울 것은 배워야지. 기억해 두자.

그렇게 비왕과의 대화를 맺은 소림 방장에게로 덩치 노승이 다가왔다.

"사형, 제가 나서겠습니다."

"아니네. 내 속세에서 비왕 시주와 인연이 있으니 이 인연은 내가 맺어야 할 일이야."

"하지만……."

"허허허, 괜찮네."

"……."

소림 방장의 말에 덩치 노승은 뒤로 물러서긴 했지만 마땅찮은 표정이었다. 아마 저 사람의 성격으로 봐서 방장을 하늘처럼 받드는가 본데 저렇게 나서겠다고 하니 속이 탈 수밖에. 그나저나 나 언제까지 이렇게 숨어 있어야 하는 거냐?

소림 방장이 비왕을 바라보며 한 발자국 앞으로 나섰다.

"그럼 먼저 손을 쓰시지요."

"이봐, 땡중. 내가 예전에 땡중에게 당했다지만 그건 예전이야, 예전. 아주 오래전에. 그때랑 지금이랑 같을 것 같아?"

"아미타불."

"좋아, 바란다면 뜻대로 해주지. 그럼 간다!"

비왕은 장경각에서 그대로 소림 방장에게로 돌진했다. 그 속도가 얼마나 빠른지 눈으로 쫓기 힘들 정도였다. 내 눈으로 말이다.

순식간에 소림 방장의 앞에 도달한 비왕. 그는 섬전같이 쌍장을 뻗었다. 아니, 뻗었다고 생각했다.

"……!"

분명 소림 방장을 공격하러 지척까지 이동했건만 정작 쌍장이 부딪치려 하자 사라져 버리는 비왕. 그리고 저 멀리서 도망치는 비왕. 어떻게 된 거지? 한참을 도망가던 비왕은 돌아서더니 외쳤다.

"클클클! 누가 네놈이랑 싸운다고 했더냐! 난 갈 테니 잘 놀아봐라!"

비왕은 그렇게 말하고는 다시 뒤돌아 뛰기 시작했다. 젠장, 어떻게 된 건지는 몰라도 놓칠 수 없어! 난 나무를 박차고 비왕이 사라진 곳으로 신형을 띄웠다. 놓치면 안 된다!

휘익!

비왕은 굉장히 빨랐다. 만약 축뢰공이 극성에 올라 그 능력이 능공천상제에까지 미치지 않았다면 감히 따라갈 수가 없을 정도였다. 그러나 능공천상제가 빨라진 덕분에 어렵게나마 따라갈 수 있었다. 거리를 줄여야 하는데…….

한참을 달려 별다른 수 없이 계속 쫓아가다 보니 곧 어느 공터에 도착했다. 이미 소림사를 벗어난 지 오래였고 이제 나를 떼어놓기 위해서 그러는 것 같았다.

왜 숲마다 이런 공터가 있는지 모르겠지만 어쨌든 비왕은 그곳에 내려섰고 나도 그곳에 내려섰다. 더 이상 도망 안 가겠다는데 모습을 드러내지 않을 필욘 없지.

"무황이 내게 무슨 볼일이 있지?"

"소림사에서 가져간 무공비급, 내놓아라."

"호오~ 무황도 이 늙은이와 같은 취미를 가졌었나?"

"지키는 것에 취미를 가졌지."

한월을 뽑았다. 은연중에 느껴지는 것에도 만만한 상대가 아니었다. 괜히 아까 잔왕과 싸울 때처럼 적수공권(赤手空拳)으로 싸웠다가 당할 수는 없지. 한월을 뽑는 것과 동시에 용연지기를 서서히 끌어올렸다.

"클클클, 내가 땡중한테 도망쳤다고 해서 네놈 정도에 당할 줄 아느냐! 음, 확실히 그 땡중의 심안은 무섭긴 해. 도대체 창조주께선 왜 그런 능력을 만드신 건지."

웃음으로 시작했다 호통을 쳤다가 변명에 투정이라니… 단 한 문장에 많은 뜻을 담고 있군. 재주도 좋아. 아, 이럴 때가 아니지.

"당신이 누구인지 내가 알 바 아니다. 가지고 간 물건, 내놓아라."

"그렇게 못하겠다!"

비왕은 갑자기 덮쳐 왔다. 양손에는 어느 사이엔가 단도(短刀)가 하나씩 쥐어져 있었고 단도를 역수로 쥐고는 나를 향해 폭사해 들어왔다.
두 개의 단도는 각각 어깨와 옆구리를 노렸는데 원주미보로 옆구리의 공격을 피하고 어깨의 단도는 한월로 쳐내곤 공격을 하려는 찰나 녀석은 공격을 거두고 뒤로 물러나 버렸다. 빠르다, 엄청!
"호오~ 별달리 힘은 들어가지 않았다지만 내 기습 공격을 막아내다니 제법이군."
큭! 대단하다. 엄청난 빠르기야. 내가 상대해 본 사람 중에서 가장 빠르다. 괜히 이름이 비왕(飛王)이 아니었군.
"빠르군."
"클클클, 이제 후회해도 이미 늦었다! 곱게 죽어라!"
다시 달려든다. 하지만 조금 전과는 달리 나도 방비를 하고 있는 상태, 이번에는 반격에 들어간다!
"역천어오(逆川漁敖)!"
비왕의 외침에 두 개의 단도가 물결을 거스르듯이 이상한 곡선을 그리며 나를 공격해 왔다. 그 곡선이 기묘막측해서 막기가 여간 어려운 게 아니었다. 이럴 때는 하나뿐!
"망월막."
느릿한 한월의 움직임과 그런 한월에 어이없이 튕겨나는 두 개의 단도. 절대방어의 초식, 망월막이었다.
어이없게 막혀 버린 단도를 뒤로하고 비왕은 다시 물러서려는지 발끝을 세웠는데 아무리 생각해도 이대로 보내는 건 예의가 아닌 것 같아 난 내가 할 수 있는 최고 빠른 공격을 내세웠다.
팡!
망월막을 거둠과 동시에 오른팔에 모아두었던 진기의 흐름을 풀었고 곧 공기를 때리는 소리와 함께 한월은 엄청난 속력으로 비왕을 베어가기 시작했다.

빛살의 공격.

"……!"

샤악!

비왕은 그래도 빨랐다. 최고의 공격이었음에도 아깝게 앞섶을 베어버리며 공격을 피해 버렸다. 칫! 다시 거리를 벌리는 비왕을 보며 난 입맛만 다실 수밖에 없었다.

"대, 대단하군. 그 공격 빨라! 아주 빨라! 좋아! 빠른 거 아주 좋지!"

어라? 왜 저러지?

비왕은 마치 실성한 것처럼 몸을 부들부들 떨며 '좋아'를 연발하고 있다. 공격 한번 당하더니 미친 건가? 아니면 빠른 거에 무슨 애정을 느끼나? 왜 저래?

"클클클! 오랜만이야! 내게 공격을 적중시킨 상대. 그것도 쾌도로 말이야."

거세게 뿜어져 나오는 기파. 조금 전의 그 비왕이 아니었다.

아까 들어보니 비왕은 전직 도둑 같더니 이렇게 강한 기파를 가져도 되는 거야? 또 왜 이렇게 흥분하는 건데!

"클클! 돌려달라고?"

"……?"

"장경각에서 가지고 온 비급을 돌려달라고? 크크. 좋아, 돌려주지."

말은 돌려준다 하지만 표정은 더없이 잔인하다.

난 한월을 다시 제대로 잡고는 비왕을 응시했다. 좋아, 무슨 공격이든 해보라고.

"클클클! 받아라!"

비왕은 걸어오기 시작했다. 그냥 걸어왔다. 비왕과 나 사이에 꽤나 거리가 있어서 그런지 아직도 많은 거리가 남아 있지만 아무렇지도 않게 그냥 걸어왔다.

그런데 그런 비왕의 신형이 이상하게 바뀌기 시작했다.

하나, 둘. 처음엔 하나였던 비왕이 어느 사이엔가 두 명으로 늘어났고 또다시 네 명으로 늘어났다.

"……!"

늘어나는 것이 멈춘 것은 네 명이 한 번 더 분열해서 여덟 명이 되는 때였다. 그러나 이미 그것만으로도 경악할 일이었다. 어떻게 여덟 명이나…….

"분영보(分影步)다. 클클클!"

분영보!

강민 형이 불러준 초절정무공의 비밀이 숨겨져 있을지도 모른다는 무공 중 하나. 벌써 익혔다는 말인가? 젠장! 큰일났군!

큰일은 났는데 그것보다 더 큰일이 났으니 바로 여덟 명의 비왕이 나를 동시에 공격해 오기 시작하는 것이었다. 여덟 명의 비왕, 그럼 열여섯 개의 단도. 환영이 아닌 이상 이건 절대적으로 불리하다.

"역천어오!"

여덟 명이 동시에 말해 말소리가 겹쳐서 들렸다. 열여섯 개의 단도가 기묘한 곡선을 그리며 나를 공격해 오는데 그 기세가 범상치 않았다. 아, 범상치 않은 거야 당연한 거고 난 한순간에 위기에 봉착했다.

단도는 빠르지는 않았지만 내가 피할 수 있는 방위는 다 점하며 들어왔고 한월로 막아내는 것도 한두 개지, 도기를 사용해서 망월막을 펼친다 해도 도강이 아닌 이상 기망의 사이사이로 공격이 뚫릴 것 같다. 설사 아까 전과 같이 압축시켜도 전 방위로 들어오는 공격을 막지 못하는 이상 소용이 없었다.

잠깐, 피할 수 있는 방위? 하나 있지.

진기를 흘려보내자 도기가 피어올랐고 난 그대로 한월을 휘두르기 시작했다.

"승월풍!"

휘우우웅!

바람이 불어닥치고 풍월(風月)은 나를 띄우기 시작한다. 그렇다. 하늘, 위로 치솟은 곳이 내가 피할 수 있는 유일한 방위다. 승월풍으로 만들어진 작은 초승달의 도기는 사방을 아우르며 뜨기 시작했고 난 곧 완전히 비왕의 공격 범위에서 벗어날 수 있었다. 자, 그럼 다음 공격은 초월파다!

"초월……!"

콰악!

정신이 아찔해질 정도로 지독한 고통. 양쪽 어깨에서 지독한 고통이 느껴졌다.

"클클클! 피할 수 있을 것이라 생각한 건가?"

비왕이었다. 비왕의 한쪽 단도가 왼쪽 어깨에 박혀 있었다. 크윽! 잊었어. 비왕의 주특기는 신법이라는 것을. 내가 뛰어오를 수 있으면 비왕도 충분히 뛰어오를 수 있는데.

지독한 고통이다. 내가 직접 하지 않는 한 감도조차 낮출 수 없는데 현재 최고로 올려둔 상태이니 실제로 살을 파고드는 그런 고통이 느껴졌다. 승룡갑의 어깨 부분은 팔의 움직임을 자유롭게 하기 위해 작은 금속으로 잘라서 잘게 붙여 만들었기에 약간의 틈들이 있었는데 단도의 도신이 매우 작고 협소해서 그 틈을 비집고 들어와 박힐 수 있었던 것이다.

아, 정신이 아찔해진다. 언제 이렇게 심한 고통을 당한 적 있던가?

얼마 전까지만 해도 감도를 최고보다는 조금 낮춰놓고 했기에, 또 공격을 당하면 금방 감도를 낮췄기에 심한 고통은 느껴지지 않았다. 하지만 지금은 정신이 아찔해져 감도도 낮추기 힘든 상황이다. 크윽! 어깨가 떨어져 나갈 것 같아.

제기랄! 빌어먹을! 그래, 한 번 끝까지 가보자 이거지? 좋아! 해보자고!

"광뢰충장!"

몸을 비틀며 전력을 다해 펼쳐 낸 광뢰충장에 내 뒤에 서 있던 비왕이 정면으로 맞아 떨어져 나갔고 아래로 추락하는 상황에서도 난 한월을 굳게 쥐었다.

"죽어보자!"

왠지 그런 기분이 든다. 무엇이든 할 수 있을 것 같은 기분. 상상만 한다면, 원한다면 지금 당장 도강이라도 만들어낼 수 있을 것 같다. 지독한 고통이 느껴지지만, 어깨가 타는 것 같지만 그런 기분이 든다.

한월을 잡고 있는 손에 힘을 주어본다. 이미 발은 능공천상제를 밟아 더욱 높이 뛰어오르고 있다. 내공을 흘린다. 계속 한월에 주입시킨다. 생각처럼 바로 도강이 생성되지는 않지만 한월이 기를 빨아들이는 속도는 여느 때와 비교할 수가 없을 정도다.

능공천상제로 최고점에 달했을 때, 한월이 그 힘을 받아들여 도명을 울릴 때 도강은 생성되었다.

"낙월업!"

반투명한 검은 달. 예전 낙월업을 펼쳤을 땐 눈부신 광채를 발하는 검은 달이었지만 지금은 다르다. 반투명한 검은 달. 그 검은 달이 개수를 늘리기 시작한다.

하나, 둘, 셋, 넷… 얼마나 그런 시간이 지속되었을까? 공중의 정점에 오른 나는 낙하를 시작한다. 그리고 그 수많은 검은 달도 낙하를 하기 시작한다. 하나둘씩, 계속해서.

콰콰콰콰쾅!

낙월이 만들어낸 파괴력은 공터를 폐허로 만들어놓기에 충분했다. 하나하나가 최강급의 공격력을 가지고 있었으며 그 낙하하는 속도에 가속도가 붙어 빠르고 또한 강력했다. 하지만 이 정도에 당할 비왕이 아니다. 그 사실은 어깨의 이 지독한 고통이 일깨워 주고 있다.

"망월막!"

검은색 막이 나를 둘러싼다. 압축 따위로 만들어진 기막이 아닌 도강으로 만들어진 순수한 기막. 하나의 틈새로 찾아볼 수 없을 만치 견고하고 단단하다. 살짝 도세를 흩어 나를 둘러싼 기막의 아래쪽 부분을 뾰족하게 만들자 낙하하는 속도가 빨라졌다.

콰앙!

땅에 추락하여 그 충격에 전신을 때릴 거라 생각했지만 의외로 망월막의 기막이 그 충격을 감소시켜 주었다. 그러나 밖으로는 그 충격이 감소되지 않는지 굉음과 함께 나를 중심으로 충격파가 생기며 바람을 밀어낸다. 그리고 그 바람 사이로 보이는 잔영들. 여덟 명, 아니, 나에게 광뢰충장을 맞고 떨어진 하나를 뺀 일곱 명의 비왕이 충격파의 충격에 주춤거리고 있다.

자연스럽게 오른발이 뻗어 나간다. 과하지도 덜하지도 않은 적당한 진각. 단숨에 하나의 비왕과 거리를 줄인 나는 한월을 뻗어 그의 목을 베어버린다. 충격파의 영향에서 벗어나지 못했기 때문인지 반항도 하지 않았다.

두 번째 사냥감. 제일 가까이 붙어 있는 게 아니라 오히려 반대쪽의 비왕이다. 멍청하게도 넘어져 버렸다. 정말 멍청하게도…….

도강이 모인 한월이 그 빛을 뿜는다. 비강기다. 아니, 보통의 비강기가 아니다.

"만월회."

톱날원반강기 만월강기. 그러나 그 만월회조차 평소의 모습이 아니다. 아주 작다. 전에는 아파트의 대문만한 크기였으나 이제는 쟁반보다 조금 더 큰 정도다. 그리고 그 회전력은 보이지 않고 하나의 원반으로 보일 정도로 빠르다. 그에 힘을 얻어 자전(自轉)만이 아닌 공전(公轉)의 반경도 줄어들었다.

굉장한 회전력을 보이는 만월강기는 그대로 날아가 넘어진 비왕을 가로로 두 동강 내버리고 멀리 나가지 않아 다시 돌아와 한 녀석의 다리를 베어버린다. 그 순간 나는 다른 먹잇감을 찾고 있다.

보인다. 동료… 아니, 자기 자신들이 너무나 쉽게 당해 버리자 당황해하는 비왕이. 이런 녀석이 노리기 좋다. 왼손에 잔뜩 기를 모아뒀기에 왼손으로 장력을 뻗으려다 왼팔이 떨어져 나갈 것 같은 고통이 느껴져 대신 다리를 날린다.

"운하난각!"

"컥!"

운영각의 초식. 실상인지 환상인지조차 상대는 알 수 없이 수많은 공격을 당한다. 그리고 그런 비왕을 한월로 베어버린다. 그사이 만월강기는 또 다른 비왕을 노렸고 그 비왕은 두 단도를 교차시켜 만월강기를 막아내고 있다. 어느새 그의… 아니, 그들의 단도에도 강기가 서려 있다.

두 명 남았다. 아니, 다리를 잘려 쓰러진 한 명까지 합해 세 명. 더구나 한 명은 다리가 베여 이동도 어렵고 또 다른 녀석은 만월강기에 맥을 못 추고 있다.

직접 상대할 필요는 없다. 한월에 강기가 응축되기 시작한다.

"초월파. 초월파. 초월파. 초월파! 초월파!"

다섯 발의 초월파. 빠르다. 그리고 잔인하다. 세 발, 한 발, 한 발의 초월파가 각기 정상, 다리 병신, 정신 분열증 환자에게 날아든다.

쾅! 쾅! 쾅! 쾅!

"악!"

"으악!"

네 번의 충격파와 두 번의 비명뿐이다. 그러나 그것만으로도 소기 목적은 달성할 수 있었다. 먼지가 시야를 가려 더 이상 이동하긴 어렵지만 어렴풋 그의 기파가 느껴진다. '그들' 이 아닌 '그' 의 기파가.

"쿠학!"

내공으로 먼지를 밀어내니 그 자리에는 입가로 피를 흘리며 쓰러져 있는 한 명의 비왕이 보였다. 끝까지 해보자고 내 어깨를 찌르더니 벌써 끝인가? 흥! 난 끝이 아니라고!

웅웅웅!

휘우우우우!

그런 내 마음이 한월에 전달됐는지 은은함이 아닌 강함의 도명을 내

뿜었고 내 전신으로 뿜어지는 기풍이 몰아친다.

"커억! 크윽! 마, 말도 안 돼! 어, 어떻게 이렇게 강할 수 있는 거지? 이건 원래 예상 밖이잖아."

멍청이. 내가 강한 게 아니라 네가 약한 거다.

난 연약하다. 적임에도, 단순한 인공지능임에도 인간을 죽일 때, 생명체를 죽일 때 멈칫하게 된다. 주저하게 된다. 덕분에 너무나 많은 상처를 받았다. 이 지독한 고통이 그런 나의 어리석음을 일깨워 준다.

이 어깨의 고통은 별것 아닐 수 있지만 나로 하여금 너희들에 대한 일말의 동정심조차 버리게 만들었다는 사실을 기억하라.

"죽어라."

"크윽! 말도 안 돼!"

말이 되든 안 되든 상관없다. 그것이 네가 죽는 것에 영향을 미치지 않을 테니.

난 그대로 한월을 쳐들었다. 고통스럽게 죽이고 싶지만 상황이 여의치 않다. 왼쪽 어깨의 고통이 나를 짓누른다. 지금에라도 감도를 낮출 수 있지만 그렇게 한다면 나도 모르게 그냥 누워버릴 것 같다.

"죽어라."

다시 한 번 죽음의 명령을 내리곤 한월을 내리그었다. 힘이라곤 담겨 있지 않지만 한월이라면 설사 금강불괴가 아닌 이상 누구라도 베어버릴 것이다.

그러나 내가 바라는 소리가 아닌 다른 소리가 울렸다.

캉!

"지독하군."

서글서글한 목소리. 마치 쉬어버렸지만 그것이 흠이 아니라 오히려 허스키함이란 매력으로 다가오는 목소리다. 그리고 한월을 막은 것은 2미터나 되는 패도다.

"넌?"

"크, 크윽! 패왕!"

패왕이었다. 그렇군. 누구나 다 알 수 있는 사실이겠지만 이들의 이름이 왕(王) 자로 끝났다는 것만으로도 이들이 한패임을 짐작할 수 있다. 물론 그렇지 않을 수도 있지만 이 모든 사건을 미루어보아 생각했을 때 당연한 일이다.

패왕도 창조주의 파편이다. 그리고 지금 내 앞을 막아섰다.

"강하군."

"……."

패도의 몸에서 투기가 피어올랐다. 현재 내가 내뿜고 있는 살기만큼이나 지독한 투기다.

"크윽! 패… 왕."

"멍청한 놈. 상대를 얕봐서 전력조차 다해보지 못하고 쉽게 당하다니."

"크, 크윽!"

웃기다. 비왕이 전력을 다하지 못했다고? 확실히 너무 쉽게 끝난 감이 없진 않지만 그렇다고 해서, 녀석이 전력을 다한다고 해서 변할 건 없어. 내 몸에 상처가 더 생길 뿐이고, 내공이 더 소모될 뿐이고, 시간이 더 소모될 뿐이지 녀석이 죽는 것에는 변함없어. 그런데도 마치 전력을 다했다면 나를 이길 수 있었다는 듯이 말하는 패왕의 말은 나를 우습게 한다.

내가 패왕을 쳐다보듯 그도 나를 쳐다보고 있었다. 눈에서 불꽃이 이는 것 같다.

"강해, 정말 강해. 예전에 만났을 때는 이런 느낌을 받지 못했는데 이게 정말 너의 모습이군. 확실히 이 정도도 되지 못한다면 재미가 없지. 내가… 내가 강해질 이유가 없는 거지!"

새로운 장난감을 발견한 어린애처럼 잔뜩 흥분한 패왕이 손에 잡힌 패도를 굳게 쥔다. 너무 꽉 쥐어서 팔 전체가 떨리는 것이 눈에 들어오기에 발견할 수 있었다.

"가라. 너에게는 중요한 의무가 있다. 애초에 작전을 어기고 이런 싸움을 시작한 네게 잘못이 있으니 문책을 면하지는 못할 거다. 그러나 지금은 작전이 우선. 내가 막을 테니 가라."

시선은 내게 있었지만 그 말은 비왕에게 하는 말이었다.

가라고? 누가 보내준대? 그게 네 힘만으로 가능할 것 같아? 나를 막아서는 게? 우습군!

"크윽!"

비왕은 한줄기 신음을 흘리더니 곧 신형을 띄워 도망가려 한다. 그러나 내게 당한 상처가 제법 심한 듯 그 속도가 처음과는 달리 현저히 느릴 수밖에 없었고 나는 도기를 일으켜 바로 초월파를 쏘아내 그의 진로를 막아섰다.

"가지 못한다."

패왕은 일거에 무시한 공격. 그때 패왕의 목소리가 들리며 동시에 나를 노리는 무엇인가가 느껴졌다.

"가라."

후웅!

패왕이 휘두른 거대한 패도를 간단히 피했다. 속도가 빠르지 않아서 쉽게 피할 수 있었지만 그때 다시 비왕이 움직였다. 난 다시 초월파를 날리려다 그대로 돌진해 오는 패왕 때문에 한월을 거두고 물러설 수밖에 없었다.

"방해 마라!"

소리를 외친 나는 순간적으로 오른팔에 진기를 압축시켰다 풀어버리며 쾌도를 날렸다.

캉!

패왕은 패도의 도면이 내게 향하도록 세웠고 의외로 한월은 쉽게 튕겨져 나왔다. 패도엔 도기가 덮여 있었고 이번에 패도가 지면을 긁으며 나를 아래에서 위로 베어온다.

제길, 진절머리가 난다. 한 번도, 단 한 번도 내 뜻대로 되는 게 없다. 모두 나를 막으려 한다. 내 뜻에 반하려 한다. 이런 현실에 진절머리가 난다.

"방해하지 말란 말이다!"

파사사사사사사!

용연지기가 사방으로 퍼져 나가며 숲을 울리고 오른손으로 내려치는 한월은 단숨에 패왕의 패도를 제압한다. 땅에 닿은 패도에 올라타서 위로 오르려는 패도의 반발력을 빌어 몸을 띄우고 그대로 뒤돌려차기.

"윽!"

패왕은 목을 꺾어 피하지만 도는 충격을 이용하여 발을 뒤로 찔러 넣는다. 패왕은 피한다고 피하지만 커다란 패도 때문에 행동 반경에 제약이 있을 수밖에 없고 어깨에 발을 얻어맞는다.

거기에 멈추지 않고 능공천상제로 허공을 박차고 패왕을 뛰어넘는다. 이대로 달리려는 찰나 목에서 싸늘한 무언가가 느껴졌다. 거대한 패도. 패왕의 것.

"거기까지. 더 이상 움직이면 벤다."

비록 어깨라 하지만 이렇게까지 빠르게 반격을 한다는 것이 놀랍다. 역시나 대단한 실력. 난 땅을 박차고 어깨를 튕겨 패도를 떨쳐 내고 동시에 뒤로 초월파를 뿌렸다. 힐끔 보이는 패도. 패도로 초월파는 막겠지.

쾅!

초월파를 막아낸 패왕은 나와 상당한 거리를 두고 있었다. 소리에 비해 큰 데미지가 없는 것처럼 보이는 걸 보니 정면으로 맞선 것이 아니라 뒤로 빠지며 막아낸 것 같았다. 그랬기에 별다른 충격 없이 막아낼 수 있었고 또 그러다 보니 자연스럽게 거리를 벌린 것 같았다. 녀석이 있는 곳을 지나야 비왕이 이동하는 곳으로 갈 수 있었다.

"네게도 빚이 있으니 다음에 상대해 주겠다. 그러나 지금은 비왕이다."

"그건 내가 정한다. 난 지금 너랑 싸워야겠고 그걸 비왕에게 양보하지 못한다."

끝까지 방해하겠다 이거군. 그사이 비왕은 저 숲 안쪽으로 사라지고 있다. 부상이 심해서 빨리 달리지 못해서 저 정도지 원래대로였으면 놓쳐도 벌써 놓쳤을 것이다.

그때였다, 누군가의 목소리가 들려온 것은.

"크크큭! 재미있군, 재미있어. 크하하하하!"

목소리가 난 곳은 한쪽 나무 위였다. 아까 패왕 때도 그랬지만 이번에도 나타나는 것을 느끼지 못했다. 그만큼 고수라는 소리. 아니, 그것은 이 목소리만 들어도 깨달을 수 있었다.

이 목소리는 바로 내 천적, 투황 투귀였으니까.

"넌?"

"크크큭! 갑자기 사라지더니 둘 다 이런 곳에 있었군. 아니, 조금 전에 사라진 도둑까지 하면 셋인가?"

투귀는 나무에서 내려와 패왕과 내게로 다가왔다. 분명 내가 기권했으니 단엽과 결승전을 치러야 했을 텐데 어떻게 온 거지? 아니, 그것이 중요한 게 아니지.

"마음에 안 들어. 크크큭! 나를 빼놓고 최강자를 겨루는 것 같잖아."

저벅저벅.

고요한 가운데 투귀의 발걸음 소리만이 울렸다.

"좀 전에 멋진 말을 하더군. '그건 내가 정한다. 난 지금 너랑 싸워야겠고 그걸 비왕에게 양보하지 못한다' 였던가? 멋진 말이야. 내가 인용을 해도 되겠지? 난 지금 너랑 싸워야겠고 그걸 다른 사람에게 양보하지 못한다."

투귀가 눈을 빛낸 상대는 바로 패왕이었다. 저번 패왕의 기권에 자존심이 꽤나 상한 듯하다. 그런 투귀가 이제 지척까지 와서 나를 지난다. 그때 내 귓가에 투귀의 목소리가 들렸다.

"크크큭! 오랜만이군. 일 년 만인가?"

"……!"

설마 내 정체를 알고 있는 건가? 하지만 어떻게?

"크크큭! 설마 나를 고전시켰던 기술을 버젓이 사용하고도 눈치 채지 말라는 건 아니었겠지?"

폭기!

실수했군. 패왕과 거리가 제법 떨어져 있어서 패왕이 청력을 집중시키지 않는다면 들리지 않을 정도의 말소리다. 다행히도 패왕은 남의 대화에 관심이 없어 보이고.

"크크큭! 가라."

"……?"

"비왕을 쫓아가라. 여긴 내가 맡아주지. 크크큭!"

투귀의 말은 내게 의문을 주기에 충분했다. 어째서?

"어째서?"

"지금 마음 같아서는 당장 너와 싸워보고 싶으나 우선 빚부터 갚는 게 먼저겠지. 그리고 그러기 위해선 빚을 지게 한 자의 상대에게 또 다른 상대를 만들어줘야 하고. 크크큭!"

뭔가 이해가 가지 않는다. 일반인이라면 도저히 생각도 못할 이유. 그러나 투귀는 아무리 생각해도 일반인 같지 않다.

"다음에… 다음에 만나게 되면 죽여주마."

눈에 진한 광기를 담아 말하는 투귀의 모습은 섬뜩하기까지 했다.

난 두 눈에 힘을 주고 투귀를 노려보았다.

"나 역시 네게 빚이 있다는 것을 잊지 마라."

난 그렇게 말하고는 비왕이 사라진 곳으로 몸을 띄웠다. 능공천상제를 밟아 패왕을 뛰어넘었는데 공격이 올 것이란 예상과는 달리 그의 눈은 오직 투귀를 응시한 채 투기를 뿜어내고 있었고 전 신경도 투귀 쪽으로 쏟고 있어 내게 날아오는 공격은 없었다.

"큭! 크크크큭! 크하하하하!"

뒤에서 투귀의 광소가 들려와 살짝 고개를 돌려보니 역시 미친 듯

웃고 있었다. 미친놈은 나중에 생각할 일이고 우선 비왕의 흔적을 따라야 하기에 난 능공천상제로 허공을 다시 박찼다.

"크하하하하! 큭큭큭!"

"뭐가 그리 우습지?"

패왕의 서글서글한 목소리가 투귀의 귓가에 울렸다. 투귀 자신도 뭐가 우스운지 몰랐다. 하지만 그래도 우스웠다. 웃음이 계속 나왔다.

"큭큭큭, 별거 아니야. 큭! 크하하."

"갔군."

"크크큭! 그래, 갔어. 내가 보냈지. 아니, 네놈이 보냈다고 해야 하나? 조금 전과는 판이하게 막을 생각조차 하지 않더군."

투귀는 이채로운 빛을 띠는 눈으로 패왕을 응시하고 있었다. 그런 투귀를 같이 응시하던 패왕이 입을 열었다.

"상대는 한 명만이 필요할 뿐이니까."

투귀의 마음에 쏙 드는 말이었다. 자신이 사예를 보낸 것과 같이 그도 투귀를 적수로 인정하고 사예를 보낸 것이다. 그것이 설령 윗사람의 말을 거역하는 것일지라 해도.

"크하하하! 좋아! 그럼 우리도 이제 시작해야지?"

"그래야겠군."

패왕은 패도를 굳게 쥐었다. 방금 전의 무황에 비해 떨어지지 않는 상대다. 자신들이 예상한 바의 무위와는 상당한 수준 차가 있다는 것을 다시 느끼며 패왕은 내공을 끌어올렸다.

그건 투귀 역시 마찬가지였다. 서서히 내공을 끌어올리는 투귀.

사예의 낙월업에 폐허가 되어버린 숲의 공터에 다시금 진한 살기와 투기, 광기가 머물기 시작했다. 사예가 떠난 자리에서 펼쳐지는 제2라운드의 시작이었다.

〈제4권 끝〉

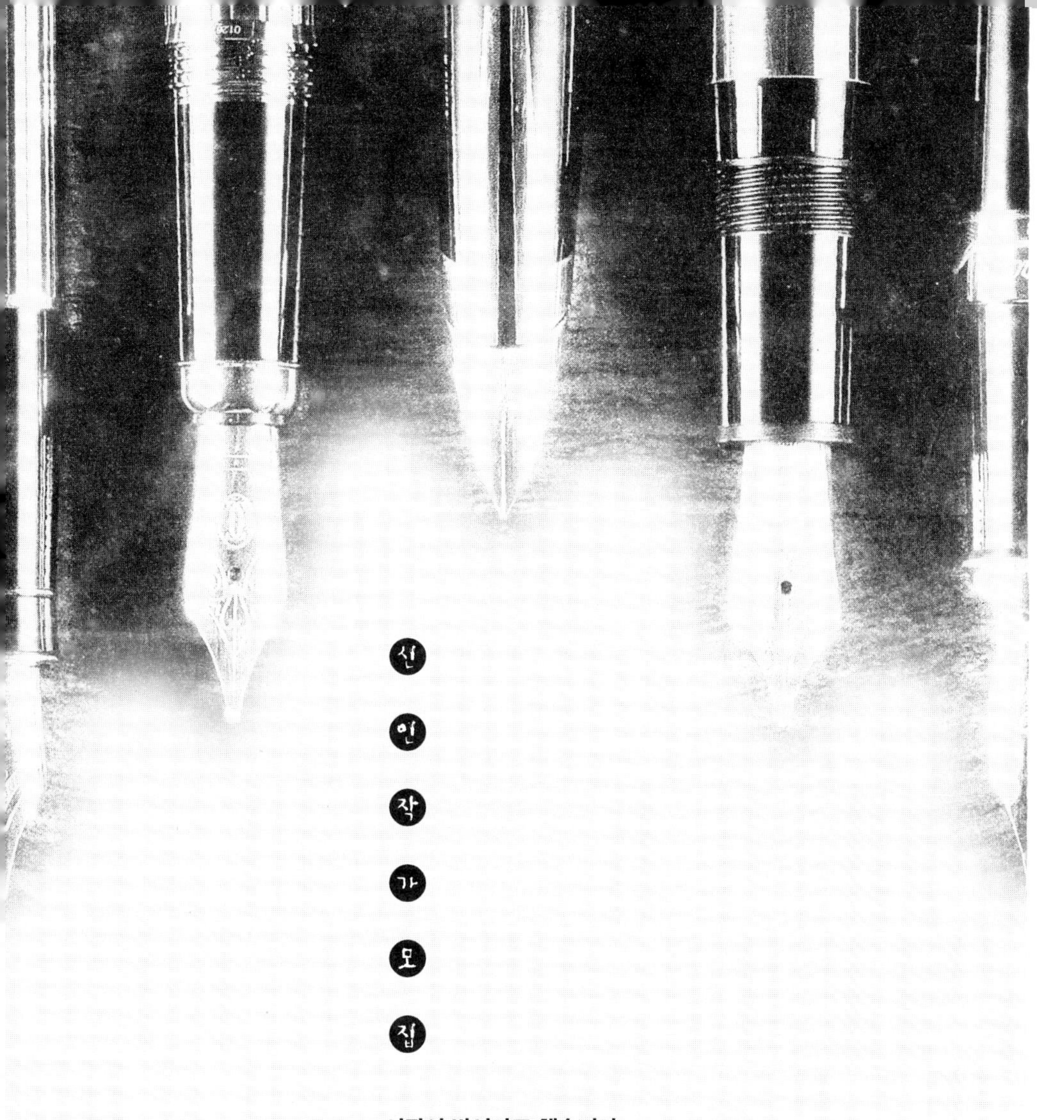
신
인
작
가
모
집